原来凡此种种,包括脚下一次次被海浪没过的沙滩,天上缓缓聚散的云,包括那曾经令林与鹤时刻在意的协议,耿耿于怀的任务……皆是人生。

是独属于林与鹤的,只有一次的人生。

百户千灯

百户千灯 —— 著

与鹤

长江出版社
CHANGJIANG PRESS

图书在版编目（CIP）数据

与鹤 / 百户千灯著． — 武汉：长江出版社，
2024.6
ISBN 978-7-5492-9408-4

Ⅰ．①与… Ⅱ．①百… Ⅲ．①长篇小说—中国—当代
Ⅳ．①I247.5

中国国家版本馆 CIP 数据核字（2024）第 068810 号

与鹤　百户千灯　著
YU HE

出　　版	长江出版社
	（武汉市解放大道1863号）
选题策划	忽　忽
市场发行	长江出版社发行部
网　　址	http://www.cjpress.cn
责任编辑	陈　辉
封面设计	光学单位
印　　刷	长沙鸿发印务实业有限公司
版　　次	2024 年 6 月第 1 版
印　　次	2024 年 6 月第 1 次印刷
开　　本	880mm×1230mm　1/32
印　　张	10
字　　数	265 千字
书　　号	ISBN 978-7-5492-9408-4
定　　价	42.80 元

版权所有，翻版必究。如有质量问题，请联系本社退换。
电话：027-82926557（总编室）　027-82926806（市场营销部）

目 录
CONTENTS

▶001
第一章

▶027
第二章

▶050
第三章

▶075
第四章

▶100
第五章

▶127
第六章

▶147
第七章

目 录
CONTENTS

▶167
第八章

▶186
第九章

▶209
第十章

▶232
第十一章

▶258
第十二章

▶282
第十三章

▶306
番外

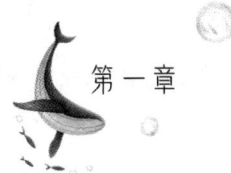

第一章

  天气转凉,燕园从浓郁的绿意中渐渐沉淀下来。秋风起,银杏叶随风轻晃,漾开一片一片金黄色的璀璨波浪,为整个校园涂抹出一种厚重斑驳的油画感。

  医学院坐落在学校东北侧,课间铃声响起,教室里安静严肃的气氛散去,学生们三三两两地交谈着,话题基本离不开即将要举行的期中考试。

  有人扬声问讲台旁坐着的授课教授:"老师,咱们这回期中考试的重点范围是什么啊?"

  端着保温杯的老师慢悠悠地啜了一口热茶,笑得和蔼,说:"除去序言,全是重点。"

  "啊!"教室里顿时哀号一片。

  404宿舍的三个人坐在同一排,也实在难以抑制吐槽的心思。

  "只要专业选得好,年年期末像高考。这还没到期末呢!"宿舍老大甄凌唉声叹气道。虽然甄凌在四个人中年龄最大,却长了一张娃娃脸,他此时正胡乱翻着笔记,小脸皱成一团,转头问邻桌老二:"博儿,《内科学》考到第几章啊?"

  "老刘上节课说了,我没记住。"老二扶了扶眼镜,向邻桌求助,"鹤鹤,你记得吗?"

被称为"宿舍备忘录"的林与鹤没有辜负大家的厚望,答道:"十三章。"

"哦,对。"听了这话,甄凌才勉强找回零散的记忆,"《外科学》是不是也是考到十三章?"

林与鹤摇头道:"十五章。"

老二皱眉道:"怎么这么多?我还以为只有《儿科学》考到十五章。"

林与鹤失笑,笑容里颇有点儿苦中作乐的意味,说:"其实,《诊断学》也考到十五章。"

老二一脸震惊。

甄凌抓着头发,简直要崩溃了,喊道:"为什么这么多!我连考试范围都记不住,还考什么试!"

老二也趴在了桌上,说:"俗话说得好啊——生理生化,必有一挂;病理病生,九死一生……完了完了,我选择放弃。"

林与鹤含笑看着两人,摇了摇头,说:"等会儿我把十一科的考试范围全部整理出来,发到宿舍群里吧。"

两人立马振奋精神,感激涕零地说:"鹤鹤!您就是我们的救命恩人!"

三人正聊着,两位同学走了过来,其中一位还是学习委员,两人在桌旁站定,清甜的香水味飘来。

学习委员把手中的两本笔记放在桌上,推到林与鹤面前,抿了抿唇,唇角现出浅浅的小梨窝,说:"与鹤,谢谢你的笔记。"

林与鹤把笔记接过来,笑了笑,说:"不客气。"

林与鹤其实有一副很惹眼的长相,甚至优越到有些锋芒逼人,再加上冷白的肤色,在人群中就更加显眼,看起来难以接近。只不过林与鹤性情温和,才掩去了不少来自相貌的攻击性,让人敢去亲近他。

此时林与鹤一笑,让人难抑心动。

学习委员有些脸红，说完一句"你的字写得很好看"，就匆匆忙忙地拉着好友离开了。

等两人走远，在一旁围观了全程的甄凌悄悄伸手戳了戳林与鹤，忍不住问道："哎，鹤鹤，学习委员是不是对你有意思啊？"

林与鹤正在找纸写考试范围，闻言有些茫然地说："什么？没有吧？她就是找我借《儿科学》的笔记。"

"就学习委员那专业前十名的成绩还用借笔记？"甄凌不信，只觉得林与鹤不开窍，"借笔记可是最常用的搭讪技巧！"

林与鹤低头写字，他的字迹清秀。对甄凌的调侃，他头都没有抬："那你和我搭讪过多少次了？"

"我不一样，我那纯粹是对优等生的向往！"甄凌趁机热情地表态。

林与鹤失笑，没理人，继续写。

刚把考试范围写完，教室后门就传来了些许动静，林与鹤随意地向后瞥了一眼，正对上一张欣喜的面孔。那人兴奋地喊道："林学长！"

那是位面孔稍显陌生的学妹，对方兴奋地朝林与鹤挥手，虽然刻意压低了声音，仍然难掩开心。林与鹤有些意外，但还是起身走到了后门。等再回来时，林与鹤手里就多了一把被细致装好的雨伞和一个散发着咖啡香气的纸袋。

老二随口问："谁啊？"

林与鹤把纸袋放在桌上："一个别班同学，来还伞的。"对方为了表示感谢，还送了一杯咖啡。

甄凌托着下巴意味深长地"哦"了一声，说："差点儿忘了，借伞好像也是搭讪的好方法。"

"没有，那就是一位在图书馆遇见的同学。"林与鹤有些无奈，解释道，"上次闭馆时下雨了，正好回溪来找我时也带了伞，我就把多的那把伞借出去了。"

003

甄凌笑嘻嘻地说："明白，你就是助人为乐。"

"不过，其实搭讪也没什么用。"甄凌摆出一副郑重虔诚的表情，"我们鹤鹤的'恋人'就是学习。"

老二也跟着点头，说："鹤鹤就是无心恋爱，只想学习。上次咱们师姐来学校礼堂办婚礼，捧花被鹤鹤接到了。大家当时不是还说嘛，这捧花短时间内是传不出去了，鹤鹤忙着学业，结婚肯定早不了。"

他们正说着，宿舍最后一位成员沈回溪走了回来。沈回溪一眼看见了桌上的纸袋，疑惑道："你们仨不是说下课不出去吗？这谁买的咖啡？"

林与鹤道："上次图书馆那个借伞的同学给的。"

甄凌和老二都没有喝咖啡的习惯，林与鹤把纸袋朝沈回溪推了推，问："你喝吗？"

"行啊，谢了。"沈回溪知道对方不喜欢带苦味的东西，顺手接了过来。

铃声响起，课间休息结束，教授继续上课，教室里也恢复了安静。林与鹤正在记笔记，忽然被人轻轻戳了一下肩膀。林与鹤转头朝身旁的沈回溪看去，就见对方手掌上，正躺着一张已经展开的粉色字条。

字条上有一句话：我喜欢你。

一旁的甄凌和老二察觉到动静，等看清字条上的内容后，两人都望向沈回溪。

沈回溪被两人的行为弄得相当无语，伸手将折痕明显的纸条展平，把前面的几个字也露了出来：林学长。

整句话连起来就是：林学长，我喜欢你。

沈回溪指了指咖啡，用口型说："杯托里掉出来的。"

显然，这是刚刚那位同学的手笔。

沈回溪把字条放在桌上，用手指压着它向前一推，朝林与鹤略一示意。林与鹤却是微微蹙眉，摇了摇头，没有接。

沈回溪以为林与鹤烦了，反正这种事他们遇见过太多次，他也已经习惯了，便直接把字条收起来放回咖啡纸袋里。

上完课，已是傍晚。沈回溪展臂舒展了一下久坐的身体，问："走吧，吃饭去。晚上去不去图书馆？"

临近期中考试，几人已经习惯了泡图书馆，林与鹤今天却罕见地拒绝了："不了，有亲戚过来，我要出去陪他们吃顿饭。"

和舍友分开后，林与鹤回宿舍换完外套便出了门。林与鹤穿了件毛呢长款大衣，戴着隔风的围巾和口罩，看起来很保暖，但也只是看起来而已。

燕城秋冬多风，每一场风对林与鹤来说都是一次酷刑。更何况现在还入了夜，从宿舍到校门口只有几步路，林与鹤原本白皙的耳朵就被冻得红透了，指尖也泛起了失血的苍白，冷得发疼。即便林与鹤戴了口罩，也没能躲过寒气的侵袭，喉咙逐渐变得麻痒，他止不住地闷咳起来。

林与鹤吃够了咳嗽的苦，十八岁手术之前，每次咳起来都很难停住。虽然现在情况好转了许多，但每次受凉，他还是会胸闷气短，咳得难受。

林与鹤一路走到地铁站，眼眶已经变得微红。充沛的暖风隔绝开了室外的冷意，却没能驱散体内的寒凉。林与鹤摘下口罩的一边耳挂，握拳抵唇低咳两声，缓缓地吸了一口气。

一起排队进站的阿姨看了他几眼，忍不住问道："孩子，你还好吧？"

林与鹤生得一副好相貌，本就招人喜欢，加上天冷，面上失了血色，更让人不由得想关心他。阿姨热心地提醒："地铁服务站里有热水，你可以去喝点儿暖一暖。"

"我没事。"林与鹤朝阿姨笑了笑，弯起的眉眼格外温柔，"谢谢您。"

阿姨没再说什么，倒是队伍后面几个人小声交谈起来，时不时地朝林与鹤的方向悄悄看几眼，间或有"长得真好"之类窃窃私语的声音。

要乘坐的站数不多，还没等身体暖和过来，林与鹤就下了地铁，又顶风走了几百米，直到走进温暖的酒楼，林与鹤这才稍稍缓了一口气。

在服务生的指引下走到三楼，林与鹤抬手敲了敲房门。

包厢内传来一个严肃的女声："进来。"

林与鹤推门走进去，屋内坐着一个打扮利落的中年女人，她穿着一套修身正装，短发，法令纹颇深，看起来就让人觉得很严肃。

林与鹤叫了一声："阿姨。"

女人点了点头，下巴微抬，说："坐吧。"她说话时语气没什么波动，态度就像是面对下属的上司。

林与鹤落座，在屋内看了一圈，问："我爸呢？"

女人道："公司有事，他没过来，今天这顿饭我请你。"

林与鹤垂眼，轻声道："谢谢阿姨。"

继母和林父已经结婚多年，林与鹤对继母的称呼还是没有改，对方也一直没让他改口。

只有两个人的晚饭，气氛略显沉闷，也不像家宴。在林与鹤表示自己吃什么都可以之后，继母连菜单都没有看，直接点了一份套餐，摆明了今天不是为吃饭而来。

服务生送上两杯餐前咖啡，待她点餐结束离开，屋内又剩下两人。继母屈指敲了敲桌面，说："这次我专程过来，是要找你聊一聊你去陆家的事。"

尽管这个话题已经不是第一次听到，但林与鹤依然很难平静地面对。

任哪个年轻人面对这种消息，都该是坐立难安的。但是林与鹤对此没有任何过激反应，只是安安静静地坐在桌旁，和刚刚继母问"晚饭要吃什么"时的反应没什么两样。

继母对林与鹤的识趣很满意，她拿出平板电脑，点开了资料，说："G城陆家的名号，你应该不会没听说过。"

往上数两代，陆家曾在G城经济方面一枝独秀，即使放在今天，实力也依旧不容小觑。光是他们家的那些花边新闻，就不知养活了G城多少娱乐小报。只是这样的门庭子孙多恩怨，陆家也同样无法免俗。

听继母的意思，陆家大公子陆难是陆家最不受陆老爷子待见的人，也是坊间传闻中风评最差的人。

这些年来，陆家人不断打压陆难，试图将其彻底边缘化，腹背受敌的陆难想争权只能找一个名义上的亲属帮他代持股权，但陆家的人他没有一个信得过的，所以他准备找外人合作。

就这样，他变成了林与鹤以后要跟着的"大哥"。

陆难，单从这个名字看，就带着戾气与坎坷。

不过即使如此，陆家大少对林与鹤家来说也已经算是高不可攀了，所以继母在说话时也很谨慎。

"陆家那边已经拿你的资料去问过了。"继母轻点平板电脑，屏幕上出现了一张复杂的图表，上面的文字密密麻麻，还夹杂着许多晦涩难懂的符号，"虽然他们家没有这样的先例，但是好在你的条件与陆先生那边的需求十分匹配，便决定让你成为陆家义子，入陆大公子父亲这一支。"

让一个在读大学生在接受多年先进思想教育的情况下被迫接受这样的安排，这种一言难尽的事从继母口中说出来，倒像是林与鹤的幸事一样。

这比事情本身更荒谬。

林与鹤看着面前咖啡冒出的热气，平静地应了一声，问："有多匹配？"

继母阴阳怪气地说道:"总之陆先生那边说,他似乎对你很满意呢。"

咖啡很醇,带着浓浓的苦涩香味,说话间,继母已经喝掉了半杯咖啡,林与鹤却一口都没有碰。

林与鹤一直不喜欢苦味。

继母不在意林与鹤这不怎么热情的态度。她对林与鹤唯一的不满,就是来自对方那肖似生母的面容,而现在这张脸变成了和陆家交涉时极有利的筹码——没错,即使是收义子,陆家也对外貌有着很高的要求,所以她对林与鹤也就没什么好指摘的了。

"陆大少平时在申城工作,他很忙,仪式前应该都不会到燕城这边来。"继母说着,调出了陆难公司的背景资料,"不过他会派人来安排,到时自会有人联系你,你听他们的就好。"

林与鹤点头,对此并没有什么异议。

继母看了对方一眼,故作无意般提起:"你的病之前也有不少花销,陆大少投资过实验室和医疗科技,正好可以帮你。"

林与鹤依旧沉默,只是喉咙隐约有些发痒。

室内温度适宜,隔绝了寒风,林与鹤却又想咳嗽了。

林与鹤自小便患有哮喘,之前治病花了不少钱,十八岁时还动过一次大手术。林父当时积蓄不足,林与鹤看病的钱,有一部分是继母吴欣提供的。眼下家里遇到了困难,他也没什么能做的,所以对于她的安排,林与鹤并没有资格抗议。

吴欣点到为止,也没有把话说得太紧,以免显得自己小气。她缓了缓语气道:"我这次过来,除了工作,也要和陆大公子的人商量认亲仪式的事。我会在燕城多待几天,你如果有什么需要,可以来找我。"

林与鹤自然清楚这只是场面话,于是客客气气地应道:"好,谢谢阿姨。"

吴欣对林与鹤的态度很满意,继续道:"认亲的事,陆家那边催得比较紧,所以仪式年前就得办完。初步计划是下个月上旬办一场你的亮相宴会,由陆家正式向外界介绍你,一个月后举行仪式。具体日期定下来之后,会再通知你。"

林与鹤听到这里,终于有了些表情。

"下个月上旬……我们要期中考试。"林与鹤迟疑了一下才开口,"如果可以的话,能避开考试时间吗?因为科目有点儿多,补考的话可能会比较麻烦。"

这是林与鹤今天提出的第一个要求,可落在吴欣耳中,她却像是听见了小孩子太过幼稚的问题一样,甚至忍不住笑了,说:"期中考试?这可是你和陆家结干亲的大事,你说的这什么期中考试……"吴欣摇了摇头,最后还是没把后半句话说完。

像是不想和林与鹤计较,吴欣摆摆手,说道:"我会和他们提,不过最后究竟如何安排,还是要看陆家看好的日子和陆大少的行程。"

交代完毕,吴欣没有再浪费时间,只道:"我要说的就这些,你吃饭吧。"她看了一眼腕表,"我还有工作,先回去了,有问题再联系。"

林与鹤轻声道:"您慢走。"

吴欣离开后,餐点才陆陆续续端上来。晚餐很丰盛,以这家酒店的档次来推测,这顿饭花费肯定不菲。

吴家的家底比林家殷实得多,吴欣并不屑于在金钱上苛待林与鹤。在外人面前,她从不留会惹人口舌的把柄。

昂贵的菜品碟挨碟、盘挤盘地摆满了一整桌,显得包厢更加空荡。林与鹤没有动筷,而是叫来侍者,直接把整桌菜一起打包了。

等林与鹤顶着比来时更冷的风回到宿舍时,甄凌和老二已经回来了,正在商量要不要点外卖。

老二名叫祝博,据说起这个名字是因为家里想让孩子读博士。

不过还没等读到博士，祝博就当上了主播，还是那种有百万粉丝的知名大主播。今天两人就是因为祝博在放学路上被粉丝认出来了，去食堂去得晚了，只凑合吃了一顿，回来后才想着点夜宵。

林与鹤亮出手里的餐盒，说："不用点了，我打包了晚饭回来，一起吃吧。"

甄凌帮着把餐盒挨个摆好打开，看得眼睛都亮了，说："啊，大闸蟹！啊，北极贝！"

被冻了一整晚的林与鹤终于在这熟悉的笑闹声中，找回了一点儿饥肠辘辘的感觉。

一堆餐盒刚摆好，擦完鞋的沈回溪就走了进来，说："鹤鹤回来了？我刚还想问你什么时候回呢。十点多了，你别又忘了给你那暖水袋充电。"

林与鹤这才想起这事，说："对，我现在去充。"

宿舍还要过些天才能正式供暖，所以林与鹤现在晚上全靠暖水袋续命。

林与鹤招呼沈回溪一起吃夜宵，踩着床梯给暖水袋充上电之后，自己也搬了椅子坐过去。

光鲜的食物在纸箱拼凑成的矮桌上，终于显露出它的美味。打包回来的餐点虽然比刚做出来时失了些风味，但比在冷冰冰的餐厅里时要好吃得多。

甄凌还摸出了几瓶以前叫外卖时送的可乐，配着夜宵吃，感觉比高档餐厅里昂贵的红酒更怡人。

四个人边吃边闲聊，甄凌道："咱们是下学期才去医院实习对吧？我有几个高中同学在隔壁，他们这个学期就实习了。"

燕城大学的隔壁是水木大学，他们医学院合作的实习单位是赫赫有名的北和医院。

"这两天北和的ICU（重症加强护理病房）好像接了一位重要人物，连他们这些实习生都开始严查证件了。"

祝博捧着龙虾壳问:"什么重要人物?"

甄凌摇头道:"不清楚,实习生轮转不到ICU那边去,没有消息来源。"

沈回溪道:"都到了进ICU的程度,或许过两天就能看到新闻了。"

几人闲扯了几句,吃完夜宵便准备休息了。洗漱之前,林与鹤还特意摸了摸自己的暖水袋,已经热了。只是再热的暖水袋也只能暖到一部分而已,等真正躺到床上时,林与鹤依然无法摆脱寒冷。他天生体寒,被子加几层都没有用,把被子裹上一夜也没什么温度,整个人从内到外依旧是凉的。

之前,宿舍的人一起去旅行,四个人在木地板房打地铺,甄凌睡觉不老实,翻身时不小心碰到了林与鹤的腿,把甄凌冰得直接吓醒了,还以为有人往自己身上贴了冰块。

今年,这来势汹汹的冷气团和强降温,让日子变得更加难熬。饶是林与鹤已经习惯了寒夜的漫长,也还是辗转了好久,才昏昏沉沉地在难以驱散的冷意中渐渐睡去。

第二天醒来,林与鹤照旧手脚冰凉,冷到指尖都隐隐发麻。

他里三层外三层,把自己小心地裹好,然后轻手轻脚地走到窗边,拉开了窗帘。窗外晨光熹微,透过起了薄雾的玻璃,能看到外面灰蒙蒙的天空。

又是没有太阳的一天。

桌上手机微振了两下,屏幕亮起,有新消息。

林与鹤还没从晨起的寒冷中恢复,就看到了那两条让人更难暖和起来的信息。

吴欣:把下周二时间空出来。

吴欣:陆先生要来燕城,和他见个面。

燕城北和医院主楼高层,数十名业界顶尖学者正在进行专家会诊，主位上端坐的，赫然是北和医院的最高领导、正职院长。

几十米外的特护病房里，仪器一秒不落地进行着实时监测。医护人员忙碌地进出着，却没有发出多少声响。

气氛紧张，只能听见仪器运行的嘀嘀声，像警示，也像倒计时。

特护病房的外面，专属陪护区站满了西装革履的精英人士，几个平日里连名字都不愿被摆在一起的高管站在一块儿，气氛罕见地平和。

一位护士从病房中匆匆走出来，几位高管看见，纷纷上前问道："刘董的情况怎么样？"

不知道的，还以为他们才是病人真正的家属。

护士给出的依旧是之前的说法："病人情况暂时稳定。"

高管们得不到有效信息，不愿罢休，问道："那我们现在能不能见见他？"

护士摇头道："抱歉，探视时间在下午。"

几人神色略有不悦，但这儿不是办公室，护士也不是一看他们皱眉就慌忙赔不是的下属。就算心有不甘，高管们最后也只能放护士离开，继续在原地等候。

这些平日里自诩一秒值千金的人，现下却都舍不得走开，就算干等着耗时间，也要留在病房门口。毕竟这病房里躺着的，可是泰平集团的董事长刘高义，他手里握着泰平最大的一笔股份。

刘高义没有子嗣，亲戚们也从来没有参与过集团经营。他对接班人的事情一直讳莫如深，甚至这次突发脑血栓住院之后，也仍然没有进行股权的相关运作。眼看着刘高义的身体一天不如一天，高管们都是心急如焚。然而不到最后一刻，谁也不知道这富贵大礼最终会落进谁的怀里。

他们只能煎熬地等待着，可表面上还得笑容和善，撇开平日龃龉，和争得头破血流的老对手彼此问候。

和气表象下的涌动暗流，比这儿的消毒水气味更加冰冷刺鼻。

下午，好不容易等到探视时间，一直在墙边长椅上沉默坐着的刘夫人，忽然起身下了楼。所有人的目光都在追随着她，他们猜测她想要做什么。虽然每天能探视两次，每次只有十五分钟的时间，但因为病人随时可能有紧急情况，所以即使在非探视时间，家属也必须在门外守着。

刘高义没有后代，一直在医院看护的家属就是其妹妹和夫人。他的妹妹是个老实木讷的乡下农妇，对泰平的事一概不知，高管们想要打探消息，只能从刘夫人身上入手。但刘夫人出身书香门第，为人清高，高管们明里暗里的各种接触统统被拒于门外，最后都无功而返。他们唯一庆幸的就是刘夫人一视同仁，对所有试探打听都闭口不言，没人能占得便宜。

他们这点儿微妙的心理平衡，却在刘夫人返回之时被重拳捶得粉碎——谁也没有想到，刘夫人下楼一趟，居然是为了把一个人接上来。

那个冷面男人一出现，在场所有高管的脸色都变了。

为什么陆难会过来？

这两天陆难代行执行总裁的职务，在泰平没少有动作，难不成现在还想在股份的事上也横插一脚？可是论年龄论资历，这个位置怎么也不可能轮得上他……

几个人都是满肚子的疑问，他们正想打探时，探视时间已经到了。高管们只能眼睁睁地看着刘夫人把陆难带进了特护病房。他们等了这么久的探视资格，就这么被陆难抢走了。

特护病房内很安静，陈设也相当讲究，如果没有那些线管繁多的仪器，甚至能称得上温馨舒适。

蓝色的病床上，一位发丝灰白的老者正在合眼休息。他眉间沟壑颇深，即便脸上戴了一个呼吸罩，也依旧掩不住他那不怒自威的气质。

刘夫人上前，低低唤了一声。

老者缓缓睁开双眼，神色平静，直到看见床边的陆难，才流露出了些许情绪，说："你……"话才出口，他就止不住地咳了起来，气息艰难断续，"喀……你终于来了……"

呼吸罩中传出了异常沉重的呼吸声，连带着声音也变了调，混杂着咳嗽，越发含混不清。可老者强撑着也要说话："股权转让书，我已经准备好了，你去找律师……直接签字……"他咳得厉害，几乎是说一个字就喘一声。

陆难低声道："您歇一歇。"

老者却坚持要继续说话，他甚至艰难地抬起手，拨开了脸上的呼吸罩，让声音能更清楚地传出来："以后……泰平就交给你了。这本来就是……陆大哥留给你的东西……"提起陆鸿霁，刘高义的眼眶泛红，眼角的层层纹路逐渐被泪水润湿，"我那时候，大字不识几个，连我的名字，都是他给我取的……高义，高义，我不能对不起我大哥……"

他手臂微颤，遍布褶皱的手紧紧握住陆难的手，像是在托付自己的最后一分惦念，说："小隼，你知道吗……你和你父亲，一模一样，天生就是做这个的，刘叔信你……"

老者本来就气息不稳，说了这么长的话，更是吃力。但即使如此，他说话的语气依旧没有削弱半分，反而越发笃定。

"泰平是你的……只能是你的。"说完最后一个字，他就剧烈地咳了起来。

刘夫人拿着被撤到一旁的呼吸罩，小心地替他顺着气。

陆难一向寡言，现下也只说了一句："刘叔，您放心。"

"唉……唉。"刘高义连声应着，"我放心……"

等医护人员进来重新帮病人将呼吸罩戴好，第一次探视已经结束了。

刘夫人和陆难走出去，门外不知转了多少圈的高管们连忙上前，他们正想争抢第二次探视的名额，却突然被一群不知何时出现的穿着黑西装的人拦了下来。

不等高管们反应过来,他们已经被强制带离了等待区。走廊瞬间被清场,没过多久,一位笑眯眯的和善长者在人们簇拥中到来。来人上前同刘夫人握手,刘夫人微微躬身,说:"劳烦您操心了。"

长者笑着道:"刘老德高望重,我能帮的自然会尽力。"

之后的交谈,陆难没有再听。他从陪护区离开,一到楼下,等候已久的特助方木森立刻迎了上来。

"何律师正在泰平大厦顶层的办公室等您,转让协议现在就可以签。"

"董事长卸任的公告已经签发……"

方木森低声将事项一一汇报,快步跟着陆难朝停车场走去。

汇报完毕,方木森停顿一瞬,复又开口:"您是否需要——"

话没说完,陆难已经给了答案:"不用。"他声音低沉平静,如无波古井,"按流程来。"

按照流程,下周一董事会会议结束,新任董事长任职的消息才会正式宣布,向集团内外一同公示。

这就足够了,陆难并不需要提前宣传造声势。

陆难尽管只有三十一岁,但就任泰平集团董事长的这条路走得再平坦不过,每一步都走得名正言顺,不容置疑。

陆难手中原本就拥有泰平集团百分之八的股份,如今再加上刘高义名下的那三个基金会与投资公司总计百分之三十六的股份,份额总计接近半数,他将借此一跃变成泰平集团的控股股东,手握实实在在的最大份额的股份。

刘高义说得没错,泰平只能是陆难的。

方木森垂首,恭敬称是。

他们走出医院时,室外天色昏暗,寒意已浓。

秋日萧瑟,凉风起。

当真是要变天了。

泰平集团高层变动的消息传得很快,陆难升任董事长的消息一传来,吴欣也变了脸色。

在最新的世界五百强公司排名中,泰平集团已然跻身前一百位,这些年来的发展其实比留居G城的陆家更加强劲。泰平虽然是由陆难的父亲陆鸿霁一手创办、壮大的,但陆父走得早,这些年来,泰平其实一直由刘高义执掌实权。

十三年前,陆鸿霁的独子陆难成年,拿到了父亲留下的股份。后来他进入了泰平集团,但位置始终不高不低,很是尴尬。加上陆难一向不受陆家待见,他的处境其实相当困窘。坊间甚至一直有传闻,说这位前"继承人"是刘高义的心腹大患,刘高义对其"欲除之而后快"。可是谁也没有想到,刘高义最后竟然会把自己的所有股份一分不差地全部留给了陆难!

如今再回看陆难这些年在集团内那些低调却涉域极广的任职履历,这哪是什么贬低架空,分明就是环环相扣的实地锻炼。刘高义从一开始就计划好了,特意在为陆难铺路。

消息一传开,立刻引发舆论一片哗然。不管集团内外如何震惊动荡,陆难已然稳抓手中的股份。他已经从陆家最不受重视的后辈,变成了巨头财团的董事长。

陆难的身份一夕飞升,吴欣得知后的第一反应却不是开心,而是后悔。

那可是泰平集团啊!光是一天的资金流水,就是吴家总资产的数十倍。即使是G城的陆家,也和它完全不是一个量级。

吴欣忍不住扼腕,早知如此,若是早知如此,她就该把自己亲女儿的资料送过去让陆家看看,而不是将林与鹤推出去了。可现在陆难那边已经看好了林与鹤的资料,大局已定,吴欣再想换人选也没有机会了,她也只能拿传言陆难脾气极差的事来安慰自己了。

吴欣又看了一眼安静地坐在自己对面的林与鹤，勉强顺了口气。反正这人一向好拿捏，等他去了陆家，吴家能得到的好处也差不了太多。

这边吴欣的心思百转千回，一步之远的林与鹤却并未受到什么干扰。这个在整个燕城乃至全国金融业掀起了滔天巨浪的变动，对他来说没有任何影响。

他正一门心思地扑在面前的平板电脑上。

林与鹤周二这天满课，要从早上七点一直上到晚上十点。之前他收到吴欣的信息时，原本以为只需要出去吃顿饭，哪想到吴欣得知陆难升任董事长的消息后，一大早就把他叫了出来，说是要等陆先生。而那位陆先生直到下午都没消息，导致林与鹤缺了整整一天的课。

医学生课业繁重，落下进度再去补回很费力，想着等着也是等着，林与鹤就趁这段时间看起了书。在吴欣忙着从各路渠道打探消息的时候，林与鹤已经刷完了三套模拟题。直到吴欣稳了稳心神，开口出声示意，林与鹤才收起了平板电脑。

"看样子，陆先生应该会在晚饭时间叫你过去。"吴欣告诫道，"该说的我都和你说过了，你一定得注意自己的言行。"

有关认亲，吴欣做过很详细的介绍。陆难和陆家的关系一直不好，在得知陆难的认亲意图时，陆家还有插手送人过来，但是都被陆难拒绝了，转而放出和林与鹤的认亲消息，打得陆家措手不及。

陆难的性子在G城是出了名的又硬又冷，连下属和他相处都战战兢兢，更没有什么亲近的朋友。他父母已经过世，陆家那些长辈便不好再多说什么，只得由着他认了这么个"义弟"。

吴欣说，合约上写明林与鹤与陆难结为兄弟后，他的一言一行都代表着陆难甚至整个集团，为了不被外人恶意利用，所以二人必须以兄弟身份住在一起，时时刻刻以陆难的利益为先。所以她很早就告诫过林与鹤，现在又开始反复强调。

"虽然这一切都是交易，但你不能让外界看出端倪。你必须和陆先生表现得亲如一家，像真正的兄弟一样。"

林与鹤听到这么荒唐的话也没什么表示，只说："好。"

吴欣又重复了很多琐碎的要求，等林与鹤都一一答应了才算完。说话间，她不知看过多少次表，但陆难那边的人始终没有消息。

老实说，等了这么久，吴欣也拿不准陆难还会不会来。她之前甚至一度以为陆大少在认亲仪式前都不会露面。泰平集团昨天开完董事会后才对外公布了高层变动的消息，现在肯定忙得厉害。

不过今天的等待并没有落空，傍晚时分，一辆来接人的深灰色高级轿车就开到了门口，不过来的不是陆难本人，而是他的特助方木森。

吴欣连忙站起来迎他，方木森走过来，颔首朝两人示意，他的态度很客气，但无形中也带着一种淡淡的疏离。在林与鹤面前一直端着架子的吴欣对此却没有任何意见，毕竟他们和陆家的差距实在巨大。更何况，陆难现在还成了泰平的董事长。

方木森没再耽搁，说："陆先生的要求，想必两位应该已经清楚，我就不赘述了。"他朝林与鹤示意了一下，"请随我来。"

林与鹤起身，吴欣也跟了上去，笑着说："与鹤年纪小，有些事情还不太了解，不然这次我一起过去吧。"

她打定了主意要和陆难见面。毕竟陆难现在的身份今非昔比，哪怕他只是随意透露出一点儿消息，都能给人带来数不清的好处。

方木森却停下了脚步。他看着吴欣，语气中带着明显的疑惑："他们两兄弟讲体己话，吴女士跟着想做什么？"

吴欣被他问得有些尴尬，干笑着道："毕竟是第一次见面……"

方木森的神色冷了下来，说："吴女士慎言。"

"您应该清楚，这是陆先生一直以来关系甚笃的弟弟。"他语带警告,"第一次见面这种胡话,希望不要再有下次了。"

许是在陆难身边跟得久了,方木森沉下脸来时,也隐隐带着一种令人胆战的寒意。

吴欣语塞,她想起自己刚刚还在反复警告林与鹤不能露馅,结果反倒是自己出了差错,最后她只能向方木森讪讪地应道:"是,是,我清楚了。"

方木森看了一眼腕表,道:"不早了,陆先生时间宝贵,我们要尽快过去,吴女士还是请回吧。"

吴欣无计可施,最后只能离开。

方木森带林与鹤上车,走到车旁,他先一步上前,为林与鹤拉开车门,抬手垫在了车顶:"请。"

林与鹤有些惊讶地说:"谢谢。"

方木森的态度比刚刚面对吴欣时温和得多,他恭敬应道:"分内之事。"

林与鹤上车后,方木森去了副驾,道:"陆先生在国金顶楼的环形餐厅等您,他有个会议,两分钟前才结束,没能走开,所以派我先来接您。"

林与鹤有点儿不明白对方为什么和自己解释这些,不过还是点头应道:"好。"

半小时后,汽车抵达国金大厦。两人走进大厅,侍者为他们按下电梯,方木森却没有走进去。

林与鹤感到意外,说:"你不上去吗?"

方木森略一躬身,答道:"待会儿的晚餐只有陆先生和您,没有其他人打扰。"

电梯上行近百层,在抵达顶楼后,侍者也只是把林与鹤领到了餐厅门口,便停下了脚步。

想到要独自面对那位陌生的陆先生,林与鹤终于生出了些许紧张,感觉自己像是要去参加一场无比重要的面试或是答辩一样。

因为气氛太相似，林与鹤甚至回想起了自己进行国奖答辩时的经历。

可就算是那个时候，林与鹤都比现在要胸有成竹得多。

感应门缓缓开启，林与鹤深吸一口气，走了进去。

顶楼餐厅已经被清空了，没有客人盼咐，侍者也不会进来。明亮宽敞的环形大厅里，只有一个人。

林与鹤一走近，那人就望了过来。

林与鹤一向畏寒，现在的气温已经够人受的了。可被那个男人毫无温度的冰冷视线一扫，林与鹤觉得自己好像更冷了，像有一层无形冰霜，在逐渐覆盖他。

不只是男人身上的那种冷冰冰的气质，就连现在这种高档环境，也让林与鹤有些无所适从。国金环形餐厅非常出名，餐厅面积很大，却只有六张桌子，每张桌子拥有各自的独立区域。六片区域的装潢陈设风格迥异，菜系也各有不同，唯一的共同点就是食材鲜美、味道顶级，相应地，价格也同样令人咋舌。但是即使如此，这儿也常年爆满，虽然不是私房餐馆，位子却比私房餐馆更加难约。

他们宿舍里家庭条件最好的沈回溪曾经提起过这家餐厅，有次他家里为了在这儿请人吃饭，排队等了足足一个月。

林与鹤想起继母说陆先生这两天才刚到燕城，也不知道这餐厅的位子是什么时候订下的。

等林与鹤真正走进餐厅之后，才发现这里并不像沈回溪说过的那样分成六片区域，而是被全部打通了，整层餐厅只有他们一桌。餐厅内部被专门布置过，并非那种毫无温度的骄奢华美，反而相当雅致。四周装潢很是古朴，甚至还有一个室内小型瀑布。宽敞的空间内错落生长着丛丛茂盛的青竹，暖风缓缓拂过，带起翠色竹叶微晃，送来阵阵竹韵清香。

林与鹤从小在竹林中长大，一眼就辨认出来，这些都是真正的竹子。这熟悉的竹景，倒是在无意中稍稍地安抚了林与鹤紧绷着的神经。只是这点儿安慰随着林与鹤离餐桌越来越近，终究失去了作用，面对男人的不安重新占据了上风。

　　其实陆难的容貌相当英俊，无论在哪儿都是极为耀眼的存在。但这长相不管是对他的家族还是对金融圈来说，都不是什么加分项，反而容易被人忽略实力，也太容易招惹是非。而且他的神情通常太过冷淡，一个眼神就能让人遍体生寒，以至于他长了这么一张令人怦然心动的脸，却鲜少有绯闻传出来。

　　林与鹤初次见他，感觉也是如此——太冷了。

　　林与鹤第一次在一个人身上感觉到这种寒冷。

　　陆难的脾气也很出名，又冷又硬，他不只冷，看起来还很凶。走得近了，林与鹤的脚步都不由得慢了一拍。

　　林与鹤越想越觉得荒唐，和这么一位先生假装兄弟情深……这要怎么装？

　　饶是一贯淡然的林与鹤也忍不住觉得有些棘手，但他已经没有退路了，只能缓步走到桌边，对人颔首示意："陆先生。"

　　林与鹤做好了对方不屑应答的准备，却意料之外地听见了一个低沉的声音："坐。"

　　男人的声线很低，听上去很有磁性。

　　林与鹤依言坐下，一抬眼，正对上一双深不见底的黑色眼眸。陆难的发色瞳色皆是纯黑，不掺一点儿杂色，似黑雾般乌沉沉地压下来，让人不由得屏息。

　　林与鹤微微一僵，这才发觉从自己进来到现在，男人一直在看自己，而且是那种一眨不眨，极专注的注视。

　　林与鹤不由得疑惑，自己长得很奇怪吗？

　　就在林与鹤心生疑惑时，陆难终于开了口，声音低沉："称呼要改。"

称呼？林与鹤愣了愣，随即恍然大悟。对，他们要装得亲近去圆陆家对外的说辞，叫"陆先生"确实有些生疏了。

林与鹤意识到自己叫错了，但不清楚该怎么改，只能问："您觉得应该怎么叫？"

陆难仍旧直直地看着林与鹤。他的指尖在实木桌面轻点了一下，声音不大："至少不能是'您'。"

林与鹤有些赧然，面试才刚开始，自己就在对方面前犯了两回错误。

陆难倒没有让人尴尬太久，说道："叫名字，或者其他称呼，随你。"

林与鹤仍然有些拿不准，直接喊名字太不尊敬了，他叫不出口，可如果叫"难哥"，听起来又感觉像混社会的一样。犹豫了一下，林与鹤试探着道："哥哥？"

陆难神色未变，只眯了眯眼睛。

林与鹤莫名觉得他看自己的目光有些意味深长。

陆难对这个称呼不置可否，反而问："你经常这么叫比你年长的人？"

林与鹤发觉男人的话其实比自己预想中的要多一点儿，也没有像传闻中所说那样冷酷无情。林与鹤摇了摇头，诚实地道："没有，一般会叫学长或者师兄。"

陆难没有说话，不知道对这个回答满不满意。

林与鹤犹豫了一下，问："那这么叫，您……你觉得可以吗？"

陆难终于点了头，说："可以。"

林与鹤松了一口气，隐约觉得自己"初试"有戏。再努努力，说不定就能看到"录取通知书"朝自己招手了。

林与鹤主动道："你可以叫我与鹤，或者小鹤。"

林与鹤心想，叫小林也行，这个听着最让人安心。

陆难没有应声，林与鹤也没觉得奇怪，毕竟男人是出了名的寡言，只当对方听见了。

然而陆难沉默了一会儿，说："不是宁宁吗？"

林与鹤心头猛地一跳，"宁宁"是妈妈给他起的小名。不是吴欣，而是林与鹤那位已经去世十多年的生母。

林与鹤太过吃惊，脱口而出："陆先生怎么知道这个名字？"

被陆难看了一眼，林与鹤才想起来要改口："哥……哥哥怎么知道？"

问完之后，林与鹤也反应过来了，继母肯定把自己的全部资料给陆难看过了。他问道："资料里提过？叫宁宁也可以。"

"嗯。"陆难点头，没有过多解释。

商量好了称呼，陆难才按铃将侍者叫了上来。

环形餐厅没有菜单，菜品都是订位子时订下的，因为那些昂贵食材必须提前准备，所以这时不用点餐，菜品被直接端了上来。看见侍者送来的餐点，林与鹤不自觉松了一口气，还好，是自己熟悉的菜式。

林与鹤不太习惯吃西餐，特别是秋冬，天气一冷，他原本脆弱的肠胃压力会更大。

这顿晚餐菜品不多，但道道鲜美，最让林与鹤感到意外的是，这一餐吃的居然是他的家乡菜。这种菜味鲜，但通常不太会上正式宴席。林与鹤原本已经做好了吃油腻腻的鱼子、鹅肝或者清汤寡水的准备，结果却看到了一桌最熟悉的美味，一双漂亮的眼眸都亮了几分。

晚餐开始，本着食不语的规矩，两人都没说话。不过自从林父再婚后，林与鹤在家里早已习惯了用餐时保持沉默，也没觉得有多压抑。

林与鹤垂眼用餐，动作安静文雅。长得好看的人吃饭也让人觉得赏心悦目，会让人不自觉地挪不开眼睛。

林与鹤的皮肤很白，像上好的软玉。他本身有些色素缺失的症状，在暖色的灯光下，整个人越发显得浅淡，连额前的头发和睫毛都变得金灿灿的。

　　陆难不动声色地观察了好一会儿，直到对方放下餐具，他才挪开视线，扫了一眼桌上的餐点，问："你现在不喜欢吃甜的？"

　　桌上甜食剩了大半，林与鹤基本没怎么动过。他没想到对方会关注自己吃什么，于是摇摇头道："不是不喜欢，只是吃得少。"

　　陆难没说话，但林与鹤总觉得他似乎有话要说，特别是刚刚那句提问，林与鹤越想越觉得奇怪：为什么要加一个"现在"？难不成陆先生知道自己以前喜欢吃甜食？

　　不过男人也没说什么，只问："门禁是几点？"

　　林与鹤答："十一点。"

　　他之前等陆先生花了不少时间，现在已经九点多了。他从这里回学校还要将近一个小时，算一算，其实也不剩多少时间了。

　　陆难继续问："这周你什么时候有空？"

　　林与鹤其实一整周都没空，医学生课多，临近期中考试本来就复习紧张，周末还有双学位的课要上，哪天都不空闲。但在陆难面前，他肯定不能这么说，况且对方还要忙得多。

　　林与鹤干脆地道："我都可以。"

　　陆难"嗯"了一声，又道："下个月要为你办亮相宴会，你知道吗？"

　　林与鹤点头道："我知道。"

　　陆难问："有什么要求吗？"

　　这种面子比里子重要的场合，林与鹤自然不会不识趣地去提什么风格形式的要求，只觉得全权交给对方就好。林与鹤唯一要考虑的是要不要把自己对期中考试时间的顾虑告诉对方，但想起继母的话，林与鹤最终还是选择了不说。

　　林与鹤道："没有，我听安排就好。"

陆难又露出了那种让林与鹤看不太懂的神色。

简单的一问一答到此结束，两人起身准备离开。等男人站起身来，林与鹤才发觉对方居然这么高。林与鹤身高一米七八，一直对那距离一米八大门的两厘米耿耿于怀，但这身高说起来也不算矮了，可和陆难站在一起时，却比对方矮了许多。保守估计，陆难肯定有一米九。

林与鹤隐隐有些羡慕，不自觉多看了两眼，便发现除了身高，男人的体型也极为完美，一身西装都掩不住那流畅的肌肉线条，这更让他羡慕了。怕被对方察觉，林与鹤没敢再多看。

两人一同走过精巧的石桥，桥下有潺潺溪水。林与鹤的目光落在室内古韵十足的装饰上，忍不住感叹了一句："这里好漂亮。"

如若不是环形落地窗外还有那璀璨华美的绚丽夜景，不然能让人误以为自己正身处真正的深山密林间。

林与鹤很喜欢这里的装饰风格，特别是那片竹林——他对竹子有一种天然的亲切感。

这一句只是感叹，林与鹤并未指望对方接话。但出乎意料地，陆难开口道："你喜欢就好。"

林与鹤愣了一下，这话听起来着实不太像陆先生的风格。林与鹤正惊讶着，门口的侍者已经迎了上来，恭敬地为两人引路。林与鹤恍然大悟，在外人面前戏要做足。林与鹤想了想，也回了一句："我很喜欢，谢谢哥哥。"

"哥哥"两个字响起，走在林与鹤身侧的男人动作一顿，他的声音有一点儿沙哑，低声问："你说什么？"

恰巧方才电梯上来，提示音混杂在说话声之间，林与鹤以为对方没听清楚自己说的话，认真地重复了一遍："谢谢哥哥。"

陆难瞳孔微缩，看向身侧的林与鹤。

林与鹤对落在自己身上的视线一无所知。林与鹤本身就对外界的信息反馈很迟钝，对自己的情绪都不敏感，更不要说别人的想法了。因此，林与鹤专心地走进电梯、下楼，毫无异样。

直到林与鹤走出一楼大厅，正准备和陆先生分别，却意外发现对方居然和自己上了同一辆车。

反倒是一直在楼下等待两人的方木森为他们关好车门后，自觉地上了后面那辆车，留下两人同乘。

林与鹤有些意外，他的学校和泰平集团并不在同一个区，林与鹤还以为对方会和来时一样让司机送自己。

看出了林与鹤的惊讶，陆难淡淡道："我送你回去。"

陆难的表情很少，解读别人的神色却出奇准确。

林与鹤没想到男人会把戏做到这种程度，不过既然对方这么说了，自己也没什么意见。林与鹤安安静静地坐在陆难身旁，看着私密挡板缓缓升起。

封闭的空间里，只剩下两个人的气息。

第二章

汽车启动,暖风隔绝了车外的冷空气,车窗覆上了一层薄薄的水汽,将车外斑驳绚烂的灯火光芒晕染得越发温柔。

林与鹤安安静静地坐在后座,长腿端端正正地并拢,双手放在膝盖上。林与鹤一向站得直、坐得正,自己并不觉得有什么,却不知道这种坐姿落在别人眼中有多么乖。

汽车开得很稳,车内一时无话。林与鹤的手机微振,屏幕亮了起来。

吴欣:晚饭情况怎么样?

林与鹤扫了一眼屏幕,没回。但手机很快又接连振了起来。

吴欣:记住一切听陆先生的。

吴欣:不管是在他面前,还是对其他人,都要小心说话。

吴欣:最好向陆先生表个态,说你一定不会给他惹麻烦,让他知道你的态度。

车内很安静,显得手机接连振动的声响有些刺耳。林与鹤抿了抿唇,伸手过去,把手机锁上了。可手机却大有就这么继续响下去的趋势,林与鹤正犹豫要不要开静音,忽然听见陆难问:"你嘴巴怎么了?"

"嗯?"林与鹤不明所以,伸手摸了摸才反应过来,"哦,我嘴巴容易干，有点儿起皮。"

　　林与鹤的嘴唇偏干，燕城的秋冬又是出了名的干燥，因此他这些天唇上起皮的状况就变得越发严重。他虽然晚饭时喝过水，但也没什么用，吃完饭没多久，嘴唇又干了。

　　林与鹤心想：怪不得刚刚抿唇时觉得有点儿痛。不过，林与鹤对此习以为常，并不觉得有什么。

　　男人却皱了皱眉，问："起皮？"

　　他靠过来的动作不算太快，给人留足了反应的时间。于是，林与鹤直接往车门处挪了挪，再次拉开了距离。

　　林与鹤躲开的动作完全是下意识的反应，直到被有力的手搭在肩上时，他才意识到不对。

　　林与鹤把头转过来，有些尴尬地开口："抱歉……"

　　车内灯光偏暗，林与鹤看不太清男人的表情，只是感觉陆先生好像又在看自己，用那双难以捉摸又蕴含着光亮的黑色眼睛。

　　陆难最后什么都没有说。

　　林与鹤正忐忑地想着对方是不是生气了，下一秒却被强制地转过身去，面对着陆难。

　　林与鹤想说话，就被男人用一块手帕压住了嘴巴。他僵住了，没再动。

　　林与鹤试图缓和一下自己的情绪，但情况实在没好到哪儿去。手机又振了几下，他已经完全管不了了。

　　压过唇瓣的手帕，在林与鹤眼前被摊开。借着车外的灯光，林与鹤看见了那上面沾染的一点儿深色痕迹。

　　男人淡淡道："出血了。"

　　林与鹤的唇瓣干到出血了。

　　林与鹤这才反应过来，说："啊，是，干得有点儿厉害。"他摸了摸鼻尖，"回去喝点水就好了。"

　　陆难沉默了一会儿，道："多喝热水。"

林与鹤点点头，认真应了："好。"自己也经常这么安慰别人。对方的手帕还沾着自己的血，林与鹤想了想，伸了伸手。对那个亲昵的称呼，他还有些生疏："哥哥……这个我拿回去帮你洗吧。"

陆难对这个称呼似乎也不怎么熟悉，听见时明显顿了一下，然后把手帕收了回去，并没有回答林与鹤，反而问了一句："用纸擦会疼吗？"

林与鹤没听懂："嗯？"

没等林与鹤反应过来，男人已然将手帕换成了纸巾，说："我轻一点儿。"

林与鹤吓了一跳，说："不用了！"生怕对方真的动手，他忙道，"我不用擦，舔一下就好了。"说着，他舔了一下嘴唇。

做完这个动作，林与鹤又觉得有些不自在，像是被人盯着看一样。当他看过去时并没有发现什么异常，因为男人早已收回视线，仍是一副冷峻的模样。

林与鹤心有愧疚，觉得自己麻烦了对方，因此也没有多看，重新端端正正地坐好。

十几分钟后，汽车终于开到了熟悉的校门前。

密闭空间让林与鹤有些紧张，特别是陆先生看起来又冷峻又凶。林与鹤虽然感觉陆先生比想象中好相处一些，但在下车时，还是不着痕迹地松了一口气。

汽车停在了学校门口，因为过了开学季，现在校园里已经不允许外来车辆进入。林与鹤本打算和人告别后就下车，自己走回去，却见陆难也拉开车门，走了下来。

"陆——"林与鹤正要开口，被夜晚的冷风一吹，忍不住打了个寒战，低声咳了几下："喀……喀喀……"

林与鹤握拳掩唇，正想把衣领拉高挡挡风，眼前忽然出现一条深色的羊绒围巾。

林与鹤愕然地抬头，男人正垂眸看着自己。

陆难将围巾往前递了递，声音很低，语气却不容抗拒："系上。"

林与鹤不自觉吞咽了一下，乖乖地接过。

厚实柔软的羊绒围巾被妥帖围好，严严实实地裹住了那纤长的脖颈，隔绝了夜晚的冰冷寒风。

围巾一系好，林与鹤就又轻又快地说了一声："谢谢。"

陆难薄唇微抿，等了一会儿，才道："不用谢。"

他没等到"谢谢"后面的"哥哥"两个字，觉得有些遗憾，但也没把那点儿遗憾显露出来。

林与鹤并不清楚对方的遗憾，夜晚空气很凉，他小心地呼吸了一下，道："这儿离我们宿舍挺近了，我自己走回去就好。"

陆难没有答应，语气还是淡淡的，道："我送你过去。"

林与鹤也不再坚持，只是在心里想：没想到陆董看起来冷冰冰的，装起兄弟情深时居然这么敬业。

两人一同往校园里面走，宿舍楼离校门口确实挺近的，走出几百米就到了。只是还没走到楼下，林与鹤就听见有人叫自己。

"林同学！"

林与鹤回头，发现是两个不怎么熟悉的同学，他有些意外，但还是站住了。林与鹤的记忆力一向不错，看了对方两眼就回想了起来，其中一个是之前在社团活动中认识的人，对方还是社团副部长。

副部长兴奋地叫住林与鹤后才发现对方身旁还有别人，感到有些吃惊。等和陆难打上照面之后，她更是被这人的气场吓得沉默起来。最后，旁边的好友悄悄推了推她的手臂，她才回过神来。她别过头避过陆难的视线，向林与鹤道谢："林同学，上次帮我们带报名表的事情，辛苦你了。"

林与鹤都忘了这回事了，听对方提起来才隐约有一点儿印象："没事，举手之劳。"

副部长说："应该谢的。上次我们就想感谢你了，但是你说怕凉，晚上不喝冷饮。今天，我们厨艺社有活动，我带了些夜宵给你，还是热的，吃了可以暖和一点儿。"

副部长手里提着一个粉色的焖烧罐，看起来就很精致。明眼人一看就知道这恐怕不只是厨艺社的活动内容，肯定花费了不少心思。若是甄凌在，恐怕又要打趣林与鹤不开窍了，可今天在这里的不是甄凌，而是陆难。他沉默地听着两人的对话，面上看不出什么表情。

林与鹤觉得周围似乎又冷了些，心想今晚的风着实有点儿冷。

"你太客气了。"林与鹤道，"不过我刚刚已经吃过饭了。那本来就是小事，不用这么麻烦。"

副部长有些失望，神色都黯淡下来了。

既然对方已经拒绝了，她也不好意思再强行送出夜宵，更何况现在林与鹤还不是一个人。但副部长也没有马上告辞，还站在原地犹豫着。

林与鹤问："还有事吗？"温和的语气一如既往，给了对方些许安抚。

旁边的好友碰了碰副部长的手臂，暗中给她加油。副部长终于鼓足勇气，问："我可以单独和你聊聊吗？"

林与鹤有些莫名其妙，不知道对方能和自己聊什么。自己倒是没什么，可……

林与鹤抬头看了一眼身侧的陆难，其实耽误了他这么长时间，难免有些愧疚。现在快到楼下了，林与鹤不好意思再耽搁对方，正想开口请对方先回去。

陆难却别过头，淡淡道："我去旁边等你。"说完，他朝一旁的古树下走去。

林与鹤感到有些意外，不过也没有多想，和副部长一同走到了一旁的路边。

林与鹤问："什么事？"

副部长深深吸了一口气，脸色微红，说："林同学，我……"

林与鹤心里有些不踏实，总想着一旁的陆难，不太清楚对方为什么还要等自己。林与鹤正分着心，副部长却道："我想和你聊聊人生大事！"

"啊？"林与鹤一时没能反应过来。

"那个……我听说你一直单身，还没有恋人。"副部长笑了笑，用很轻松的语气说着，其实手心已经被掐出了一排指甲印，"不知道我有没有机会自荐一下？"

林与鹤这才听明白那句"聊聊人生大事"的意思，一时感到有些尴尬，下意识地朝陆难的方向看了一眼。幸好两人站的位置有些距离，对方应当听不见。

副部长被林与鹤的情绪感染，莫名地跟着紧张起来："林……林同学？"

林与鹤收回了视线，虽然感到意外，但还是很直接地给出了答复："抱歉，我暂时没有这个想法。"

和之前多次遇到过的情况一样，林与鹤给出了一模一样的回答。这是最简洁高效的方法，态度鲜明，也不用做另外的解释。况且吴欣几次三番提醒过，让他最近必须小心行事，免得招来不必要的麻烦。

副部长垂头丧气的，肩膀都垮了下来。不过她的态度很坦然，她虽然眼圈都红了，但仍然笑着说："没关系的，那也还是谢谢林同学。"

林与鹤点点头："时间不早了，早点儿回去休息吧。"

副部长深吸了一口气，重重点头："好。"

"再见。"副部长和林与鹤挥手告别，然后就跑着去找自己的同伴了。

她虽然未能如愿以偿，但在夜色中因跑动而飞扬的衣角仍旧朝气蓬勃。

　　林与鹤转身走到古树下去找陆难，他的声音里还带着点儿忐忑："陆先生……"

　　陆难垂眼看了过来，他比林与鹤高，看人时总要垂下眼睛。他的目光也和人一样冷淡，看起来没有任何波动。但是他的视线每次从上方看过来时，总让林与鹤有一种自己被那视线束缚住的错觉。

　　林与鹤摸了摸鼻子，自觉地改了称呼："哥哥，我们走吧。"

　　两人继续往宿舍楼的方向走。夜深天寒，校园里的人并不多。走了几步，陆难忽然开口："你很怕冷？"

　　林与鹤有点儿拿不准对方这么问的意思，还是点了点头："有点儿。"

　　陆难问："既然怕冷，为什么不多穿一点儿？"

　　他其实说得很平静，但因他一贯的气势，旁人听起来难免觉得有些责备的意味。

　　林与鹤解释："上午出来的时候还比较暖和，没太注意。"

　　陆难沉默了片刻，才道："你等了很久？"

　　林与鹤不是这个意思，忙摇头："没有……"

　　"上午在工作，下午有几场会谈，我走不开，出来时就耽搁了一会儿。"陆难语气平静，林与鹤却被他所说的内容惊了一下。

　　林与鹤没想到对方会和自己解释。吴欣说过陆难升任董事长的事，所以不用想也能知道对方现在有多忙，何况本身就是自己这边有求于对方。

　　林与鹤道："没事，你忙就好。"这次他终于记住了，没有用敬称。

　　陆难没再说什么。

　　两人走到宿舍楼下时，陆难伸手过来，手掌摊平："手机。"

　　林与鹤不清楚他要做什么，也没有问，把手机解锁之后就递

033

给了对方。陆难接过手机,点开通信录,把自己的号码输了进去。

屏幕的白光投射在他的脸上,照亮了男人冷峻的面容,却让那眉骨和高挺鼻梁下的阴影越发明显。林与鹤没来由地觉得有些冷,很快挪开了视线。

陆难输完便将手机还了回来:"这是我的号码。下次直接和我联系,不用那么早出来。"

林与鹤点头:"好。"

陆难下颌微抬,示意他:"把号码存起来。"

林与鹤低头,犹豫了一下,想起对方几次纠正自己的称呼,最后还是打上了两个字:哥哥。

陆难在一旁看着对方操作,脸上看不出什么表情。看着对方的手机页面自动跳转到通信录界面,通信录列表中"G"开头的名单里,没有其他备注是"哥哥"的号码,陆难这才挪开了视线。

林与鹤锁好手机,抬起头来,正想和陆难告别,男人却开口:"你年纪还小,有什么人生大事记得和哥哥商量。"

林与鹤愣住了,人……人生大事?

林与鹤诧异地看向陆难,刚刚的那番话他都听见了?

陆难说完就离开了,只剩下林与鹤在原地,愣愣地望着陆难离去的方向。对方看起来怎么也不像是会说出"和哥哥商量"这种话的人。

林与鹤简直要怀疑是不是自己听错了。

一阵寒风吹来,冻得人鼻尖冰凉。林与鹤掩面打了个喷嚏,握了握冻僵的手指,还是转身上了楼,这外面实在是太冷了。

回到宿舍脱下外套,林与鹤才发觉自己忘了把围巾还给对方。他摘下围巾握在手里,看着掌中那柔软织物,微微有些失神。

林与鹤想:陆先生真的很了不起,说要伪装兄弟情深就当真放下身段,一点儿都没让人感觉他高高在上,各种细节都很注意,不愧是这么年轻就当上董事长的男人,不管做什么事都做得很完美。

林与鹤忍不住反省自己,相比之下,他的表现逊色很多,有好几次都叫出了敬称。他下次一定要改正,努力不给对方拖后腿。也不知道自己这表现有没有耽误对方的事情……林与鹤想着,将围巾收好,随意扫了一眼手机。

来自吴欣的消息已经堆积了很多条。在车上,林与鹤因为嘴唇干裂的事而忽略了手机,吴欣之后又发来了不少消息,一直在追问林与鹤今晚的情况。林与鹤回了个"还好",刚想锁上手机,聊天软件就忽然蹦出来了一条新朋友提示。

一点开,就是一个极其显眼的称呼:哥哥。

林与鹤手指僵了一下,然后反应过来这应该是通信录的新好友自动推送,才松了一口气。

林与鹤想了想,最后还是没有发送好友申请。

虽说要假装感情甚笃,不过那应该是在外人面前的表现吧?线上聊天应该不属于会被别人看到的互动范围,若是贸然申请,也许还会逾矩。

林与鹤思考着,忍不住抬手揉了揉额角。他虽然面上看不出,但心底还是生出了些许疲惫。他需要考虑的事情实在有些多,每次开口都要字斟句酌,每个举动都要权衡对错。

林与鹤原本就不怎么擅长这些事,这一天忙碌下来,着实有些累了。于是林与鹤便跨坐在椅子上,发起了呆。

回想这一天,他过得的确很充实,一大早就被电话叫起来,请假出去和他见面……等等,请假?

林与鹤一惊,猛然回神。白天请假落下的课堂笔记还没有补!

林与鹤匆忙给还没回来的舍友发消息借笔记,然后重新投入到了繁重的学业中。

医学生很难拥有偷闲的自由。忙碌起来之后,很快,今晚的事就被他丢到一边了。

虽然有与陆家认干亲这件大事摆在面前，但是林与鹤最近的生活也没有太大的改变。吴欣照旧会发许多消息过来，关于认亲仪式的，关于陆难的。单单是学业就已经让林与鹤几乎处于连轴转的状态了，但一对比，陆难还是要忙得多。

单是从那些报道或公开文件里的内容，林与鹤也能窥见对方的忙碌。在那次晚餐之后，他们就没再联系过，想来那晚的会面也是陆难特意挤了时间出来的。聊天软件添加新好友的消息提示又蹦出来一次，不过被林与鹤取消了，他不想在这种时候去打扰陆先生。

林与鹤觉得自己在该配合的时候好好配合就好了。

眼下，期中考试才是最让林与鹤费心力的事。况且宴会的日期还没定下，很可能会和考试时间冲突，现在他就更得抓紧时间复习。

林与鹤已经大四了，但对于他这种临床五年制学生而言，大四和前面三年没什么区别。医学生总是很忙碌，尤其是到了考试的时候，十几门待考科目堆在一起，时间实在很紧张。

由于复习任务很重，没课的时候，林与鹤基本会和舍友们一起去泡图书馆。

中午的时候，四人还会一起去食堂吃饭。为了避开午间用餐高峰，几人特意早来了一会儿，顺利找到了一张空桌子。

老二祝博一边吃饭，一边编辑好了一条动态发了出去。发完之后，祝博把手机放在桌上。很快，手机开始疯狂地振动起来，甚至被振得在原地转了半圈。

甄凌对此见怪不怪："你又放粉丝鸽子啦？"

祝博平日里话不多，有些腼腆，在同学们眼中基本是内向害羞的形象，但他的游戏直播做得很好。他的账号名为"煮菠菜"，在某直播网站的粉丝数量突破了五百万，日常直播时的固定收看人数基本能超过五十万。不过每次临近考试时，祝博都会请假不播。这回他也提前发了通知，在直播网站和微博上都挂了那个"天窗"标志。

通知刚发出去，他就立即收获了大量粉丝的回复。

——一看见熟悉的天窗标志，就知道大波波又要考试啦！

——天哪，又要考试了吗？我关注的到底是游戏博主还是学习博主？

——关注菠菜真是使我无心游戏只想学习。

——每回燕大考试我也要被迫跟着下线学习，这真是我离燕大最近的时刻。

听着甄凌的话，祝博叹了口气，道："没办法，直播一时爽，挂科……"说着还并起手指在脖子间划了一下，做了一个大家都懂的动作。

祝博的家境不差，不靠直播收入也能养活自己，用不着特意去做优等生，更不用担心挂科会毁掉自己的网络口碑。他不想挂科纯粹是因为绩点会受影响，补考也太麻烦，不想遭那个罪。

甄凌转头问林与鹤："鹤鹤，你请假了没？"

林与鹤还没开口，一旁的沈回溪就笑了："鹤鹤请什么假？常年都是失踪人员，哪天他更新了，粉丝才该惊讶。"

林与鹤笑了笑，道："嗯，我暂时不用请假，就是把单子往后推了推。"

林与鹤也有份网上的兼职，不过和祝博不同，林与鹤应该算是书法类博主。

林与鹤从小就体弱多病，被接到乡下一处山清水秀的山林里休养过很长一段时间。那时，林与鹤开始跟着外公学习书法，练得了一手好字。

高中的时候，林与鹤就接到过商业约稿，之后单子就一直没断过。上大学后他的时间宽裕了些，合作方建议林与鹤在社交平台上开个账号，扩大些影响力，所以他就开了一个。因为他的字写得实在漂亮,他的账号很快就吸引到了不少粉丝。

不过,林与鹤的更新频率不算高,就算他每次更新都会增加不少粉丝,但是他现在的粉丝数也就几十万。

林与鹤偶尔还会拍些视频,做做直播,不过他没签约平台,收入主要还是靠接活。闲暇时,他也给网剧之类的写写标题,事少钱多,随缘接稿,自由度很高。

四人闲聊着吃完了午饭,起身准备回图书馆。刚走出食堂,林与鹤的手机就响了起来。

林与鹤扫了一眼屏幕,瞥见来电者的名字,脚步一顿。

一旁的沈回溪察觉到异样,问他:"怎么了?"

"没事。"林与鹤匆匆摆了摆手,"你们先过去吧,我去接个电话。"

三人先离开了,林与鹤找了个安静的地方,按下了通话键。铃声戛然而止,四周突然变得寂静无比。

林与鹤低低叫了一声:"爸。"

电话那边传来一个温和的男声:"小鹤,你吃过饭了没有?"

"吃过了,您吃了吗?"林与鹤低头看着自己的手指,耐心地等对方切入正题。

果然,闲聊几句后,林父犹豫了一下,问道:"陆家的事……我听你欣姨说,你们见过面了?"

林与鹤"嗯"了一声,没有说别的。

林与鹤不说话,电话那端的林父也有些接不下去了。

无论再怎么说,也改变不了这场"大戏"交易的肮脏本质。陆家是为了内斗,他们家则是为了钱,这是这场认亲闹剧的真相。

通话的两人都沉默下来,这种沉默几乎能在无形中将人的心脏攥紧。

最后,林与鹤先开口了,安慰道:"陆董人挺好的。"

"好,好。"林父见林与鹤愿意接话,明显松了一口气,问,

"那你呢，小鹤？你觉得怎么样？"

林与鹤发觉林父的语气明显有些不安，目光缓缓挪到一旁花坛草丛里长出的绿竹上。渐渐地，眼前只有一团模糊的枯黄惨绿。

林与鹤低声说："我也觉得挺好的。"

"那就好，那就好……"林父接连重复了好几遍，问，"下个月，陆家要给你办宴会，对不对？我听你欣姨说，你担心宴会时间会和期中考试有冲突？"

林与鹤捏了捏鼻梁："嗯。"

天太冷，林与鹤被冻得身体各处都不舒服。他本想伸手摩挲，让身体缓和一点儿，可手指也是冰凉的，最后他已经分不清楚哪一个部位更冰了。

林父的声音还在继续："这件事……主要还是因为他们陆家比较讲究，时间安排上可能就不太好协调。而且陆家大公子刚接了董事长的位置，现在也很忙。你知道的，小鹤，这属于没办法的事，可能最后还得听他们的安排……"

"没事，爸。"林与鹤低着头，额头上略长的头发垂落下来，遮住了眼睛，"我听安排就好。"

"好。"林父松了一口气，"考试的事实在不行就请个假，你成绩一直这么好，老师肯定会通融的。"

林父又不放心地问："需要家长去和老师请假吗？要不到时候我联系你们老师？"

"不用。"林与鹤低声说，"您不用担心，我自己能处理。"

林父连忙道："好，好，爸对你放心。"他欣慰地说，"爸知道的，我们小鹤从小就懂事。"

林与鹤没说话，这句话林与鹤从小听到大，已经不知是夸奖还是枷锁。

"对了……"林父又道，"我看这些天燕城降温了，天气挺冷的，你的身体还好吗，没再难受吧？"

"没事。我都做过手术了,早就好多了。"林与鹤说,"您也保重身体。"

"哎,哎。"又叮嘱了几句,林父才挂了电话。

林与鹤在原地站了一会儿,暴露在空气里的耳朵和手指渐渐变得苍白。眼下还没到最冷的时候,哈一口气也还没有飘白雾,但对林与鹤来说已经很难熬了。

林与鹤活动了一下微僵的身体,走到花坛里的竹子前,伸出手摸了摸。指尖碰上竹皮,触感很凉,和久远记忆中的触感不太一样。

或许是品种不同。林与鹤胡乱想着,心底却很清楚,真正不一样的是自己的生活。那无忧无虑、幸福美满的山野时光,再也不会有了。

一阵冷风吹来,林与鹤掩住嘴唇闷咳了几声。他长长地吸了口气,把喉咙的痒压下去,手放下来时,指节已经蹭上了一点儿血迹,看来唇瓣又干裂了。

林与鹤想:这个秋天真的很冷。

泰平大厦。

一场合作洽谈刚刚结束,一个英俊冷漠的男人快步走出会场,朝专用电梯走去。男人身高腿长,走路又很快,身旁两个助理几乎得小跑起来才能跟得上他。助理们一边小跑,一边还在低声向男人汇报下一场会议的要项。

行程太过紧凑,下一场必须由董事长出席的会谈已经开始了。幸好开头还有五分钟的主持致辞时间做缓冲,现在过去能赶得上。

就是在这么紧张的情况下,却有人忽然迎了上来,拦住了他们前行的路:"陆董。"

在电梯前将陆难叫住的正是他的特助,方木森。

身为特助,方木森比谁都清楚现在的时间有多么紧张,但他不得不赶来将人拦住。有其他人在场,方木森并未解释原因,他手里正拿着个信封,信封的一角写着一个漂亮的"鹤"字。

陆难面无表情地扫了一眼,道:"通知主持,开场时间再延长三分钟。"

"是。"两个助理恭敬应下,一个飞快地跑去电梯口,另一个助理则站在原地,等候陆难。

方木森早已寻好了一间小会议室,见状立即为人引路去了会议室。将门反锁后,他才开口:"主宅在催,需要确定宴会时间。"

这么说着,方木森从信封中抽出了一张薄纸,双手递上。

那张纸上写的并不是宴会相关的内容。

方木森道:"这是燕大医学院的课表。"

待陆难接过课表,方木森快速地将主要内容向他汇报了一遍:"期中考试的时间是十一月的第一个周一到周三。周四、周五林与鹤需要去医院进行实操,实操表现会计入平时成绩。"

"周末两天,林与鹤有双学位的课,周六有四大节课,上满全天,课上会点名、记出勤。周日有三大节课,老师不点名,也不会布置课堂小测。"他汇报的时候,陆难垂眼,迅速地浏览着课表的内容。

方木森说完,犹豫了一下,又拿出一张精心镀过金箔的红纸:"另外,陆董,这是主宅送来的,要您从这些时间中选一个做宴会日期……"

陆难视若无睹,看都没看那红纸一眼,继续看着手中的课表。

方木森识趣地没有再提,迅速将红纸收了起来,垂手等待陆难的吩咐。

"定在周日。"陆难很快定下了日期,"提前申请一个燕大的临时出入牌。那天早上,你开车去宿舍楼下把林与鹤接过来。"

"是。"方木森恭声应下,正要将陆难手中的课表接过来,却意外发现,对方根本没有要还回的意思。

陆难将写满了林与鹤课程信息的薄纸妥帖折好，直接收了起来。等收好课表，他才快步走出会议室，和助理一同离开了。

几天后，林与鹤收到通知，宴会时间选在了十一月的第一个周日。这让林与鹤大大地松了一口气，周日是他课业负担最小的一天，这个日期选得格外友好。

日期信息是继母发来的，除此之外，继母还说了不少日期选定背后的事。

因为那一天并不是陆家所给出的备选日期，陆难定下周日后，陆家还和陆难争吵了一番。最后他们还是被陆难一句"没时间"堵了回来，被迫做出了让步。

陆家和陆难这样的状态不是一两天了，不然陆难也不会离开G城，独自跑到这边来发展。不过，他到底还是陆家的一员，陆家自然想掌控他。

听说这次宴会，陆家原本已经定好了所有流程，虽然他们并不会派人千里迢迢跑来这里参加一个宴会，但所有流程也都是精心设计过的，全是按照陆家的规矩来的。

只是他们唯一没想到的是，陆难突然升迁了。

陆难升任泰平董事长之后，陆家的势力就发生了微妙的变化。他原本就不怎么听从陆家的吩咐，升职之后，陆家就更难再去强行干涉他的事情了，只得退让一步。

吴欣在电话里把各种势力纷争统统解释了一通，反复告诫林与鹤行事必须小心，陆家和陆难哪一方他们都得罪不起。

林与鹤忙着准备期中考试，心不在焉地"嗯嗯"应了几声，听完之后也没记住几个字，只觉得陆家的事都好复杂。

不过这样也好，像陆难他们这种从高门大户里出来的人，切割关系时必定很利落。估计到时候协议结束，双方再对外发个声明，林与鹤直接拎包走人就行了。

听继母说教的过程中，林与鹤倒也想过"陆大少被惹怒直接取消认亲"这件事能不能成真，不过目前来看，这暂时还只是一个美好的愿望。

林与鹤并未将心神过多停留在这种事上，仍旧专心准备着期中考试。

几日后便是期中大考。十一科专业课，总共考了三天才结束。

考完后，学生们都觉得仿若被扒了层皮。离开考场时，连冰冷的空气都清甜了许多。

404的几个人约好在楼门口集合，一同回宿舍。最先出来的沈回溪舒展双臂，活动了一下坐得发僵的身体，长长地舒了口气，说道："可算是活着出来了。"

一旁的祝博翻着口袋找纸巾，想擦拭一下眼镜架："这大冷天的，硬是给考出了一身汗。"

林与鹤正要帮忙找纸巾，背上突然一沉。

"我是谁，我在哪……"有气无力的声音从林与鹤身后传来。甄凌趴在他的肩膀上，整个人快废了，"我还活着吗？"

身旁的沈回溪搭话："你已经成了'盒子精'，还得给对手送快递。"

甄凌扑腾了一下："不送！蛋糕我自己吃！"

林与鹤把纸巾递给祝博，笑着说："那晚上的四人餐我们就可以三个人吃了。"

甄凌拖着长音哀号："不行！"

四人约好了考完一起出去吃大餐，林与鹤一路背着个大拖油瓶，四个人聊着天往宿舍的方向走。

沈回溪问："晚上去哪儿吃？"

几个人都没有明确的目标，祝博道："那我搜搜吧，看哪家店的评价好一点。"之前他都忙得没时间找吃的。

043

甄凌还没从考试情绪中缓过来，仍然是那副半死不活的模样，毫无形象地趴在林与鹤身上。其他人说话的时候，甄凌鼻尖微动，嗅了嗅，忍不住开口："鹤鹤，这味儿好特别啊。"

林与鹤好笑："你饿到想吃人肉了？"

"不是！"甄凌辩驳，"是那种药香味，你身上自带的。"

这话倒不假。因为哮喘，林与鹤从小就是在药罐子里泡大的。虽然现在林与鹤的哮喘得到了一定的控制，但他身上那股药香始终没有消散，靠得近了就能闻到淡淡的气味。

沈回溪听见了，毫不留情地吐槽："药香味？你上次去中医药专业那边追人，不还说被药房的苦药味熏得快吐了吗？"

"那不一样。"甄凌坚持，"鹤鹤身上的药味好闻多了。"

甄凌忍不住继续对林与鹤说道："你这种体质的在小说里肯定是主角，自带药香，多时髦。"

林与鹤失笑："别以为我没看过你平时刷的那些短视频小说，你下句话是不是就要说，我这种体质的一般都是苦情配角？"

甄凌笑嘻嘻地道："也有主角的，你想看的话我推给——"

甄凌的话说到一半突然停下，像被什么扼住了喉咙一样。林与鹤和甄凌离得最近，第一时间察觉到对方身体突然变得僵硬，不由得问："怎么了？"

"我也不知道……"甄凌下意识地往林与鹤背后缩了缩，嘀咕道，"奇怪，我怎么觉得背上忽然凉飕飕的，好冷……"

林与鹤问："是不是受风着凉了？"

甄凌却没有回答，反而抬手指着一个方向，他说话都开始结巴了："那……那个人是谁？"

几人疑惑，纷纷朝甄凌手指的方向看过去。只见那高大的金合欢树下，正站着一个身穿深青色长风衣的高大男人。

现在已是深秋，粗壮的金合欢树将积攒了一年的力量肆意宣泄出来，满树皆是绚丽的金黄色，宛如被大桶油漆肆意泼洒，明朗又张扬。但男人的身上却并未被染上丁点儿暖意，他就仿若一柄出鞘的利刃，周身尽是掩不住的锋锐之气。

就是这燕城秋日里出了名的寒风，也比不过他身上的冷意。

原本一直赖在林与鹤背上的甄凌不知为何生出些惧意，下意识就站直了身体。林与鹤此刻无心留意甄凌的动作，满心惊讶：陆先生为什么过来？

因为太过震惊，林与鹤并未留意身旁人的反应，所以也没能看到身旁沈回溪的表情。

在看见陆难的第一眼时，沈回溪心头猛地一震，神色微变，连眉心都皱了起来。沈回溪心想：这难道是那位……可他为什么会亲自来这儿？

没等沈回溪将疑惑问出来，林与鹤已经匆忙开口："是我认识的人，稍等一下，我去打个招呼。"

林与鹤快步朝树下的陆难跑过去，这次终于记住了称呼："哥哥，你怎么来了？"

陆难的脸上依旧没什么表情，看不出在这儿站了多久，他说："正巧在附近开会。"

"工作辛苦了。"林与鹤问，"找我有什么事吗？"

陆难看向林与鹤，淡淡道："我记得你今天结束考试。"

"对，已经忙完了。"林与鹤主动道，"有什么安排的话，我现在都可以做。"

陆先生选择这个时间过来，林与鹤感觉挺庆幸的。虽然他从小成绩一直很好，算得上是家长们口中"别人家的孩子"，但他每次考试前仍然会有些紧张。相对而言，考完后的心情就会放松许多。这时他再做陆先生安排的事，也能表现得更好一些。

林与鹤一心等着陆难的吩咐，却迟迟没有等到对方开口。男人沉默着，面上神色令人难以捉摸。

是自己说错什么了吗？林与鹤正疑惑着，男人道："你辛苦考完,我想来看看。"

林与鹤听完就愣了,一开始甚至都没有反应过来。过了两秒,一个不可思议的想法在他脑海中成形:陆董不会是知道自己考完了,特意过来为自己庆祝的吧?

这怎么可能?

好不容易结束一场大型考试,人们的确会想和他人分享快乐。之前,甄凌还有对象的时候,一考完就会和恋人打电话,祝博也会在微博或是直播平台发动态。可无论是哪种形式的分享,林与鹤都很难将它们和陆先生联系在一起。他看起来并不像一位合适的分享对象,更何况他现在还这么忙。

林与鹤不禁沉默了,一时之间居然不知道该说些什么。

陆难一眼就看出了对方的心思。

林与鹤现在二十一岁了,一般不会被人看作孩子了,但林与鹤在陆难眼中确实还是一个小朋友。因为惊讶而微微睁圆双眼的林与鹤露出了略显稚气的神色,在陆难看来十分有意思。

陆难不动声色地看了一会儿,也没打算让林与鹤窘迫太久。他从衣兜里抽出一张薄薄的银行卡,递给了林与鹤:"晚上我还有两个合作要谈。这张卡给你,餐前出示可以免排队,和同学去好好吃一顿晚饭。"

林与鹤更惊讶了,匆忙摇头,道:"没关系的,我们自己去吃就好。"

陆难没说话,直接把卡放进了林与鹤的衣兜里,还帮人拉上了口袋的拉链。

林与鹤这下不好再坚持拒绝了,只好说了一句:"谢谢……"

林与鹤一直以为陆先生是那种不轻易接受旁人近身的人,却没想到对方会如此自然地做出这种动作。

陆先生是不是有强迫症?

林与鹤还在胡思乱想着,男人的低沉声音响起:"虽然我不能去,但以后这样的事我还是想参与。"

林与鹤微怔,一抬眼,就对上了陆难的视线。

男人神色平静,但眼神如此专注。他问道:"可以吗?"

林与鹤觉得喉咙有些发痒,张了张嘴,最后还是没能把拒绝的话说出口,只好点了头:"嗯。"

林与鹤发现这种话被一贯冷冰冰的陆先生说出来,意外地让人没办法拒绝。

银行卡的事谈好,男人终于让开了一些。

林与鹤暗暗松了一口气,正想和人道别,却发现对方并没有要走的意思,反而朝正等着林与鹤的三个舍友那边看了一眼。他问:"那是你同学?"

林与鹤点头道:"对,是我舍友。"

陆难用没什么起伏的声音说:"刚刚赖着你的那个也是?"

赖着?林与鹤愣了一下,然后反应过来这说的是刚刚趴在自己背上的甄凌,便说:"对,那人睡我对床。"

林与鹤顿了一下继续道:"大家刚考完,都有些兴奋,便习惯性地想找人耍一下赖⋯⋯"

陆难缓缓重复了一遍:"习惯?"

林与鹤有些拿不准男人的意思,摸着鼻尖说:"对。就是考完了比较开心⋯⋯"

林与鹤一边说一边小心观察着男人的神色,只是陆先生一向没什么表情,看也看不出什么端倪。不过听陆先生说话的语气,他似乎没有生气的意思。

陆难只是问:"那你开心吗?"

林与鹤如实道:"挺开心的。"

陆难没再开口,只是松开了原本抱臂的手,双手自然下垂。

林与鹤见对方沉默,又没有什么动作,有些不明所以。

陆难耐心地等了一会儿,见林与鹤还是没有反应,便问:"不是习惯吗？"

林与鹤没听懂："啊？"

陆难很有耐心，一点一点地解释："你刚才说，考完开心，所以习惯性找人耍赖。"他看着林与鹤，"你不是也开心吗？"

林与鹤："……"

早在和陆难见面之前，因继母的介绍，林与鹤就曾想过男人冷面寡言，不屑与自己开口，相处起来会很难的事。不过林与鹤完全没有想过，最后真正让自己觉得棘手的，竟然是对方开口的时候。

事情已经发展到这种地步了，男人又确确实实复述的是自己刚刚说过的话，他也不知道怎么回复，只能硬着头皮用自己的方式跟陆难表演了一下"耍赖"。

靠了一下之后，林与鹤匆忙立正站好，语气有点儿急促："那我就不耽误陆……哥哥的时间了，工作加油，路上小心！"

相比之下，陆难就从容了许多，还顺手帮人整理了一下衣服，淡淡道："去吧，你也小心。"

林与鹤乖乖地和人挥手告别，等男人离开以后，才稍稍松了一口气。

林与鹤回身去找舍友，发现舍友们还在原处等着，正一脸好奇地看着自己。

甄凌看着陆难的背影，似乎还有些心悸，问道："鹤鹤，那位是谁啊？"

林与鹤缓缓舒了口气，才道："是我哥，来送点儿东西。"他说得含混不清，也没打算解释这其中的曲折关系。

听见这话，沈回溪倒是神色一凝，抬眼望向陆难离开的方向，没有说话。

林与鹤没注意到沈回溪的反应，只想着赶紧把这件事揭过去，于是轻咳一声，道："他给了我张卡，晚上我请客吧，你们定好去哪儿吃了吗？"

　　一旁的祝博道："刚刚我们挑了几个地方，一块儿看看吧？"

　　林与鹤道："好。"

　　这个话题就这么被揭了过去，林与鹤也悄悄松了一口气。

第三章

　　几人商量了一下，最终决定去吃火锅。四个人一起坐地铁去商场，地铁上，林与鹤忍不住回想起了刚刚的事。

　　林与鹤仔细想了想，还是觉得，或许是因为自己不怎么习惯和不熟悉的人接触吧。

　　因为哮喘，林与鹤被迫养出了安静的性子，从小就没办法和普通孩子一样随意跑跳，也一直尽量避免去人多的地方。

　　直到高中，林与鹤还在申请开免除体能测试的证明，没挤过课间操，也没怎么上过体育课，很少会和别人有过多接触。

　　虽然这种情况在做完手术上大学后改善了一些，但林与鹤会近距离接触的，基本也只有几位舍友。让他突然和不怎么熟悉的人耍赖，他会紧张也是正常的。况且陆先生本身的气场也很强，存在感十足，让人很难轻易忽视。

　　林与鹤认真地想了一通，终于能给自己解释清楚了。但林与鹤很快又意识到了另一件事：只是要个赖都这么不习惯，那搬去陆家之后该怎么办？

　　这个问题突然从脑海中冒出来，激得林与鹤后颈发凉。

　　不会吧……

　　林与鹤内心陡然生出一股不安，却只能努力地安慰自己，只是配合表演的话，应该不会这么细致？总不能家里还装着监控设备，要他们时刻演戏吧？

林与鹤勉强安慰了自己，心神刚稳了一些，电话就响了。林与鹤看了一眼屏幕，电话是继母吴欣打来的。

对长相酷似生母的林与鹤，吴欣的态度一直不冷不热。在林与鹤上大学的四年中，吴欣主动联系的次数屈指可数。这段时间，她却频繁地给林与鹤打电话，信息就更不用说了，有时一发就是几十条，最后还会习惯性地要求林与鹤回复"收到"。

吴欣的电话打过来，林与鹤其实不是很想接。但手机一直在振动，大有不打通不罢休的架势，所以林与鹤最后还是接了起来。

"考完了吗？"略显尖锐的女声伴着地铁运行的噪声传入耳中，振得鼓膜微微发麻。林与鹤把手机拿远了点儿，按了按耳郭，才缓和了一点儿。

电话里，吴欣还在追问："你联系陆董了没有？"

之前她就一直催林与鹤和陆难联系，林与鹤推说要考试没时间，所以这一考完，吴欣就把电话打过来了。

林与鹤说："刚考完。"

吴欣说："那你联系一下陆董，问他晚上有没有时间，你们一起吃个饭。"她是职业经理人，平时发号施令惯了，说话时总带着命令的语气，"马上要举行宴会了，你们接触越多越好。"

林与鹤道："陆先生晚上有事要忙。"

"都还没联系就知道他晚上要忙？"吴欣笑了，"怎么，你还能知道陆董的行程了？"

林与鹤确实知道，还是陆难亲自找来当面说的。不过他知道若是自己说了陆先生来找自己的事，继母肯定会借此提出更多要求，于是就没有说话。

吴欣只当林与鹤不说话是因为心虚，便直接催道："快点儿打过去，打完给我回电话。"

见继母如此坚持，林与鹤抿了抿唇，道："陆先生晚上真的没有时间。他之前给了我一张卡，让我自己和舍友去吃。"

电话那边明显顿了一下，然后问道："他给了你一张卡？什么卡？他的银行卡？"吴欣一连串地追问，似乎觉得很不可思议。

相比之下，林与鹤还是平静的口吻，只简短地回了一个字："嗯。"

陆难把卡拿出来时，林与鹤瞥了一眼，那确实是银行卡，大概是副卡之类的，陆难没解释，他也没有问。

林与鹤没回，电话那边却问得急切："那卡是什么颜色的？"

林与鹤答："黑色。"

"是不是黑金卡？"吴欣的激动几乎能透过电话传过来。

林与鹤没有被这激动感染，语气依旧平淡："我不认识。"

吴欣顾不上计较他的态度，追问道："那张卡的卡面上是不是有个……"

林与鹤对这种事实在没什么热情，但继母执意要问，林与鹤听完她的描述，就把口袋里的卡拿出来看了一眼，应道："是。"

吴欣突然笑了，语气都和缓了许多："行，没事了，去吃饭吧，和同学好好玩。"

电话挂断之后没多久，地铁就到站了。林与鹤与舍友们一块走进火锅店，迎面便是一阵浓郁的火锅香气，他那些乱七八糟的思绪暂时都被压了下去。

二十出头正是能吃的时候，四个年轻人点了满满一桌菜，几乎全是肉，单是摆出来就让人心情好了不少。得知几人刚刚考完，店员还热情地在四个调料碗里用红辣椒油写了四个字：考试必过。

一顿饭吃得风卷残云，连林与鹤都被带着多吃了些，整个人终于暖了过来。

林与鹤在西南平原地区长大，吃辣水平一流。对面的甄凌就逊色了许多，一边吃一边抽纸巾，鼻尖都被擦红了。

林与鹤看了对方几次,觉得有些不对劲,问:"你怎么了?一直在擦鼻子。"

"啊?"甄凌瓮声瓮气地说,"没事,调料弄得有点儿辣。"

林与鹤又看了看甄凌,皱眉道:"你是不是感冒了?"

甄凌愣愣的,有点儿反应迟钝,说道:"没有吧?我自己没感觉啊。"

坐甄凌旁边的祝博听了,直接上手摸了摸甄凌的额头和颈侧,还真的摸到了异样的高温。

祝博惊讶地说道:"不是,你真的烧起来了。"

"啊?可我刚刚还好好的……"甄凌还是一副呆呆的模样,这下几人都看出了他的迟钝。

沈回溪直接拿起了手机,说:"除了发烧还有什么症状?我叫个跑腿小哥把药送来。"

等找人买好感冒药,他们又要来一大杯热水,安顿好没什么严重反应的甄凌之后,几人继续吃饭。

甄凌舍不得自己的毛肚,换成清汤锅底也坚持要吃,他一边慢吞吞地吃着,一边好奇地问道:"鹤鹤怎么看出来我感冒了的?"

甄凌一向发烧也不会脸红,外表看不出一点儿异样,加上自己对各种症状的感知也不敏锐,总是烧起来之后自己还不知道。大学期间,甄凌三次感冒发烧,都是林与鹤先看出来的。

林与鹤说:"今天考完出来,你靠在我身上的时候身子就有点儿沉,呼吸也重,应该是体力不支,但你自己没注意。"

林与鹤当时原本还想和甄凌提一句,结果被陆难的出现分了心,便忘了这件事。现在,他接着道:"刚刚你又一直在擦鼻涕,我就猜你可能是感冒了。"

甄凌慢了半拍才把这些逻辑理顺,然后就"啊"了一声,说:"鹤鹤好细心啊。"

这话倒是不假,林与鹤是整个学院公认的适合做医生的人,

053

成绩好，性格温柔，体贴又细心，总能把人照顾得很好。"

林与鹤听了，哭笑不得地说道："这是重点吗？你多喝点儿热水，一会儿药送来就先把药吃了。"

林与鹤又倒了一碗热水给甄凌，让对方吃东西之前涮一下油，说："下次要是再头晕身子重就提前留意，你每次有这症状便是发烧的前兆。"

甄凌乖乖点头，非常配合地说："嗯嗯，谢谢林医生。"

感冒药很快就送了过来，等甄凌吃过药，这顿饭也吃得差不多了。林与鹤起身去结账，并没有拿出陆难给的卡，而是自己付了钱。

林与鹤接商稿有收入，一顿火锅花费的钱对他来说也不算多。

去吧台的路上，林与鹤隐约觉得有人在看自己，朝四周看了一圈，并没有发现什么异样。

结账的时候，那种被注视的感觉又出现了，林与鹤皱了皱眉，没有表现出异样。

付完账，林与鹤拿着单子离开，走了几步之后，悄悄从另一条过道折返。林与鹤停在拐角处，探头朝吧台方向看了一眼，吧台前果然有人。那是个背对这边的陌生男人，戴着一顶棒球帽，整个人遮得很严实，和吧台服务生说话时，声音也压得很低。不过正巧这阵店里没什么嘈杂背景音，林与鹤就听清了他的话。

那个男人问："73号桌的账单可以给我打一份吗？"

那是个陌生的男声，林与鹤可以确定自己不认识这个人，他皱起眉，73号正是自己的桌号。

林与鹤担心被对方察觉，没有多留，确认对方没什么其他动作后就离开了。林与鹤不清楚对方做这种事的原因，但总感觉这人应该是冲着自己来的。

可对方跟踪自己、打印账单又有什么目的？

林与鹤正思考着这件事，迎面有人走过来，对方热情地微笑着问:"您好,可以麻烦您帮忙填个问卷吗?我们可以赠送一张免排队券。"

这家店的免排队券不是挺难拿的吗?之前甄凌还一直喊着想要,结果折腾了好久都没拿到。林与鹤感到意外,看了看对方身上那正式规整的员工服,最后还是点了头,说:"好。"

泰平大厦。

已是夜晚十点,高耸的大厦依旧灯火通明。

自新董事长上任以来,许多事务需要接洽处理,泰平集团的员工一直处在忙碌之中。

高层会议室中,仍在商谈一桩合作案。这个时间本不该安排合作洽谈,虽然泰平上下最近已经对加班习以为常,但还是要考虑合作公司的工作时间,不过这一次纯属意外。原本这桩大型合作案的进度会议定在每周三的下午进行,这周因为泰平董事长陆难临时外出,本打算中断一次,但合作方说愿意等,就改到了晚上。

虽然时间晚了些,但是这次会议很顺利,进展相当喜人。合作方的老总行为举止很是豪爽,会议一结束他就大手一挥,要请所有人吃夜宵,说:"都去!我请!"

被邀请的对象也包括了陆难,确切来说,合作方老总重点想请的就是陆难。对这位年轻的新任董事长,老总之前也不是没有过怀疑,但随着合作的深入,他的态度就完全转变了,不只对这次合作的前景相当看好,还想和陆难有进一步的接触。

泰平这边自然也能感受到合作方老总的热情,所以即使公司会提供加班餐饮,大家也还是很开心地跟着老总一块儿去吃夜宵了。不过陆难并没有同行,他还有工作。

老总表示很理解,说:"正事要紧,正事要紧,您先忙。"

老总用自己的手机看了看时间,此时已近十一点,他忍不住感叹:"陆董真是年轻有为啊。"

一大队人马浩浩荡荡去吃夜宵，他们的离开带走了不少笑语人声，深夜的大厦显得越发安静。

陆难回到顶层办公室，继续处理剩余的文件。

顶层的空间极广，巨大的环形落地窗映出室外的繁华景象。四周高楼的璀璨灯光触手可及，这里却仿佛离夜幕更近。

从五年前这座大厦建成起，顶层就一直是董事长的专属办公室。不过刘高义一直在旧楼那边办公，没怎么来过这座新大厦，顶层办公室就一直处在闲置状态，直到陆难过来后，才真正被使用。只不过这个男人来了之后，也没给这里增添多少人气。

按本人喜好和适配尺寸定制的陈设用具多是黑白灰三色，规整地在室内一摆，让这办公室看起来严肃又庄重，同时也显得冷冰冰的。即使这里的温度常年控制在最适合人体的二十六摄氏度，也无法驱散那种难言的冰冷。

"咚咚。"

通信器传来了敲门的提示音，通过许可后，特助方木森走了进来，站在实木办公桌旁，向陆难汇报今晚的工作情况。

汇报结束，方木森停顿了一下，没有离开，似是还有话要说。

陆难继续翻看文件，没有抬头，只是问道："怎么了？"

方木森道："是林与鹤的事。"

陆难言简意赅："说。"

方木森道："林与鹤今晚和舍友去吃了火锅，十五分钟前已经回到了宿舍。"

吃完了？陆难翻文件的动作一顿，那他怎么没收到银行卡的消费提示？

没等他发问，方木森已经给出了解释："林与鹤并没有用您给的卡。"

陆难抬眼看他。

方木森跟了陆难这么久，自然明白对方这种无声的询问。他也早就做好了后续的应对,说:"我们这边以消费者调查的形式,请林与鹤填了张线上问卷,问了没有使用银行卡的原因。"

陆难难得开口追问:"为什么?"

方木森露出了一点儿让人难以形容的古怪神色,咳了一声才道:"林与鹤说因为您的卡没有学生优惠。"

陆难:"……"

周四、周五两天在医院的实操难度不算大,期中考试结束后,林与鹤重点要考虑的事情就是周日的宴会了。

自从宴会日期确定了之后,吴欣就一直在给林与鹤发各种消息。林与鹤之前忙着考试,没怎么关注这件事,再者他也没把太多心思放在这件事上,只觉得这是一场各取所需的协议,走完流程就好了。但家里把这事看得很重要,就算只是所谓给他的一场亮相宴会也很重视。宴会的流程早就由陆家人安排好了,并不需要林家费心,但吴欣还是事无巨细,桩桩件件都过问,生怕会有什么闪失,导致和陆难的合作出差错。

临近周日,吴欣的消息发得更勤了。到了周六傍晚,刚上完课的林与鹤还是被她叫了出去。这次见面约在学校附近的一家咖啡馆,吴欣还特意带了许多资料过来,专门给林与鹤讲解。

虽然只是一场宴会,但陆家的排场一向很大,这回又是陆难升任董事长后的首次公开活动,除了亲友,届时还会有许多商界人士到场,流程相当复杂。

"我专程和宴会的策划、司仪都见了面,拿到了整场宴会的流程。"吴欣说着,拍了拍面前的文件夹。文件夹里装满了流程资料,大大小小的堆在一起,足足有一大摞。

看着那一摞资料,林与鹤忽然觉得十一门医科考试都变得可爱了许多。

林与鹤完全没想到大家一起吃个晚饭还会有这么多事情要准

备，就算这样，吴欣还觉得准备晚了。要不是陆难的人说造型团队要宴会当天才到，林与鹤恐怕早就被提前拉去做造型了。

吴欣道："明天的宴会，会第一次正式对外界介绍你的身份。你也知道，因为忙着接手泰平的事，陆先生这些日子没时间管其他的，所以他们的人决定，以保护你为名义，在宴会前封锁所有相关的消息。"

"到目前为止，还没什么人知道陆家新收的义子的身份，明天来的绝大部分人都不认识你。第一印象至关重要，你的一举一动都会被所有人看着，所以你明天必须小心表现，听见没有？"

林与鹤应道："嗯。"

吴欣又道："等宴会结束，后续的新闻就会跟进，那才是真的大阵仗。"

对于陆家来说，八卦新闻从来就没有停止过。陆家是G城响当当的门户，随便一点儿消息就能养活好几家娱乐小报，陆家每个成员的一举一动，都会被放大送去头版吸引流量。

只不过陆难一直在这边发展，回G城的次数屈指可数，娱乐记者们没能挖到他多少东西，因此陆难的花边新闻几乎没有。

不过这次既是陆家收义子，还是和陆难有关，关注度肯定低不了，再加上泰平董事长之位刚刚易主的消息，到时各种报道的声势肯定更大，所以林与鹤必须配合这件事。

吴欣拿出一个装满了报纸、杂志的文件袋："我收集了一些G城媒体对陆家的报道。这次宴会，陆家暂时没有安排人过来，所以你暂时不用忙着背熟他们每个人的资料，先看看新闻好了，以后这些媒体也是你要面对的。"

林与鹤一向对娱乐八卦新闻不感兴趣，自然对吴欣递来的这些小报也没什么兴趣。但那些小报上几个字号夸张、冲击力十足的标题，还是吸引了林与鹤的视线。

"豪门梦碎？陆英明新女友购物超心酸！"

"旧爱胜新欢？陆二新女友竟无刷卡权！"

吴欣也是下了功夫，找来的都是最新的报纸。最近一段时间，G城媒体最关注的人就是陆家第三代的第二子，也就是陆难那个要结婚的堂弟，陆英明。

陆英明风流成性，绯闻不断。这回他终于公布了婚讯，媒体自然对这位准夫人异常感兴趣，争相报道她是如何"套牢"了陆二少。可是就在这位新女友风头正盛的时候，忽然有小报报道了一条"劲爆"消息——这位新女友出去购物时，刷的并不是陆二少的卡，而是自己的。

这个新闻原本掀不起太大的波浪，因为G城娱乐记者一向喜欢夸大其词，这种事过个几天也就没什么人关注了。问题就在于，陆二少之前有一任女友曾经拿到过他的银行卡，两人恋爱期间刷的都是陆二少的卡。

这一对比就不得了了，不少报道都开始说陆二少并不是真正喜欢这位新女友。那个前任女友后来成了网络红人，有一定的粉丝基础，而新女友也不甘示弱，两人来来回回的明争暗斗甚是热闹，小报们更是趁机赚得盆满钵满。

林与鹤对陆二少的感情生活并不关心，虽然情况不一样，但还是让林与鹤在意了"刷卡"两个字。没来由地，他想起了周三那顿火锅，有人鬼鬼祟祟地跟着自己，偷偷要走了自己那桌的账单。还有人上来问，为什么没有用银行卡结账。

会是自己想的那样吗？有人借此来推测他是不是真的受到陆家重视？

林与鹤看新闻的时候，吴欣还在说："你要做好准备，宴会之后就不能像以前一样了。到时你外出都可能被拍，你必须顾好自己的形象，别影响到陆董。"

林与鹤听着，皱了皱眉。

林与鹤本身对这件荒唐事没什么感觉，配合就配合了，假装就假装了，但他不喜欢自己的日常生活被打扰。林与鹤在线上做书法博主，足有几十万粉丝，也从来没有发过照片或其他会暴露自己信息的东西。

可林与鹤现在并没有插嘴的余地，对继母说这事更不可能解决问题，只能先将自己的情绪按捺下去。

吴欣又说了很多，等她说完，已经过去了三个多小时。林与鹤走出咖啡馆时，深夜的寒风比白日更冷，他却觉得比在温暖的室内呼吸时顺畅了许多，胸口闷闷的感觉也消散了。

林与鹤肆意地呼吸了几次，直到被冷风吹到开始闷咳，才重新戴上口罩。

回到宿舍时，甄凌和祝博都在，考完试几人放松了些，没再去自习。

祝博正在桌前看电脑，看着看着爆出一句脏话。

在床上玩游戏的甄凌问："怎么了？你还在直播？"

年轻人身体好，甄凌休息两天就好了，现在又生龙活虎的。

祝博道："没，早结束了。我刚刚在看聊天群，一个高中同学发消息说要结婚了。"

祝博皱眉看着手机："我天，这才多大啊，就结婚了？"

"一眨眼，咱们也到了随份子钱的年龄了。"甄凌啧啧两声，"人家都结婚了，我还是单身呢。"

祝博笑他："你羡慕？找一个呗。"

甄凌却道："不羡慕，哈哈哈，我才不想结婚。"

祝博问："你不是整天想找对象吗？"

毕竟甄凌整天在宿舍号着想谈恋爱。

"那不一样。"甄凌说这件事的时候很认真，"虽然我想谈恋爱，但是目前一点儿也不想结婚。谈恋爱只要你情我愿就好了，但结婚就变成了要负责任，我还没做好担负这些责任的准备。"

闻言，正在换衣服的林与鹤动作一顿。

"我初中同学也有结婚了的，他们没上大学，现在都成家了。我回去参加同学会时听他们聊这些，总有点儿感慨。"甄凌道，"也不评价好坏吧，就是觉得他们和我们已经是两个世界的人了。"

祝博说："我也是，对结婚都没什么概念。虽然说我们的年龄也是二字打头了，但因为一直在学校里，总觉得结婚这种事很难和我们扯上关系，所以我刚刚才那么惊讶。"

掌中的手机又振了起来，林与鹤扫了一眼，屏幕上自动显示出了信息详情，吴欣发来了一个文件。

吴欣：我把宴会流程的电子版发给你了，你再确定一遍。

名流云集的宴会，多热闹的场合啊。林与鹤看着那些消息，只觉得讽刺。

熟悉的闷痛感从胸口升起，林与鹤掩着唇，闷咳着。甄凌听见动静，从床上探出头来看，问："怎么啦鹤鹤，又不舒服了吗？"

祝博也抬起头，问他："受凉了？"

年轻人原本都粗心大意的，旁人有个什么症状也很难注意到。但几人都是学医的，又受了林与鹤的细心影响，潜移默化中养成了互相关照的习惯。

林与鹤努力压下喉咙的痒，摆摆手说："没事。"

没管吴欣发来的消息，林与鹤转身从柜子中翻出一个古朴的方盒。方盒被软布妥善包裹着，表面上泛着一层久经时间沉淀的温润光泽。

林与鹤打开方盒，里面装着漂亮的锦缎，锦缎层层打开，最终露出了内里包裹着的一块乌木。木头表面没有光泽，只有浅浅的木纹，带着一种天然的韵味。乌木散发着淡淡的木香，让人嗅了，连心情都随之宁静下来。

林与鹤重新穿好外套，拿着这块乌木出门去了天台。

甄凌和祝博见他没什么大碍，就继续聊起了刚才的话题。

结婚的事才没聊几句，沈回溪就推门走了进来。沈回溪刚从外面回来，带着一身寒夜的冷气，神色也有些凝重。听见屋内两人说起结婚的事，沈回溪便问："结婚？谁结婚？"

　　甄凌说："是小博的高中同学。"

　　甄凌把刚刚的聊天内容简单说了一下，沈回溪这才"哦"了一声。他在室内看了一圈，问："鹤鹤呢，还没回来？"

　　甄凌答："回来了，他刚刚出去，就在你进门之前。"

　　沈回溪又皱起了眉。

　　林与鹤乘着宿舍楼电梯，一路到了顶层天台。

　　天台在室外，高层的风更大，但是视野很开阔。心情不好的时候，林与鹤喜欢跑去高的地方往下看，心境也会随着视野一同拓宽。

　　林与鹤走到天台边，探头向下看去。夜深了，校园里安静了下来，周遭起了一点儿雾，各处都朦朦胧胧的，像是全笼上了一层薄纱，让秋夜带上了一点儿温柔诗意。

　　林与鹤的相貌偏古典，就连喜好也大多是传统的书法或是木刻，这些喜好和登高远眺一样，能让他心绪渐渐平静下来。

　　林与鹤握着那块巴掌宽的乌木，指腹轻轻摩挲着它的纹路。这块木头，林与鹤还没有动过。乌木硬度高，很难下刀，这么珍稀的原料，林与鹤一直没有想好要刻什么。

　　乌木是极为昂贵的顶级木材，因为数量稀少，单是原料就能卖出天价。这块乌木还是林与鹤儿时从山林里带来的，时间过去得太久，他已经不记得是从何处寻得这块乌木的，只是因为喜欢它的香气，便一直带在身边。

　　乌木散发的香气，让林与鹤不由得想起了陆难。

　　陆先生的身上，也有这种淡淡的木香。

　　林与鹤正想着，手机忽然振了起来。

早知道就不把手机带出来了……林与鹤以为是继母打来的，正想拒接，可视线扫到屏幕，动作忽然一顿。那握在手中的乌木的香气像是忽然扩散了一般，一瞬间侵入口鼻。

手机屏幕上显示的不是继母，而是他亲手输进去的两个字——哥哥。

林与鹤的手指下意识收紧，略显粗糙的木头在掌中硌出浅浅的痕迹。他迟疑了一下，还是用被冷风吹到略显僵硬的指尖按下了绿色的通话键，道："喂，陆先生？"

低沉磁性的声音自电话那边传来："称呼不是改了吗？"

林与鹤顿了顿，问："打电话也要改口吗？我以为是有外人在的时候才……"

陆难没有说话，态度却很明显。林与鹤的声音越来越轻，最后无声地叹了口气，轻声道："哥哥。"

陆难这才放过这个话题。他问："现在在哪儿？"

林与鹤道："在宿舍，刚回来。"

陆难问："这么晚回来？有课？"

男人声音沉稳，语气自然，竟像是在和亲近的弟弟聊天一般，说起了日常的事情。

林与鹤猜不透他的意图，但被吴欣提点久了，也清楚不好在对方面前撒谎："没有课，是家里把我叫过去，讲了一下明天宴会的规矩。"

吴欣反复强调过让林与鹤记得向陆难表忠心，林与鹤这么说，也是为了让对方知道自己对宴会的安排并非一无所知。林与鹤其实不太喜欢这种说一句话就要反复揣摩的感觉，只是协议已定，自己自然也得敬业。

林与鹤不知道陆难有没有感觉到自己的诚意，男人听了后问的却是："家里？你继母？"

林与鹤愣了愣，而后说："对。"

"不用把那些话看得太重。"陆难说,"不用紧张,明天的宴会,我会和你一起。"

林与鹤感到意外,这话听起来倒像是在特意安抚自己一样。林与鹤心里这么想着,还是道:"好。"

陆难又问了些别的,大都是没什么目的的闲谈。若不是林与鹤每天都会收到吴欣发来的几十条泰平的事务信息,林与鹤都要以为陆先生不怎么忙了。

时间已晚,陆难没有聊太久,道:"晚上好好休息,明早会有人去接你。"

"好,辛苦了。"林与鹤说,"哥哥再见。"

陆难说:"晚安,宁宁。"

林与鹤的动作顿了一下,才将电话挂掉。

陆先生的音色很浑厚,林与鹤对好听的声音总有一种莫名的亲近感,他母亲的声音就很好听。他母亲的声音很温柔,陆先生却是偏冷淡的那种,是标准的男低音。

林与鹤也不知自己为什么会突然把这两个声音联系在一起,或许是因为那声太久没人叫过的"宁宁"。

而且,林与鹤说的是"再见",陆先生却回了一声"晚安"。之前林与鹤就发现了,陆难并不像自己预想中的那么冷淡。两人虽然联系不多,但每次交谈,气氛都不会沉闷,陆难会主动和自己说话,有时还意外地体贴。

林与鹤捏了捏自己冰凉的鼻尖,缓缓吸了一口气。这深秋的空气,一路凉到心口,却也能让人清醒。

天已经很晚了,连月光都褪成了暗淡的霜白色。夜幕似凝成了黑色的冰,浅浅的光落在林与鹤的脸上,勾勒出温柔的轮廓,显得他不染凡尘。

风很冷,林与鹤却像感觉不到一般,若有所思地握着手机,一直没有动。

林与鹤就这样站了好一会儿,直到掌心被一直握在手中的乌木硌得发疼,他才回过神来。林与鹤低头看了看屏幕,手机感应到面部直接亮了,屏幕上显示的是刚才的通话记录。

林与鹤盯着通话记录看了一眼,才收回手机。

林与鹤正要转身回去,听见不远处传来动静,好像有人走上了天台。林与鹤抬头望过去,不由得感到意外,喊道:"回溪?"

林与鹤看见沈回溪并没有戴耳机,看起来不像是来天台打电话的样子,便问道:"你怎么上来了?"

"来找你。"沈回溪走过来,看着林与鹤被冻到苍白的面色,皱了皱眉,"这么冷的天,你怎么还待在室外?"

"刚打了个电话。"林与鹤问,"找我有事?"

"去里面说。"沈回溪把林与鹤带到了楼梯间。这个时间,走廊里已经没什么人了,电梯被使用,楼梯间里更空荡。

林与鹤刚刚还不觉得冷,现在反应过来,才发现自己已经冻透了,他朝冻僵的双手哈了一口气,问:"怎么了?"

沈回溪似是觉得有些难以开口,斟酌了一下,才道:"我今天回了一趟家。"

林与鹤点了点头。他知道沈回溪家在燕城,也知道对方家境很好,之前沈回溪过生日,宿舍几个人还一起去沈回溪家的别墅参加过生日会。

沈回溪说:"我拿到了一份邀请函,明天的。"

林与鹤察觉到不对劲,隐隐有些预感,问:"什么邀请函?"

果然,沈回溪道:"陆家宴会,由陆难先生介绍你的宴会。"

楼梯间里蓦地沉默下来,周围一片寂静,只能听见窗外呼啸的风声。

林与鹤张了张唇,几次想说话,却又有些难以开口。和陆家攀上亲的事,林与鹤还没和同学们提起过。

最后还是沈回溪先开口:"周三考完那天,来学校找你的也是他吧？"

林与鹤点头道："对。"

"你和他……你们……"饶是已经见惯了各种高门大户的怪事，但当这种不怎么说得出口的事真正发生在年轻的舍友身上时，沈回溪一时竟有些语塞。关于这场宴会背后的一切，沈回溪知道得太多，反而不敢在林与鹤面前开口。

沈回溪抹了一把脸，最后还是道："我也没什么别的意思，就想问问你是真的愿意吗？"

林与鹤抿了抿唇，说："算是吧。"

沈回溪叹了口气，不再继续问了，便换了个轻松的表情，说："明天是吧，你要几点出门？"

林与鹤低声道："早上七点。"

沈回溪点头道："行。"

同窗四年，沈回溪清楚林与鹤的家庭背景，了解吴家的情况，也知道对方从来没接触过那个圈子。那种圈子，最鲜明的特点并不是什么奢侈高档、优雅华贵，而是规矩繁多。

明面上必须遵守的、暗地里约定俗成的、把人捆得结结实实还让人觉得自己与其他人泾渭分明的……数不清的规矩。

林与鹤这种初接触者，最难熬。

沈回溪道："我明早会先回家一趟，到时候早点儿过去，到酒店陪陪你。"

沈回溪不知道那位传说中冷面冷心的陆董事长对这个"卖子求荣"家庭出来的弟弟会破例多少，但沈回溪了解过到场名单，明天的宴会上，陆董单是交际就会很忙。

林与鹤有人照看最好，没人的话，自己在也能帮上些忙。

林与鹤愣了愣，这才反应过来。沈回溪今晚应该是为了和自己说这件事，才专程跑回学校一趟，不然对方大可以直接睡在家里。

"谢……"谢字才刚出口，林与鹤的肩上就被沈回溪轻轻地捶了一下。

"行了,跟我还客气什么?"沈回溪说完,看了看林与鹤的肩膀,"都到室内这么久了,身上怎么还这么凉?你到底在外面吹了多久的风?"

林与鹤说:"也没太久。"

沈回溪无奈地道:"赶紧回宿舍暖和下。"

两人一同下楼,等电梯的时候,沈回溪突然叫了林与鹤一声:"鹤鹤。"

林与鹤回头道:"嗯?"

沈回溪欲言又止,最后在林与鹤疑惑的目光中道:"明天到了酒店我就去找你,你记得留意手机信息。"

林与鹤点头道:"好。"

沈回溪看了看林与鹤,没再说什么。

沈回溪意外得知所谓认干亲的内幕,也看出了现在的林与鹤情绪不高,沈回溪不想再给对方增加负担,所以有件事,沈回溪到底还是没说出口。

陆董已年满三十一,自然比他们这些小了他近十岁的学生成熟许多,何况陆董还是资产如此丰厚的精英人士。

有些事林与鹤没有接触过,沈回溪却很清楚。明天的宴会上,除了那些各怀心思的亲友,还会有各种投资人、合作者、商业伙伴,以及一个有些麻烦的人。

第二天一早,林与鹤刚从学校的食堂回来,就在宿舍楼下看到了方木森。

"咦?"林与鹤愣了愣,然后低头看时间,"到点了吗?我迟到了?"

方木森还是给人那种斯斯文文的感觉,他温和地安抚道:"没有,是我们到早了。还有十五分钟,您可以慢慢来。"

林与鹤松了一口气，犹豫了一下，道："方先生可以不用敬称的，叫我小鹤就好。"

方木森笑了笑，顺势道："你这么早出去是有什么事吗？"

"我去吃了个早饭……"林与鹤说着，突然意识到了什么，有些不安，"宴会当天有不能提前吃饭的规矩吗？"

"没有。"方木森道，"没有那些规矩，原本也打算接你去酒店吃点东西的。"

"那就好。"林与鹤不好意思地笑了笑，"我看时间还早，就习惯性地去了趟食堂。"

林与鹤挥挥手，说："那我先上去换双鞋，马上就下来。"

方木森点头说："好的，不着急。"他看着林与鹤离开，抬眼望了望食堂的方向。

宴会之前去学校食堂吃饭，拿了巨额银行卡还用学生优惠支付，这都是林与鹤下意识的、习惯性的选择。方木森微哂，林与鹤当真是把这场交易和自己的生活分得很清楚。

林与鹤很快下楼，上车坐在后座。汽车开离校门口时，林与鹤才反应过来："咦，保安没有拦你们的车吗？"

方木森道："陆董吩咐过，提前办好了临时出入证。"

陆先生？林与鹤想，没想到陆先生还会注意这种细节。

汽车平稳行驶，坐在副驾驶的方木森拿出一个文件袋，说道："我大致说一下今天宴会的流程。"

经过昨晚吴欣的轰炸，林与鹤一看见那种文件袋就有点儿头疼，却也只能说一句："好的。"

林与鹤做好了在这漫长路途上再听一遍长篇大论的准备，却没想到方木森说得极为简练，两分钟不到就说完了。

方木森道："到了之后，我或者其他人会跟着你，有什么事情随时吩咐我们就可以，不用担心。"他还道，"路上还有一段时间，后座准备了毯子和软枕，你可以先休息一会儿。"

林与鹤愣了一下，说："好。"

林与鹤看了看方木森的侧影，对方斯文有礼，耐心又体贴。这原本很正常，但回想起初次见面时方木森对吴欣的冷淡，林与鹤总有些想不通。陆董的助理为什么会对自己态度这么好？

林与鹤这么想着，但也没有问出口。汽车安静地行驶着，半个多小时后，终于抵达了目的地。

举行宴会的酒店是林与鹤从来没听说过的一个地方，到了目的地之后他才发现，与其说这里是个酒店，倒不如说是个大型庄园。这庄园建得跟个名胜古迹似的，地方大到甚至让林与鹤有些晕头转向。

方木森叫了人过来跟着林与鹤，随时听任吩咐，不过他还是亲自带着林与鹤走了进去。

在路上转了许久，他们才走到一个宽敞明亮的大厅。林与鹤以为这里就是宴会的正厅，方木森却道："这儿是化妆间的客厅，你先进去吧。"

原来这只是化妆间。林与鹤默然。

等林与鹤走进与大厅相连的房间时，发现造型团队和跟拍摄影团队已经在里面等待了。

造型师们的动作很利落，不到半个小时就做好了大部分妆发。随后，林与鹤在指引下去更衣室换装。

林与鹤前脚刚离开，后脚化妆间里就热闹了起来。

"啊，他怎么长得这么好！"

"给这样的人化妆真是享受！"

造型团队是专业级别的，成员都很年轻，平日里团队气氛就相当活跃。只是因为BOSS（老板）太过严肃，他们才习惯工作时保持安静。这回也是，他们一直忍到客人离开才开始尖叫。

"怎么会有人皮肤这么好啊！这么近的距离连一点儿毛孔都看不见，我刚刚拿着遮瑕霜都无处下手……"

"还说呢,我刚才差点儿连妆都不会化了,感觉对着那张脸怎么下手都是画蛇添足。"

"对啊,还是正脸侧脸三百六十度无死角的类型,我估计随便抓拍一张放到短视频平台上,都会收获百万点赞!"

"得了吧,你还想偷拍,怎么不想想陆董?"

"不……不行,不能想,我听见这个名字都觉得冷……"

提到陆难,化妆间里的聊天音量就降了下来。

等林与鹤回来时,室内已经恢复了安静。林与鹤一走进来,就吸引了所有人的视线。

因为西装外套暂时还没有送过来,所以林与鹤现在只穿了西裤和一件衬衫。纯白与林与鹤几乎是绝配,明明是最简单的颜色,却偏偏如画龙点睛般,掩去了林与鹤身上的那一点儿书卷气。修身的版型将人勾勒得越发挺拔,林与鹤本身的仪态就很好,背脊挺拔,立如青竹,此刻衬衫又贴身收拢,腰际紧束深色皮革,那细窄线条十分惹眼。

室内众人都看愣了,有人脱口而出道:"好好看……"

这声低呼让整个化妆间沉默了一瞬,身旁的人忙拉了那人一下,示意她噤声。客人就在面前,怎么能随意评价?

负责人忙开口补救:"这身衣服真的很合适您,我们忍不住就夸出声了。来这边坐吧,我们把剩下的发型修完。"

他们紧张地观察着林与鹤的神色,林与鹤只是笑了笑,说道:"其实是老师们的技术好。"

林与鹤似乎并没有被冒犯到,还把造型师们夸了一遍。众人松口气的同时,心头也是一暖。

人长得好本来就讨人喜欢,林与鹤又如此温柔,顿时让几个年轻造型师的心情都放松了下来。她们大着胆子开始搭话,林与鹤也都耐心地回了话,化妆间里的气氛渐渐活跃了起来——直到陆难推门进来。

陆难走进来时，整个房间就像突然被按下了消音键，变得很安静。他穿着一身黑色高级定制西装，神色冷峻，威慑力十足。一米九一的身高让他可以俯视屋内所有人，即使那冰冷的视线只是扫了一眼，也足以将所有人吓得胆战心惊。

他并未开口，直接朝坐在转椅上的林与鹤走过去。

造型师已经提前退后一步，让开了路。

陆难在林与鹤身后站定，抬眼，望向面前的镜子。

宽大干净的镜面照出两人的身影，深沉的黑与纯洁的白相互映衬，冷漠与温润更显分明。两人的身上似乎没有任何一点儿特质相似，偏偏又有一种奇异的、微妙的和谐。

就连旁观者都忍不住屏息。

最后这室内的安静还是林与鹤打破的。林与鹤从镜子里看着身后的人，莞尔道："这身西装很好看。"

陆难看着对方弯起的眼睛，周身气势终于缓和了一些。

"和你的是同系列的设计。"陆难声音低沉，"礼服送来了，试一下。"

林与鹤乖乖起身："好。"

随行助理将礼服西装外套上的防尘罩揭开，果然如陆难所说，除了颜色是白色之外，这西服的设计与陆难身上那套极为相似。同系列的衣服在两个人身上却是截然不同的风格，倒真是将那黑与白的差异体现得淋漓尽致。

林与鹤正要伸出手去接递过来的外套，却被另一个人先一步接手了。

陆难拿着西装外套："你怕冷，多穿一件外套。"说完略抬下颌朝他示意，"转身。"

林与鹤愣了愣，说："我……"

他的话没说完，就在男人的目光下消了声。林与鹤轻咳一声，摸了摸鼻尖，乖乖转了过去。在侧身的时候，林与鹤无意间瞥到

071

了一旁闪烁的微弱红光,后知后觉地反应过来。

对了,摄像机还在拍。

陆难道:"抬手。"

林与鹤依言照做,由于他身形纤长,展臂的动作很漂亮。纯洁的白将人妥帖包裹,更添一分清冷秀气。直到西装被妥帖整理好,林与鹤才得以悄悄松了一口气。

男人退开一步,林与鹤平复了一下心情,正要开口说"谢谢",只见男人随意伸来的手掌轻轻压住了自己的肩膀。男人又道:"抬头,别动。"

林与鹤没怎么接触过正装,有点儿忐忑,还没看清对方的动作,男人就已经打好了一个漂亮的领结。

优雅的温莎结顺利成形,束在白皙的颈间。

这是成结,也是一个仪式。

林与鹤不知道系领带这个动作意味着什么。

年长者亲手帮忙系上领带,意味着见证疼爱的小辈变成大人,看着小朋友蜕变成长。

林与鹤不知道的事情太多了。

男人系领带的动作很流利,系好之后,又将其他细节整理过一番,才收回手。

林与鹤这时才敢抬起眼,小声道:"谢谢。"

陆难薄唇微抿,低应了一声。

林与鹤恍惚从他唇角看到了一点儿笑意,但再去看时,对方仍是一脸冷峻,神色并无波动。林与鹤心想,自己这是被吓得出现幻觉了吗?

西装外套和领带被陆难亲手整理好,剩下的装饰终于交还给了造型师们。助理捧来一个用明黄色绸缎包裹的锦盒,造型师小心地接过来打开,里面躺着一枚翡翠胸针和一个翡翠袖扣。

镶嵌的翡翠偏大,成色绝佳,表面泛着一层细腻润泽的光,周遭还有金丝点缀,样式别致大方,看起来不像是最近定制的,倒像是有些年岁的古朴之物。

锦盒中的首饰与陆难的领带夹和袖扣是一套,是用同一颗老坑种做成的,单是原材料就价值连城,更不要说那令人惊叹的精巧工艺。林与鹤并不清楚这首饰的昂贵,只觉得胸针分量很足,戴在胸前沉甸甸的。

林与鹤低头在看胸针时,陆难垂眼看过来,视线落在林与鹤颈间冒起的鸡皮疙瘩上。

男人突然道:"温度调高一点儿。"这话是对助理说的。

很快,空调温度被调高,室内暖气更加充足。

"还有几个客人要见。"陆难说,"你收拾完休息一会儿,十一点之前去正厅就好。"

林与鹤乖乖点头道:"嗯。"

陆难又抬手帮林与鹤正了正胸针,直到这个"人形移动冰柜"离开,屋里才真正暖和了一点儿。

男人一走,不只是林与鹤,屋里的其他人都不自觉松了一口气。大家都心有余悸,不过,还是有年轻成员忍不住感叹:"陆董对您真好。"

林与鹤笑了笑,没说话。

又打理了十几分钟,林与鹤收拾妥当,跟着方木森留下的人离开了化妆间。

跟拍团队开始收拾设备,准备等下转战正厅。其中那位年轻的主要摄影师对着屏幕看了好一会儿,忍不住碰了碰助理:"西西,你刚刚拍两位客人的时候是什么感觉啊?"

助理好奇道:"怎么了?"

"你看这个。"摄影师指着屏幕,"这是刚刚录的BOSS帮忙穿西装外套的视频。我看了特写才发现,似乎有点儿……"

她形容不出来,只能让助理自己看。

助理看完也僵住了,道:"这……"

摄影师犯愁地说:"这能留下吗?"

他们这个摄影团队被聘用也有小半年了,平日陆难的公务照片、宣传物料都由他们负责。除了负责拍摄,他们还要精确挑选最符合需求的影像资料,删减不当图像。这也是业内的基本准则。毕竟就算是极其普通的动作,比如大笑、打哈欠等,都有可能被镜头将瑕疵放大百倍,因此长时间的跟拍内容,肯定要有所删减。

而他们团队的删减工作一向很容易,可今天这次……

摄影师和助理面面相觑。

这种情况到底需不需要删减?

第四章

整理完毕后,林与鹤就离开了化妆间。这次宴会的流程到底还是比到时候正式的认亲仪式要简单一些,今天只要换三套西装。好在酒店里有不少更衣室,不用专程再来化妆间换装了。

方木森叫来留在林与鹤身边的是个年轻的大高个,他简单为林与鹤介绍了一下酒店的内部区域:"这儿总共有七个大厅,几个厅都在招待客人。陆董目前在正厅,您的家人在前厅。十一点的时候您要到正厅,现在离十一点还有些时间,您打算去哪儿?"

林与鹤犹豫了一下,问:"现在一定要去大厅见客人吗?"

大高个道:"不是的,您可以去休息室待一会儿,离这儿不远的地方就有休息室。"

林与鹤想了想,道:"那我去休息室吧,麻烦了。"

大高个略一躬身,说:"不麻烦,您这边请。"

休息室果然离这儿不远,没走多久就到了。

大高个带林与鹤进去,简单介绍了一下各种设施后就退到了门口,说:"您好好休息,临近十一点时我再来叫您。我就在门外,有什么事您直接吩咐就好。"

林与鹤点头:"谢谢。"

门关好后,林与鹤四处打量了一下,这里环境舒适,陈设齐全,说是休息室，看起来倒是和总统套房差不多，足有四五个房间。

林与鹤刚给自己倒了杯水，门就被敲响了："请进。"

敲门的还是门口的大高个，他说："抱歉，我们临时收到消息要离开一下，换班的人会尽快过来，您可以先在休息室单独待一会儿吗？"

林与鹤说："没事，你们去忙就好，我就在这休息。"

大高个又留了几个号码，说有事随时吩咐，才急匆匆地离开。

林与鹤关好门，捧着水杯坐到了柔软的沙发上，他抿了一口温水，微微有些恍神。

休息室里很安静，让人安心，没有拥挤的人群，也没有被迫的社交，和林与鹤想的、继母说的都不太一样。

七个大厅都有客人，林与鹤不难想象这场宴会的规模。刚刚大高个问自己去哪儿，林与鹤的第一反应是哪个厅都不想去。他不是没接触过这种场合，林父是做医药生意的，应酬一直不少，与吴欣再婚后，接触到的人就更多了，林与鹤耳濡目染，也了解过不少。

但林与鹤一直不喜欢这些社交应酬，他从小就支气管不好，闻到烟味就会咳嗽，即使是现在，待在烟酒味重的地方依旧会难受。吴家比林家的资产丰厚得多，那些人知道林与鹤不是吴欣亲生的，不会和林与鹤有太多接触，免得惹吴家不高兴。

因此林与鹤没怎么去过这种场合，这次来参加宴会之前，林与鹤还给自己做了不少心理建设，吴欣又一直在反复强调那些事情，无形中更让他感到焦虑。直到现在坐在这安静的休息室里，林与鹤对这次宴会的抵触情绪才渐渐消退了几分。

看样子也没那么糟糕。

林与鹤心想，原本沈回溪还担心自己不适应这种社交场合，说要来酒店陪着，不过现在看来情况还好。估计陆先生也是怕自己与人交际时出什么差错，干脆同意让自己独自休息。

林与鹤想着，找出手机看了一眼，沈回溪已经到了，林与鹤刚给沈回溪发去一条"你在哪儿"，就接到了林父的消息。

——还在更衣室吗？

——方不方便接电话？

林与鹤顿了一下，回了个"嗯"。

没多久，电话就打了过来。

这是个视频通话，电话接通后，屏幕上立刻出现了大厅内的热闹景象，各处皆是穿着华美礼服的宾客，觥筹交错。镜头里出现的不只有林父，还有吴欣和她的女儿——吴晓涵。

和不怎么喜欢社交应酬的林与鹤不一样，吴晓涵对这种场合相当熟悉。她一直被吴家捧在掌心里，千娇百宠，从小就被带着出席各种宴会。现在她才十四岁，就已经在这种地方如鱼得水。

吴晓涵穿着一身漂亮的雪白蓬蓬裙，还戴了一顶王冠，看起来像个真正的小公主。她正在和吴欣撒娇，林父也笑眯眯地看着她，还抬手轻抚着她的头发。

林与鹤一眼看见的，就是这一家人和和美美的温馨场景。

林父迟了半拍才发现视频接通了，忙打招呼："小鹤！能听见声音吗？"

林与鹤淡淡开口："爸，我听得见。"

屏幕那边的吴晓涵也看到了接通的视频，但她就像没看见林与鹤一样，转头继续和吴欣说话。反倒是吴欣打量了一眼林与鹤，见人着装妥当才露出满意的表情，用一贯的语气道："你行为举止都小心一点儿，这么多客人在呢。"

林父好脾气地说："没事的，小鹤懂事，这些都知道，就不用再嘱咐了。"

吴欣这才不说话了。

林父把手机挪近了些，自己占了整个屏幕，问："小鹤，你怎么样？"

林与鹤道:"我在休息室,等下会去正厅。"

林父道:"没事没事,你忙你的,爸就是想看看你。"他低低叹了一口气,"今天辛苦你了。"

林与鹤道:"没事,爸,不用这么说。"

那边吴欣好像和林父说了些什么,林父就不再提这事了,只细细把林与鹤打量了一通,夸道:"这一身真好看。"他感慨道,"哎呀,转眼我们小鹤就成大人了。"

林与鹤笑了笑,没有说话。

真是很奇妙的事情,年幼的孩子总想争辩,说自己已经长大了,但是等真正长大之后,却又会期待有人对自己说"你还是个孩子"。

可惜林与鹤现在已经没有能对自己说这句话的人了。

闲谈了几句,见林与鹤没什么异样,屏幕那边的吴欣就催林父挂断电话,去和其他客人交谈了。

林与鹤握着手机沉默地坐了一会儿,直到信息提示跳出来,才看了一眼屏幕。

信息是沈回溪发来的,说他现在在东门大厅那边。

沈回溪:在东门大厅这边附近有个露天湖,人不多,离正厅也近。你要是没什么事,我们一起去湖边走走?

沈回溪这是想带林与鹤避开人群待一会儿。

林与鹤原本想和沈回溪说自己没什么事,不用对方陪伴。但接完林父的电话之后,林与鹤隐隐觉得喉咙有些不舒服,偌大的休息室仿佛也变得燥热起来,还不如出去走走。

于是,林与鹤回了个"好"。

沈回溪又问:你知道东门大厅怎么走吗?不然我去找你?

林与鹤不清楚自己现在的具体位置在哪,便回复:不用,我找个人问问就好了。

和沈回溪说好后,林与鹤便起身出了门。门外站着一个陌生的眼镜男,一见门打开,主动询问:"您有什么吩咐?"

大概这就是刚刚那位大高个先生说的换班的人。

林与鹤问:"请问,您知道东门大厅怎么走吗?"

"知道。"眼镜男说,"跟我来吧。"

眼镜男在前面带路,林与鹤一路跟着他。酒店很大,去东门大厅的路有些远,走着走着,他们就走出了室内,来到了一片露天花园。客人都在大厅里,露天花园虽美,却没有多少人欣赏。眼镜男和林与鹤径直穿过了花园,朝另一座建筑走去。

还没走到室内,他们就听见了一阵叽叽喳喳的说话声。一群盛装打扮的女孩子从另一条路上走了过来。被簇拥在正中间的是最引人注目的两个女生,一个明艳火辣,穿着一身大红色礼裙,另一个温柔娴静,穿着一条雾霾蓝的纱裙。

十几个女孩子一起走,面上都有些焦急,不知在慌些什么。等看见林与鹤他们两人时,她们都是眼睛一亮。

"请问一下!"有人开口喊了他们,"我们迷路了,这里是哪儿啊?"

眼镜男道:"这是中庭花园。"

女生问:"你们知道东南礼厅怎么走吗?"

眼镜男把路说了一遍,但他指的路很复杂,听得几个女生一脸茫然。那个红裙子女生更是不耐烦道:"说的都是什么东西,根本听不懂。"

她这句话是用英语说的,跟着她的女生连忙道:"你说得太复杂了,不然你们带我们过去吧,我们得快点儿去礼厅那边。"

眼镜男并没有当即拒绝,反倒转头,询问林与鹤的意见:"您觉得呢?东南礼厅离东门大厅也挺近的。"

林与鹤不赶时间,便同意了:"好。"

眼镜男便为那群女孩子指路,林与鹤跟着走在最后面。

没多久,他们就走到了室内。在进礼厅之前还有几道门,眼镜男先推开了一扇实木大门，随即去前面开下一道门的密码锁。

不过那扇实木大门没有推好，力道一撤，就缓缓关了回来。见客人们穿着高跟鞋，跨门槛不方便，更不要说推动那扇厚实的门，林与鹤便上前帮了一把，将门推开了。

那位穿蓝纱裙的温柔女生恰好提着裙子迈过门槛，经过林与鹤身边时，抬头笑了笑，说："谢谢。"

林与鹤略一颔首，说："不客气。"

两人对话时，下一个穿着白长裙的女生走了进来，她迈过门槛时，忽然朝林与鹤这边歪了一下，一声惊呼："啊！"

林与鹤还没反应过来，白裙女生就重重地朝前方摔了过去。她这一摔，身前不远处的蓝纱裙女生，也一同摔倒了。

白裙子女生痛呼一声，似是还有些没反应过来，但等她看清自己带倒的人是谁时，脸色立刻就吓白了。她顾不得自己的情况，慌忙问："方小姐！你……你没事吧？"

蓝纱裙女生被几个女生扶住，却没有站起来，她已经疼得连话都说不出来了。白裙子女生见状，慌忙上前想将她扶起来，却被对方带着哭腔的声音制止了："别动……别动我！"

蓝纱裙女生的右腿紧绷，那裹着薄纱的脚腕僵着，动都不敢动一下，这一下似是摔得极狠。

白裙子女生眼泪都快掉下来了，吓得语无伦次："我……我不是故意的……"

"是……是这个人！"她惊慌地指向林与鹤，泪眼蒙眬地质问他，"你为什么要绊我？"

四周目光聚集过来，所有人都看向了林与鹤，或惊讶或愤怒。

林与鹤看着这个慌到面无血色的白裙子女生，沉默了一下。他不知道对方是故意的，还是因为太害怕想逃避责任，但现在这并不是重点。林与鹤没有回应她，转而对扶着蓝纱裙女生的几个女生说道："可以让我看一下这位小姐的伤势吗？"

"喂！"那个之前被众人簇拥的红裙子女生突然开口，说的仍然是英语，"你别想转移话题，为什么故意把人绊倒？你还想不承认吗？"

对她这种咄咄逼人的态度，林与鹤的神色也没有什么变化，只淡淡道："我没有碰到那位小姐。"

红裙子女生哼了一声，开口却是一句："我听不懂中文。"

林与鹤看了她一眼。

能上燕城大学的学生英语自然不会差，林与鹤当年高考的英语成绩更是全省单科最高——148分。林与鹤能听出这个女生的母语并不是英语，不知道对方为什么非要坚持用英文。但林与鹤不关心这个，直接换用英语把刚刚的那句话重新说了一遍。

"你说没碰就没碰了？"红裙子女生毫不客气，"你没碰她，她们为什么会摔倒？"

林与鹤不打算和她纠缠，指了指大厅角落，说："这儿有监视器，有疑问的话，可以查看监控器。"

红裙子女生不听，说："想什么呢？那个角度根本拍不到你的动作！"

林与鹤笑了笑，说："看来这位女士对这里很了解，连监控器的位置都这么清楚。"

这话一出，所有人的视线都落在了红裙子女生身上，连围在蓝纱裙女生旁边的几个人也抬头看向她。

红裙子女生意识到了自己话不对劲，她的脸色变了变，一时间沉默下来。一旁的白裙子女生更是吓傻了，只站在原地发抖，不敢看林与鹤一眼。

林与鹤没再管她们，先给沈回溪发了个信息，让对方带个医生过来。这群女孩子的身上都没有带手机，刚刚虽然有人跑去叫医生了，但那人穿的是高跟鞋，跑去大厅里也不知道要多久。而那个眼镜男从这边起了争执之后就没再靠近，大概是想明哲保身，怕被牵连,所以林与鹤也没指望他能帮什么忙。

发完信息,林与鹤收起手机,转头对围着蓝纱裙女生的几个女生道:"麻烦让我看一下这位小姐的伤势。"

那位被叫作"方小姐"的女孩看起来情况很不好,整个人在止不住地打哆嗦,右小腿僵硬地绷直着,脚踝无法使力,站都没办法站起来。她无助地看着自己的腿,声音带着哭腔:"我……我是不是骨折了?"

围着她的几个人轻声安慰她:"不会的,不会的……"

有人想帮她将僵直的小腿放平一些,但还没碰到她,就激起了她的强烈反应,她几乎哭出了声:"别碰!你不要乱碰,我要叫医生!呜,医生……"

其他人不敢碰她了,手忙脚乱地围在一旁,只能干着急。

林与鹤走过去,拿出了西装口袋的白手套,这原本是搭配好的装饰性手套,现在倒也恰好派上用场。林与鹤戴好手套,单膝向下半蹲在女生旁边,放缓了声音:"小姐,您冷静一下。"

女孩哭着说:"我不要,我不想骨折……"

她的小腿上并无遮挡,不用碰触也能看清情况。林与鹤仔细看了一下她脚踝处的伤势,耐心地安慰道:"我是燕城大学医学院的学生,在燕大第一医院的骨科见习过两个月。您现在没有骨折的症状,相信我,好吗?"

或许是燕城大学的名声太响,也或许是林与鹤的声音太过温柔,女生渐渐止住了哭声,泪眼婆娑地看过来。

林与鹤道:"我已经托朋友通知了医生,医生马上就会过来。乱动或过度紧张可能会引发更强烈的疼痛,您可以先放松一些。"

女生抽噎了一下,眼泪汪汪地点头道:"好。"

等她不再那么硬绷着之后,林与鹤才戴着手套查看了一下她小腿的骨头。女生的伤其实不太严重,没有伤及骨头,也没有崴伤红肿,应当是肌肉拉伤。只不过女孩的反应比较激烈,看她的表现,更像是心理上的惊慌和恐惧。

"骨头没有大碍。"林与鹤把情况简单说了一下,等几个女生松了口气之后,又对她们道,"地板太凉,先扶这位小姐起来吧。附近应该有休息室,可以先过去坐一下。"

林与鹤声音清亮,语气温和,无形中给了人十足的安全感。几个女生像终于找到了主心骨一般,都依林与鹤所言分头照做,很快就找到一间休息室,将人扶了过去。

一群人进了休息室,女孩被扶到沙发上坐下。

检查伤势的时候,大家才发现她的手臂上也被磕青了一大片,她的手肘僵硬地伸直着,不敢弯曲。那一大片青紫单是看着就让人觉得疼,其他人不敢碰她。

林与鹤上前握住她肘根处,轻轻捏了两下,问:"这里疼吗?"

女孩哆嗦了一下,点了点头。

见对方疼得战栗,林与鹤没有停手,反而加重了力度又揉了几下,惹得女生发出一声吃痛的闷哼。一旁有人皱眉喊道:"你别乱碰啊!"

没等林与鹤回应,女孩却一愣,吃惊地看向自己的手臂,说:"真的不疼了⋯⋯我的胳膊可以弯了!"

那人被噎了一下,只能讪讪地闭上嘴。

"你好厉害啊⋯⋯"女孩和她身旁几个朋友像看神医似的看着林与鹤。

林与鹤失笑。哪有那么神奇,女孩就是手臂被磕得有些转筋,缓过来就好了。

女孩现在已然把林与鹤当成了最信赖的人,她眼巴巴地看着林与鹤说:"你能再帮我揉揉吗?"

林与鹤还没开口,那个一直尴尬地站在后面的白裙子女生就抢先道:"方小姐,我⋯⋯我帮你揉吧?我学过一点儿护理⋯⋯"

林与鹤摇摇头道:"毕竟是磕到了,揉也只能缓解部分疼痛,最好还是不要过度碰触。我去找东西来帮你冰敷一下吧。"

女孩道："好，谢谢你。"她从头到尾都没有看那个白裙子女生一眼。

那人示好碰了壁，她讪讪的，不敢再说什么了。

休息室里有酒柜，里面就有现成的冰。林与鹤找了几条毛巾裹住冰块，做了几个简易的冰袋，帮女孩敷在了手臂和脚踝上。摔的那一下并未把女生的裙子弄脏，但她毕竟伤在脚踝，此时高跟鞋也脱了下来。最后，休息室里就只留下了林与鹤和几个陪她的朋友，其余人先出去了。

女孩的朋友用纸巾小心地帮她把眼泪擦掉，又帮她将晕开的妆整理了一下。女孩的心情渐渐平复下来，回想起刚刚的事，不由得有些不好意思。她吸了吸鼻子，小声道："我叔叔……我有个叔叔，就是习惯性脱臼，然后导致多次骨折。后来他在开车时突然骨折，结果出了车祸……去世了。"女孩说着，又被回忆勾出了委屈，她带着鼻音继续道，"我几个月前也骨折过一次，我怕我也会像叔叔那样……"

她揉着眼睛，说道："抱歉，我刚刚不是故意大叫的，我只是害怕……"

"没事，怕是正常的。"林与鹤缓声安慰她，"病痛的后遗症包括心理层面的创伤。况且人在受伤的时候，本来就会变得比平时脆弱一些。"

女孩含着眼泪，怔怔地看着林与鹤。

林与鹤道："休息好了就没事了，别担心。"

女孩不安地捏着手指，忍不住又追问了一遍："那我这次的伤能养好吗？会有后遗症吗？"

林与鹤去医院实习过，见过不少忧心焦虑的病人，所以对这种反复的追问依然很耐心："能养好的，只要你好好休息就不会有后遗症。"

女孩问:"真的会没事吗?"

林与鹤不厌其烦地回答她:"真的。"

女孩终于安静了下来,过了一会儿,她小声地说了一句:"谢谢你。"

"不用谢。"林与鹤道,"这是我应该做的。"

女孩仰头,迟疑一瞬,说:"你刚刚说你是医学生,对吗?"

林与鹤点头。

女孩问:"国内的医生都像你一样这么温柔吗?"

林与鹤有些不解:"嗯?"

女孩道:"我之前一直在国外生活,出去玩的时候没有家庭医生跟着,有什么事就要去医院。大家都说国外医生的服务很好,但我总觉得他们都冷冰冰的而且收费好贵,还没有你温柔。"

林与鹤没有直接回答她的问题,不过为了分散女孩对疼痛的注意力,他还是接话道:"其实医生都很温柔的,老师从第一节课起就教我们,做医生要有耐心。"

女孩问:"因为医生的工作会很累吗?"

"不只是这个。人生病时会变得很脆弱,会反复追问同一个问题,一两个字都有可能引起猜疑或误解。"林与鹤温声道,"我们更耐心一些,病人的担心就会少很多。"

女孩愣愣地看着林与鹤,许久才冒出来一句:"你好厉害。我……我觉得担心少多了。"

林与鹤笑了笑,说:"那就好。"

林与鹤生得好看,人又温柔,他这么一笑,旁边就有不少人红了脸。

女孩犹豫了一下,问道:"你也是今天被邀请的客人吗?"

林与鹤抿了抿唇,这问题有点儿难答。不过没等他开口,女孩已经问了下一句:"我可以加一下你的微信吗?"

林与鹤反问:"微信?"

女孩有些不好意思地回答："嗯，我过段时间可能会去燕城大学念书，你刚刚说自己是燕城大学的学生吧？"

原来是学妹，林与鹤就把自己的微信号告诉了对方。女孩没拿手机，说回去再加。

室内的气氛终于随着这交谈轻松了一些，恰在此时，休息室的房门突然砰的一声被重重地推开。

一群人来势汹汹地闯了进来，为首的是一个眉心皱纹很深的严肃中年男人，此刻他的脸上满是焦急："小舒，小舒你怎么样？"

站得和受伤女生最近的就是林与鹤，跟着中年人一同闯进来的保镖立刻上前，直接将林与鹤控制起来。

场面一时有些混乱，女生解释的声音也被淹没了一大半，说："爸，我没事，是我自己不小心崴了脚……"她努力提高了声音，想制止那些保镖，"你们快把人放开！"

中年男人满心都是女儿的伤势，他小心地查看了一番，确认女儿没什么大碍之后，才抬头看向林与鹤。他皱眉怒道："这是怎么回事，你是谁？"

中年男人身上带着一种久居高位的威势，眼神冷厉。他对林与鹤抱有戒心，开口就是质问。

场面尚未平复下来，那些保镖还没有把手放开，一个更冰冷强硬的声音响起："放开。"

瞥见那位意料之外的来客，几个拉着林与鹤的保镖慌忙松开了手，连中年男人也愣了一下。有一个没反应过来的保镖没有松手，仍抓着林与鹤的肩膀。下一秒，他的手臂就被更大的一股力道钳住了，痛楚逼得他松开了手，硬是疼得额头青筋暴起，脸都涨红了。即使如此，在看清对自己动手的人后，保镖满心的怒气和脏话都被吞了回去。

林与鹤背对着门口，没有看见来人，只感觉身上的桎梏全部松开了,随后直接被人拉了过去。

一个高大的身影将林与鹤护在身后,林与鹤被护得严严实实,再不用承受丝毫压力。

将林与鹤护好之后,身前的男人才开口,他的声音极冷,代替林与鹤回答了中年男人刚刚那毫不客气的质问:"他是今天宴会的主角。"

男人话音刚落,整个室内一片寂静。原本还有些混乱的场面瞬间安静,犹如重磅炸弹爆炸过后的死寂。直到那个中年男人开口,沉默才被打破:"陆……陆董?"

陆难的神色很冷淡:"方总。"

方总看着陆难和被他护在身后的人,脸上的惊讶几乎无法掩饰,问:"这位是……"

他们虽然是来参加这场所谓的亮相宴会的,但绝大部分人并未见过陆家那位突然冒出来的义子,他们更没想到那位义子竟会引得陆难出面。

要知道之前陆二少在这边出了点儿事,陆二叔亲自打电话请陆难帮忙,陆难都没有出手。最后,那位陆二少的相关视频在大屏幕上被循环播放了整整一个月。G城媒体得了这么个大新闻,差点儿乐疯,还特意为陆二少弄了个轰轰烈烈的"下播倒计时"。

像陆难这样冷面冷心的人物,连血脉相连的亲人的求助都无法让他动摇,实在让人很难想象出他为谁破例的样子。况且陆家这收义子的消息还公布得毫无征兆,老实说,绝大部分人都将今天的宴会当成了一场表演。

谁也没想到,陆难竟会出面,将维护的姿态展现得如此明显。

众人还处在震惊之中,休息室门口又传来了动静。一个穿着黑西装的男人带着两位医生走了进来,医生脚步匆匆,朝陆难致意:"陆先生,请问是哪位受伤了?"

中年男人回过神,忙将人请过去,说:"医生,这边这边!"

087

医生去查看方小姐的伤情,方总和他带来的人也都围了过去。另一边,林与鹤则被陆难带到了人群的外围。

这边的动静不小,离礼厅又近,不少客人都被吸引过来了,都在好奇地打听,宽敞的休息室也变得拥挤了起来。林与鹤被带到一旁,说是人群的外围,还是有一群人,毕竟只要陆难在这儿,就不可能被人忽视,势必会成为视线的焦点。

陆难对那些目光视若无睹,他看着林与鹤道:"你没事吧?"

林与鹤摇摇头道:"没事。"

看了一眼忙碌的人群,林与鹤轻声道:"抱歉——"

陆难皱了皱眉,打断他:"为什么要道歉?"

林与鹤老老实实地认错:"给哥哥添麻烦了,所以抱歉。"

陆难脸一沉,目光也沉了下来。

明明林与鹤没被提醒就叫对了称呼,可陆难看起来并没有多少满意之色。对这诚恳的认错,他似乎不想接受。

"你不是麻烦。"陆难沉默了一会儿,突然开口,"以后不要再这么说了。"

林与鹤一愣。

这话如果是安慰,那分量未免太重了。

周围人还这么多,林与鹤一时有些分不清对方是在安慰自己,还是在说给别人听。

瞥见身旁那些人露出的惊愕神情,林与鹤意识到大家都在积极关注着这边,便配合地应了下来:"好。"

陆难又皱了皱眉,不知对这个反应是满意还是不满意。

两人正说话时,有一个声音突然插了进来:"鹤鹤!"

林与鹤闻声回头喊道:"回溪?"

沈回溪好不容易从人群中挤过来,跑到林与鹤身边,顾不上歇口气,焦急地问:"怎么回事,你受伤了?"

沈回溪当时正在等林与鹤过去,在收到林与鹤发来一条请人帮忙叫个医生过来的信息时被吓了一跳。因为信息上也没说清楚是谁受了伤，沈回溪以为是林与鹤出事了，便慌忙找了过来。

"我没事。"林与鹤说，"受伤的人不是我。"

沈回溪打量了林与鹤一圈，确认对方真的没事后，才松了一口气。沈回溪这时才注意到林与鹤身旁的人，刚放松下来的神情又绷了起来。他朝人问好："陆董。"

林与鹤正想帮两人介绍，却见陆难看着沈回溪，眯了眯眼睛："沈回溪？"

林与鹤有些意外，心想难道两人认识？

沈回溪点头道："是。"

沈回溪舔了舔唇，像是突然感觉嘴巴很干一样。林与鹤认得好友这个习惯性动作，沈回溪每次在做没底气的事情之前都会嘴巴发干。他后知后觉地反应过来，沈回溪在紧张。

沈回溪为什么会紧张？林与鹤正疑惑着，身后的男人平静道："替我向沈先生问好。"

沈回溪道："我一定向家父转告，多谢陆董记挂。"

两人的对话很平常，语气也听不出什么异样。林与鹤以为自己想多了，却在无意之间瞥见了沈回溪颈间的冷汗。

沈回溪刚刚从东门大厅跑过来，会出些汗也正常。可林与鹤发现沈回溪的模样一点儿也不像是被热的，反倒像被冻到了一般，皮肤表面还泛起了一层薄薄的鸡皮疙瘩。

林与鹤看的时间越久，沈回溪颈间的冷汗就越明显。最后，沈回溪几乎是冷汗涔涔、汗毛倒竖，像被什么东西骇到了一般。

"你——"林与鹤刚想开口问，却被一个低沉的声音打断了。

"宁宁。"陆难说，"医生的检查结束了。"

"结束了？"林与鹤好奇道，"方小姐的情况怎么样？"

人群中央隐隐传来医生的声音，林与鹤的注意力被转移了过去。陆难的视线终于收了回来，沈回溪终于从长久的慑人压力中

089

解脱出来，获得了喘息的机会。

医生的判断和林与鹤的没什么两样："初步判断骨头没什么大碍，只是有些肌肉拉伤和擦伤。不过最好还是去医院再详细检查一下吧，顺便开点儿药膏。"

于是，方小姐被送去了医院。临走时，医生还让人把林与鹤做的那几个简易冰袋也带上了："这冰袋挺方便的，带着在路上可以继续敷着。"

方总派人跟着去了医院，自己并未离开。在事情处理得差不多后，他亲自过来找林与鹤致歉："抱歉，刚刚不慎误伤了你……"

林与鹤道："没关系，只是个误会。"

林与鹤本来也不在意这种事，况且这宴会的来客都各有身份，林与鹤不想给陆难添麻烦。

方总道："实在不好意思，是我太莽撞了。今天是重要的日子，就先不谈这些了，事后我再亲自登门道歉。"

林与鹤没想到对方会这么郑重其事，便摆手道："没事的，不用麻烦您了。"

方总却没有要改变主意的意思，林与鹤正不知如何应对时，肩上突然多了一只修长宽大的手，无声地给了人支撑。

陆难站在林与鹤身侧，淡淡道："结束后再谈吧。"

方总点头道："好。"他又向林与鹤道谢，"刚刚小舒的事，多谢你了。"

有陆难在，林与鹤松了一口气，说："您客气了。"

休息室内的人群缓缓散去，林与鹤打算离开休息室去正厅。陆难原本要与人同行，却接到了一个电话。

"嗯，我马上回去。"简短应了几声，陆难挂了电话。

"还有几个人要见，我要十五分钟后才能去正厅。"男人低下头来，与林与鹤对视，视线和人齐平，"你想先去正厅，还是想和我一起？"

林与鹤被他的动作惹得有些不自在，感觉自己跟个小孩子似的，被大人耐心地弯下腰来认真询问，细细叮嘱。

林与鹤轻声道："我先去正厅好了。"

陆难沉默了一下，林与鹤不知道自己这个选择是不是不符合他的期待。不过陆难还是叫来了两个保镖，让他们寸步不离地跟好林与鹤，才道："去吧，到正厅等我。"

陆难说："我忙完就会过去，再遇见什么事，记得立刻给我打电话。"

林与鹤点头道："好。"

林与鹤只想着自己要认真应下陆难的话，却不知道身后望向陆难的那些目光有多么惊讶。

这些叮嘱如此细致，陆难平日的冷硬形象又太过深入人心，若不是亲眼所见，很难相信陆难会这样对一个人说话。连沈回溪都愣了好一会儿，直到被林与鹤叫了两声，才匆匆和林与鹤一起离开，去了正厅。

走出陆难的视线后，如芒在背的沈回溪才稍稍松了一口气。

沈回溪不知道刚刚林与鹤有没有发现什么，但他实在不太想和对方提陆难认识自己的原因。赶在林与鹤想起这件事之前，沈回溪率先开口问："刚刚是怎么回事？你怎么和方子舒在一起？"

"方子舒？"林与鹤道，"是那位受伤的方小姐吗？"

沈回溪说："对。"

林与鹤把事情经过简单地说了一遍，沈回溪听完，皱了皱眉："给你指路的是谁？"

林与鹤道："是我在休息室门口遇见的人，我当时以为那人是方特助叫来的。"

沈回溪一口否定："不可能。如果是专门留给你的人，怎么会同意给别人带路？这是身为保镖的大忌，相当于当面冒犯雇主。"

林与鹤点了点头，也觉得不是。

沈回溪又问："那人现在在哪儿？"

林与鹤道："我不清楚，刚刚他没跟着进休息室，可能自己离开了吧。"

沈回溪想了想，瞥了一眼跟在两人身后的保镖，压低了一点儿声音，道："我刚刚在赶过来的路上，看到有几个人在打架，两个穿黑西装的人把一个人直接按住了。当时我忙着来找你，没有仔细看，现在想想，那个被按住的人可能就是给你带路的人。"

林与鹤感到有些意外。

沈回溪问："那人是不是中等身材，戴着一副眼镜？"

林与鹤："是。"

"那就是了。"沈回溪道。

既然陆难已经控制了那个人，那就没什么好担心的了。沈回溪又道："不提他了。你刚刚说故意找碴的是另一个人，不是方子舒对吧？"

林与鹤答："嗯。"

沈回溪稍稍松了一口气，说："你们没起摩擦就好。"

林与鹤听出一点儿端倪，问："方小姐怎么了？你们认识？"

沈回溪嘁了一声，说："其实也怪我。我不想让你太烦恼，昨天就没告诉你这件事。那位方小姐，她……"沈回溪犹豫了一下，"她其实是陆董的订婚对象。"

沈回溪用词比较委婉，林与鹤倒没觉得有什么，直接道："哦，陆先生的未婚妻？"

沈回溪轻咳一声，道："也不能这么叫，因为他们其实没有真的订婚。

"方强，就是那位方总，他是大诚基金的总理事。大诚基金是泰平集团的十大股东之一，泰平的上一任董事长刘高义先生在职时，坊间一直有消息说陆先生要与方子舒联姻。这样陆先生在婚后就能拿到方强手里的股份,在泰平的位置会更稳当一些。但最后不知道为什么没成,这事就变得稍微有点儿尴尬。后来方总还增持了泰平的股份,所以陆先生当时的情况就更危险了。"

沈回溪基本上说得很直接了。

当时陆难相当于同时承受着两位行业大佬的仇恨:一是因为"继承人"的身份被刘高义当作眼中钉,二是因为婚事没成得罪了方强。

林与鹤很快反应过来,那时候陆先生的处境应该很不好,才会选择用认亲这种方式来解决困境。

"不过现在陆董已经拿到了泰平最大的一笔股份,地位非常稳定。我看刚刚方总对陆董的态度也挺客气的,应该没什么好担心的了。"沈回溪劝慰着林与鹤,怕人还会多想,又道,"陆董和方小姐就是一个利益联姻的关系,完全没有感情基础。鹤鹤,你不用多操心。"

林与鹤知道好友想多了,陆家这些复杂的人际往来其实和自己一点儿关系也没有。他想了想,问出口的是另一个问题:"那位方小姐,年龄应该比我们小吧?"

沈回溪点头:"对,我记得她比我们小一岁多。"

林与鹤道:"那就才十九岁左右。"她都能叫陆先生叔叔了。

林与鹤不由得想起了两人初次见面时,陆难要求自己改称呼的事。那时林与鹤担心把对方叫老了,就开口叫了声"哥哥"。

想归想,林与鹤也没说什么,暂时跳过了这个话题,对沈回溪道谢:"刚刚辛苦你把医生叫来了。"

沈回溪摸了摸眉毛,说:"其实,医生不是我叫来的。"

林与鹤疑惑:"不是你那是谁?"

沈回溪道:"我收到你的消息之后就去找人叫医生了,但服务生问过之后告诉我,医生已经被陆董叫走了,去的就是刚刚那个休息室。"

林与鹤觉得奇怪,问:"陆先生叫的?他怎么会知道这边需要医生?"

听陆先生刚才接到的那个电话,他似乎是中途从什么会面中匆匆赶过来的。林与鹤想,陆先生暂停见客也要赶过来,是怕自己这边出什么差错吗?

沈回溪摇头道:"我也不清楚,不然你之后亲自问问陆董?"

林与鹤说:"好吧。"

林与鹤嘴上应下了,心里却觉得没必要拿这种问题去打扰陆难。虽然不清楚对方为什么会知道这件事,不过林与鹤信任陆难,如果真有什么情况,陆难肯定会做出最正确、最符合利益的选择。

这些事用不着林与鹤操心。

沈回溪又道:"还有你说的那个红裙子的女人,我刚刚没在休息室看到她,但我今天到酒店之后倒是见过一个穿红裙子、头发是大波浪的,也只说英语的人,不知道是不是她。"

虽然这些只是猜测,但既然有了前车之鉴,沈回溪还是决定把自己知道的信息全都告诉林与鹤:"那个人可能是陆董的堂妹,陆琪琪。"

林与鹤反问:"堂妹?"

"嗯。"沈回溪道,"他们是G城人,不怎么来这边,所以我对他们的了解不多,只听说这位陆小姐脾气不怎么样。你要是想知道具体情况,不如去问问陆董。"

沈回溪昨天在天台上还担心林与鹤会在这场交易中吃亏太多,现在却已经和林与鹤说了两次可以问陆董,像是猜准了陆难会对林与鹤有问必答一样。

林与鹤没察觉好友的想法,只是点了点头。沈回溪拍了拍林与鹤的肩膀,道:"不过应该也不会再有什么事了,不用担心,马上到十一点了,准备一下,参加宴会吧。"

沈回溪原本一直担心林与鹤吃亏,不过不管是对方刚刚处理意外的能力，还是陆董的态度，都表明了这担心是多余的。

　　林与鹤与沈回溪一同来到正厅，客人差不多到齐了。没过多久，陆难也过来了。他踩点很准，对林与鹤说了"十五分钟后"，就当真在第十五分钟时走到了林与鹤身旁。
　　林与鹤抬头，就见陆难伸手过来，帮他仔细地调整了一下胸前的领带。男人的声音低沉，近距离听时更浑厚："不用紧张。"
　　直到陆难的手收回去，林与鹤才松了一口气，他朝人笑了笑，眉眼弯弯，一副乖巧的模样："我会的。流程我都记清楚了，不会出错。"
　　正不动声色检查林与鹤着装细节的陆难动作一顿，目光一沉。然而两人已经没有时间再交流了，礼乐奏响，已是十一点整，宴会正式开始。
　　司仪的声音借着话筒传遍正厅的每一个角落："有请今晚的主人入场！"
　　在现场的欢乐氛围之中，只有林与鹤一个人感觉到了身边人散发出的强大而沉稳的气场。与平时不同，陆难此时就像一座巍峨的大山，稳稳矗立在林与鹤身边，又像目光犀利的雄鹰，将自己牢牢护在丰满的羽翼下。
　　这样的感觉太过新奇，即使林与鹤专心地配合着司仪抑扬顿挫的声音完成流程，也无法将之忽略。幸好自己这点儿分神并未影响流程，该有的安排都如愿完成了。
　　今天的宴会不比正式认亲仪式那般烦琐隆重，各项安排却都很正式，一看便知经过了精心准备。两位主人翁又皆气质出挑，引人注目。
　　陆难已经不必介绍，初次露面的林与鹤也是一等一的长相，再加上那温雅的气质和温暖的笑容，也让不少人心生赞叹。
　　礼乐悠扬，气氛绝佳，宴会的进展相当顺利。

今天的宴会流程基本全部围绕林与鹤和陆难进行，陆家没有长辈出席，尽管林父和吴欣在场，也没有安排他们的流程。

众人都看到了到场的林父和吴家人，但在这种场合，吴家的地位显然不够，所以自始至终没有人对他们如此姿态提出疑问，连吴家自己都觉得这样安排所应当。

一个小时后，前期流程顺利结束，到了用餐时间。这次的宴会除了能享受到丰盛的餐点，同时也是聊天交流的好时机。众人都不想错过这难得能与陆难攀谈的机会，也有不少人跃跃欲试，想同林与鹤聊一聊。

林与鹤自下台之后就一直跟在陆难身边，原本以为陆难会和上午一样忙于见客，自己只需要安静地跟着就好。

当客人们真正接连上前时，陆难的第一句话却都是对林与鹤说的。他把这些人一一介绍给林与鹤，同时也把林与鹤介绍给了每一个客人："这是我的幼弟。"

不只是客人们惊讶，林与鹤也有些意外。虽然这场宴会名义上是为林与鹤举办的，但他一直以为自己只是来走流程当陪衬的，没想到对方会一次次向客人这么正式地介绍自己。

那一句话不知被陆难郑重地重复了多少遍。

交谈的时间过得很快，林与鹤逐渐适应了和众多客人交谈。不过，从早上忙到现在，身体难免有些吃不消，胃也不太舒服。

还有客人在和陆难交谈，林与鹤没有多话，只是不动声色地按了按腹部，正盘算着等下去找侍者要杯热水。

陆难突然开口："胃不舒服？"

林与鹤一抬眼，就对上了那双纯黑的眼眸，愣了愣，而后摆手道："没有，我没事。"

陆难便对那些客人道："舍弟累了，我们去吃点儿东西。"

客人们都很体谅，连忙点头道："应该的，应该的。"

陆难便带着林与鹤从侧门离开正厅。

林与鹤怕自己耽误了对方的正事，说："我随便吃点儿垫一下就好了。"

之前继母吴欣就提过多次，让林与鹤一定要听从陆家人的吩咐，毕竟陆家这样的门户讲究多。吴欣特意告诫过林与鹤，不许主动要东西吃，林与鹤也做好了忙碌一整天的准备。

陆难听了，没有说话，而是带着林与鹤穿过两条走廊，来到了一间包厢。包厢里没有人，只有一桌摆好未动的餐点，和主厅酒席的菜式一模一样。

陆难说："坐。"

林与鹤看了看那还冒着热气的丰盛午餐，张口欲言，最后还是在男人的视线下住了口，乖乖拿起了筷子。

陆难这才满意，说："不赶时间，慢慢吃。"

两人刚进来，门外就响起了敲门声，是方木森。陆难走到门口去和方木森说话，门没带上，桌旁的林与鹤听见了他们的交谈。

"陆董，西厅右侧还有三个包厢没有去，里面是安盛投资和林海证券的人。接待人员已经安排好了，您可以先过去。我在这儿等小鹤用餐完就一起去正厅找您。"

林与鹤听着，感到有点儿意外。方先生这么忙，怎么能让他特意留下来等自己？自己抓紧时间吃完顺原路回去就好了。

门口的对话还在继续，陆难道："不用，你去西厅。"

林与鹤松了一口气，心想：果然不用方特助留下。

结果这一口气还没松完，陆难却道："我陪宁宁。"

林与鹤直接被呛到了："咳……咳咳……"

门口的两人都回头看过来，陆难直接走了过来，帮林与鹤在背上顺了顺气，说："不急，慢点儿吃。"

林与鹤掩着嘴摇摇头，示意自己没事。

陆难才对方木森道："去吧。"

097

显然，方木森对陆难的安排感到有些意外，但还是颔首应下，带上门离开了。

屋内只剩两人，陆难在林与鹤身侧坐了下来。林与鹤吃了一会儿，发觉陆先生并未动筷。室内只有轻微的碗筷碰撞声，气氛一时有些沉闷。

林与鹤抿了抿唇，问："陆……哥哥吃一点儿吗？"林与鹤看着面前的饭菜，说，"我觉得味道还挺不错的。"

陆难仍然没有动筷的意思，声音低沉："这宴会也就饭能吃一个优点了。"

林与鹤露出疑惑的表情，他隐约感觉到陆先生不太高兴，但回想了一遍，也没想出是哪个地方出了差错。刚刚的流程不是都顺利完成了吗？

恰在此时，林与鹤的手机突然响了起来。林与鹤担心惹对方不高兴，正想挂掉，陆难却道："有事就接吧。"

林与鹤看了看他，确定对方没有生气，才把电话接了起来。

"鹤鹤！"电话是甄凌打来的，他的声音满是激动，"成绩出来啦！你总分第一！"

林与鹤只说过周日要外出，因此除了沈回溪，其他同学不知道他今天要参加宴会，因此成绩一出来，迫不及待想分享喜讯的甄凌就打来了电话："全科都九十分以上！太强了吧！"

原本打算说一句话就把电话挂掉的林与鹤被这消息惊得愣了一下，而后脱口而出："真的？"

陆难的目光转了过来。

林与鹤以为自己的声音吵到了对方，做了个致歉的手势，起身走到窗边。

到底还顾忌着时间，林与鹤简单说了几句便挂了电话，但那种喜悦和兴奋是掩饰不住的，打完电话，他整个人都明亮了几分。

吃完午餐，两人离开包厢，没走几步，他们就在走廊遇见了几位客人。客人们笑着和他们打招呼,有人还向陆难恭维道:"我们刚刚大老远看见您,就发现令弟站在您身边,看着十分开心呢。"

陆难的神情变得高深莫测。他淡淡地应了一声:"嗯,他是挺开心的。"

林与鹤:"……"

林与鹤摸了摸鼻尖,心生愧疚。自己的演技实在算不上好,早知道一开始就该用假想自己考了第一的心情去完成今天的流程,这样肯定会比刚刚的表现要好得多。

和客人们聊了几句后,服务生找了过来,说是司仪有请两位。

第五章

陆难和林与鹤再次回到正厅,司仪正在侧台上等他们,身旁的侍者手中捧着一个盛有方盒的托盘。司仪道:"还有一项任务没有完成,留下二位对今日宴会的所思所想。"

另一位侍者上前,将托盘里的方盒打开,盒中放着一个薄薄的软皮本。司仪拿出一支笔,道:"两位现在需要商量一下,写下今天最开心的一件事。"

最开心的事?林与鹤想,应该写什么?

林与鹤正思考着,陆难已经接过笔,直接在本子上写了起来。

咦,陆先生已经想好了?林与鹤靠近去看,在看清对方写出的那行字时,几乎不敢相信自己的眼睛。只见男人字迹飞扬潇洒,极漂亮地写下了一句:期中考试第一名。

林与鹤愣住了,虽然这的确算是今天最开心的事,但他怎么也没想到陆难会写这个。

司仪也愣了,虽然他是整个燕城最火的金牌主持,他主持过的各类宴会、庆典不计其数,客户也不乏达官显贵、巨星名流。但这么写"最开心的事"的,他还是第一次见。

哪有人在这种时候写学习成绩的?

换一个说法,这就相当于是在写"在我对外宣布我多了个弟弟的这天最开心的事是泰平股价上涨了好几个点"——哪怕是写股价上涨，也还算符合陆董的性格。唯独这被写下的"期中考试第一名"，才让人无法猜透。

司仪不敢妄下结论，咳了一声，硬是编了句话夸奖两人。

林与鹤听着都替他感到尴尬，这当真是在硬着头皮胡扯。

陆难依旧没什么表情，依照流程将本子的一角递给林与鹤，两人一同将本子放回了方盒中。做完这一切，他们就可以离开了。

从侧台走下来，经过没人的地方时，林与鹤犹豫了一下，轻声道："抱歉。"

陆难抬眼看过来。

林与鹤吸了一口气，道："我今天的表现可能不太好，还比不过我知道成绩时的开心……"

"没有。"陆难打断道，"你不用道歉，我没有怪你的意思。"

林与鹤有些不知所措。

"我刚才那么写，是因为它也是我今天最开心的事。"陆难继续道，"你今天做得很好，辛苦了。"

林与鹤小心翼翼地看他，不知道对方是当真这么觉得，还是在说反话。

陆难原本没什么表情和动作，但被人这么看着，到底还是没有忍住，便抬手拍了拍林与鹤的头。在对方被吓到之前，他很快就将手收了回来，平静地开口道："我还想说，如果下次再有值得写的开心的事——"

男人声音低沉，让人耳膜微微发麻："我希望那时你记下的快乐，能有我的参与。"

林与鹤着实没有想到陆难会这么说，脚步一滞，落后了半步，视线正好落在陆难的侧脸上。近距离看，林与鹤才发觉男人的下颌线条极为明显，整个人英俊硬朗，是那种侵略性十足的长相，再加上冷峻的气质，就显得更难以接近。

可当真正相处时，林与鹤却发现对方并不是不好接近。

几个客人交谈走动的声音从不远处传来，林与鹤回过神，对方还在等答复，忙点了点头，说："好。"

不管是不是认真的，林与鹤都需要给出回答。

陆难的目光又在林与鹤的脸上停留了一会儿才挪开，然后说道："走吧。"

两人又一起去见了些客人，等流程真正结束，事情都忙完时，已经接近傍晚了。

林与鹤把西装脱下来，换回了棉服和连帽衫，从更衣室走出来时，就看到方木森正向陆难汇报着什么。

即使是要参加宴会，陆先生依然很忙。

方木森说的都是泰平的事，林与鹤正想着自己要不要避嫌，就见陆难的视线移了过来。陆难的视线在林与鹤身上停顿了几秒，随即他朝人招了下手。

林与鹤走了过去，和方木森打了个招呼，正要和陆难说话，却见男人直接将手伸了过来。等林与鹤感到颈后传来轻微的拉扯感时，这才反应过来，陆难在帮自己整理帽子。

林与鹤有点儿不好意思，说："谢谢。"

陆先生真是个细心的人，林与鹤想。

方木森很识趣地停下了汇报的话题，道："海滇的三处住宅都已经收拾完毕，今晚就可以入住。"

林与鹤的心里咯噔了一下，心想：入住？不是宴会结束就回学校吗？

陆难正要说话，看见林与鹤的表情，改了主意，问："宁宁想去哪个？"

林与鹤感到有点儿无措，之前他完全没想过这事。虽然陆家说两兄弟要住在一起才显得亲近，但林与鹤从没觉得陆难会照陆家的话做，此时只好道："我吗？我明天还有课……"

刚刚才被夸过细心的陆难却像完全没听懂林与鹤的暗示一样:"那三个地方离你们学校都不远。有一处就在燕大西校门外两公里的地方,开车十分钟就能——"

说着说着,陆难突然就停住了,他皱着眉头看着林与鹤说道:"别咬。"

林与鹤有些茫然,直到陆难从方木森手中接过刚拆开的湿纸巾递到自己的面前,林与鹤才后知后觉地反应过来,自己的唇出血了。

林与鹤忙了一天没怎么喝水,刚刚在紧张之下又不自觉抿唇,便把嘴巴给弄破了。

陆难的脸色不怎么好看,却还是紧盯着林与鹤的动作。在林与鹤擦完唇上的血迹后,他也没再继续刚刚的话题,直接道:"先送宁宁回学校,晚上去凤栖湾。"

方木森轻咳一声,颔首应下了。

林与鹤有点儿怀疑他咳的那声好像是在忍笑。

方木森先离开了,剩下两人简单吃了些晚饭才走。林与鹤被盯着喝了一大碗汤,然后感觉身体暖和了不少。吃完后,两人一同离开,汽车驶出酒店时,天色已经暗了下来,没驶出多远,路旁的街灯便亮了起来。

灯光明灭闪烁,车流缓缓交错。林与鹤透过车窗向外看了好一会儿,才收回视线。林与鹤转过头来,却发现身旁一直沉默着的男人居然在看自己。

陆先生为什么一直盯着自己看?林与鹤疑惑,难道是帽子又没弄好吗?

林与鹤正想去摸帽子,被察觉到视线的男人已经淡然地收回了目光,平静开口道:"今天上午扭伤脚踝的那个人叫方子舒。"

林与鹤的注意力被吸引了,没想到男人会主动提起方子舒。

陆难道:"她的父亲方强是大诚基金的总理事。方强之前想

103

收购我手里的投资公司,因为他和我的接触,外面传出了一些消息,说我们有联姻的意向。"

林与鹤听沈回溪说过这些,于是点头道:"嗯。"

陆难继续道:"但我无意出售公司,这合作到最后也没谈拢。我们之间只有商业洽谈,没有其他联系,我和方子舒自始至终都没有接触过。"

林与鹤听到这儿才反应过来,对方竟然是在和自己解释:"你不需要解释这些……"

陆难却说:"不,我需要。"他看着林与鹤,目光和语气都很认真,"我知道你可能不想知道这些事,但我必须解释,这是我身为兄长的义务。"

林与鹤张了张嘴,却什么都没能说出来。陆难的态度如此郑重,他简直要怀疑车厢内也有摄像头了。

其实,林与鹤之前就发现了,陆难是一个很有责任感的人,并不像传闻中那般冷情冷心。如果他当真有个亲弟弟,那个弟弟大概会过得很幸福。

林与鹤这么想着,完全没有"现在对方最亲的弟弟是自己"的自觉。

陆难问:"上午你和她发生了什么?"

林与鹤一五一十地说了,没有隐瞒,毕竟方总现在还持有不少泰平的股份,林与鹤不想因为自己的事给陆先生添麻烦。

林与鹤没有想到,陆难听完之后,说的第一句话却是:"她加你好友了?"

怎么感觉陆先生的关注点有些偏?林与鹤想着,点了点头,答道:"她要了我的账号。"

男人的神色有些微妙,他问:"那你加她了吗?"

林与鹤有些拿不准他是想让自己加还是不想,所以还是如实道:"我还没来得及看手机,等回去看一下。"

陆难只说："哦。"
他没再说什么，表情变得有些高深莫测。

不久，汽车抵达了燕城大学。临时出入证只能单次通行，汽车便停在了校门口。

刚刚在路上，陆难已经接了两个电话，临下车时，他的电话又响了起来。林与鹤十分清楚他有多忙，所以坚持不让他送自己进去。

陆难没说什么，只把自己的大衣给林与鹤，让他披上。

长款大衣垂到小腿，正好能把林与鹤严严实实地裹住。那种木质香水的味道萦绕在自己的周身，很好闻。很多人会觉得木质香水闻起来有些涩，不过林与鹤很喜欢，觉得这种气味闻着就感觉很安心。

陆难看着小孩乖乖穿好衣服，抬手帮人整理了一下衣领，说："到宿舍之后给我发个消息。"

这也是那种家长式的叮嘱。

林与鹤点头："好。"

夜晚的风很凉，好在宿舍离校门不远，又有一件大衣护着，回到宿舍时，林与鹤的身子还是暖的。

宿舍几个人都在，正在咋咋呼呼地讨论着成绩。林与鹤和大家聊了几句，就坐在椅子上给陆难发了条短信。

"鹤鹤。"沈回溪问，"下个月有个极限运动联赛要在燕城举行，你要不要去看？"

祝博周末要直播，甄凌又有严重的恐高症，因此这种事沈回溪一般只问林与鹤。

林与鹤一听，眼睛都亮了，说："想去！"

林与鹤虽然身体受哮喘的影响很大，但对极限运动一直很感兴趣，之前他还去攀岩社和滑板社观摩过。

沈回溪走过来说："那你关注这个微信公众号，这比赛我有个朋友赞助了，我让他们在后台给你发个电子门票。"

林与鹤依言打开了微信，刚想搜索沈回溪说的公众号名字，屏幕上突然跳出一个消息提醒，是好友申请。

站在林与鹤一旁的沈回溪随意瞥了一眼提示，问他："谁啊？方子舒？"

"嗯，她今天说要加我。"林与鹤说着，点开了"新的朋友"，却愣了一下，"咦？这怎么有两个好友申请？"

等看清另一条申请时，林与鹤却彻底惊住了，只见屏幕上那条申请内容显示着：我是陆难。

陆先生？这是什么时候的好友申请？

沈回溪好奇地问："不是，这怎么回事，你没加陆董微信？"

"不是……"林与鹤思绪混乱，声音都显得有些虚弱。

林与鹤想起来了，这个好友提示其实跳出来过不止一次，但林与鹤每一次都以为这是来自通信录的自动推送，直接点了忽略。

林与鹤艰难地吞咽了一下口水，忍不住开始心慌。这些天几次出现提示，不会都是陆先生主动加的他吧？林与鹤越想越心惊，自己到底把这申请忽略了多久？

林与鹤的反应落在沈回溪眼中，却变成了另一种含义。看过宴会上陆难对林与鹤的态度之后，沈回溪早已改变了之前的想法。沈回溪轻咳一声，试探性地问道："喀……是不是你们吵架了，然后你把他删了？"

沈回溪的神色有些古怪，像是在忍笑，说："我看陆董挺严肃的，没想到他也会被别人拉黑，还得主动去加回来。"

林与鹤很无奈，心想：不，不是这样的，你听我解释……

林与鹤之前才看过司仪硬着头皮胡扯，却没想到这么快自己也要来这么一遭。他胡乱解释了一通，才瞒了过去。幸好沈回溪并不是多嘴的人，帮林与鹤领完门票就走开了。

沈回溪离开后，林与鹤继续对着手机发愁，想起刚刚在路上陆先生还问过加好友的事。当时林与鹤还有些奇怪，为什么陆先生的关注点是那个。

现在，林与鹤才反应过来。

一想到在陆难眼中，他连方子舒都加为好友了，却唯独不通过陆难的申请，他的心态就有些崩溃。他真的不是故意的……不过现在解释还有用吗？

林与鹤对着手机纠结了许久，最终还是选择了通过申请。

林与鹤碰屏幕的动作极轻，像蜻蜓点水一样，点完后就迅速收回了手，简直像是怕被咬到似的。但是该面对的总要面对，林与鹤深吸了一口气，拿起手机，准备给陆先生道个歉。

屏幕上已经跳转到了聊天窗口，林与鹤斟酌着措辞，刚打了两个字，却发现聊天框顶部的文字已经变成了"对方正在输入"。

林与鹤："……"陆先生不是忙工作去了吗？

林与鹤莫名生出一种做错事被家长抓个正着的心虚感，那边的信息已经发了过来。

陆难：到宿舍了？

林与鹤回复他：嗯。抱歉陆先生，我之前没有留意好友申请，刚刚才看到。

那边沉默了一会儿，没有回话，只发来了一张图。那是一张截图，特意截出了林与鹤刚发的消息里的"陆先生"三个字。

林与鹤愣了愣，明白了对方的意思，其实他并不是记不住"哥哥"这个称呼。他的记忆力一向很好，哪怕不好，被纠正了这么多次也该记住了。

林与鹤只是不太清楚这个称呼要在什么场合下使用，网上私聊也要用这个称呼吗？

没等林与鹤回复，那边又发来了消息。

陆难：这种小事没必要道歉。

107

陆难：不用太拘谨。

林与鹤摸了摸鼻尖，心想陆先生真是个好人。

林与鹤：好，哥哥。

那边沉默下来，许久都没有回复。

林与鹤一直都不知道自己叫出的"哥哥"究竟有多大威力，因此也没在意对方的沉默，只以为陆难在忙。

回头应了几声舍友们有关成绩的询问，林与鹤见对方还没有新消息，便又发了条消息：我先去洗漱了，哥哥工作加油。

信息后面还附带了一个"辛苦了"的表情包。

发完后，林与鹤起身正准备去洗漱间，手机忽然振了一下。

陆难：早点儿休息。

林与鹤：好，哥哥也是。

陆难：晚安，好梦。

林与鹤发现，陆先生是很少见的那种每条微信消息都会带上标点符号的人。他的标点符号用得很完整，发消息时，就会显得有些严肃。这种严肃配上"晚安"和"好梦"这类词汇时，却并不突兀，反倒让人生出了一种温暖的心安感。

或许当真是借他吉言，当晚，林与鹤的确睡得很好。

接下来的日子，林与鹤依旧照常上课。那次宴会结束后，他的生活其实没有发生太大的变化。正式的认亲仪式日期已经定了下来，在下个月，距离现在还有一点儿时间。真正近在眼前的，是仪式的宣传计划。

这些宣传主要有两个作用。一方面，陆家在陆难担任泰平的董事长后有反悔的想法，还是想让其他人来顶替林与鹤的位置，陆难自然不会任他们摆布。此时只有林与鹤坐实了"与陆难情同手足"的深厚关系，才能打消他们的念头；另一方面，作为新任董事长，陆难需要这种兄友弟恭的宣传来中和他过于冰冷的个人形象。

除了这两方面，吴欣还给林与鹤分析了很多其他作用。林与鹤没怎么细听，只记住了宣传计划会很快要开始了。让林与鹤感到有些意外的是，宴会已经过去了几天，说好的宣传却一直没有动静。

燕城媒体的关注重点仍然集中在泰平集团的商业事务上，有关陆难的私人信息鲜少登报。倒是G城有几家报纸报道了这次宴会，但都没有什么实质性内容，只是捕风捉影，猜测居多。有关林与鹤的真实信息就更少了，一看就和特意放出去的宣传信息区别很大。

林与鹤不由得感到奇怪，之前不是已经拍了那么多可以放出去的素材吗？哪怕是在电话里、账单上他们都特意花费过心思，为什么现在不放出来？

不过林与鹤奇怪归奇怪，也没有多操心。反正自己也是听令配合，一早就做好了准备。

林与鹤不关心这些事，有人却相当重视。

宴会结束后，吴欣没有闲下来，她一直在主动和陆难的团队沟通，还在忙碌地联络着G城的关系，收集着各种陆家的资料。陆家的资料整理得差不多之后，她专门把林与鹤叫回了家。

林与鹤之前已经听过几次吴欣的专场演讲，吴欣再通知时，林与鹤并不是很想去。但正式的认亲仪式到底和那天的宴会不一样，场面会更隆重，他们也都要去G城。届时，陆家的人会到场，所以吴欣在电话里把话说得斩钉截铁："你务必过来一次，必须把陆家的资料全部了解清楚。"

林与鹤前前后后被催了好几次，无奈之下只好去了一趟。

林家和吴家的根基都不在燕城，吴欣和林父原本也不在燕城居住，但是为了搭上陆家，他们特意迁居过来，这段时间一直暂住在燕城。林父在燕城并没有房子，林与鹤这次要去的是吴家在燕城置办的一处房产。林与鹤之前没有来过这里,过来时都是靠手机导航的。进门之后,这里的陈设对林与鹤来说十分眼生,就是一个陌生之地。

吴欣正在书房里收拾资料,给林与鹤开门的是保姆阿姨。阿姨把林与鹤请到沙发上,倒了一杯水。林与鹤道了声谢,随意环视了一圈。

燕城寸土寸金,这个房子估计至少有一百五十平方米,算是大户型。虽说只是暂住,但这房子早就装修好了,装潢还相当讲究。这里的采光很好,空间也足,客厅连着一主一次两个卧室,走几步就是书房,旁边还有吴晓涵的练舞室,一眼看去,温馨又宽敞。

唯独没有属于林与鹤的地方。

吴欣从书房里走出来,路过房门口时,正好听见门外响起钥匙开门的动静。她走过去,直接打开了房门。

开门的动静不小,林与鹤也听见了,林与鹤抬头看过去,正好看到走进来的林父。

林父正笑着和吴欣说话:"我刚把钥匙拿出来,门就开了。今天下班这么早?"他没看到坐在沙发上的林与鹤,说着说着,还倾身过去,亲昵地吻了吻吴欣的脸颊。

林与鹤沉默地注视着他们。这个动作林与鹤曾经无比熟悉。很久以前,爸爸每天回到家,都会笑着轻吻妈妈的脸颊,动作亲昵,神色温柔,与他现在亲吻吴欣的动作和神色一模一样。

林与鹤很早就知道了,原来一份爱可以同等地复制给另一个人,毫无差别;原来如果爱不能长久,换一个人就可以继续。

吴欣帮林父把脱下的外套挂好,林父换好拖鞋走进来,才看到客厅里的林与鹤:"小鹤回来了?"林父看见人很高兴,"你吃饭了没有?爸给你做点儿?"

林与鹤笑了笑,道:"我吃过了。"

"吃过了?怎么吃这么早?"林父有点儿失落,又不想放弃,

"那要不再吃点儿,当夜宵?哎,怎么没早点儿和爸说声要过来,爸也好久没下厨了,你过来我正好做顿晚饭,咱们一起吃。"

吴欣不做饭,家里平时都是保姆做的,偶尔林父也会下厨。

林与鹤摇摇头,道:"我已经吃饱了,下次吧。"

"行,吃饱了就别多吃了,对胃不好,下次吧。"林父有点儿遗憾,想了想,道,"要不就这周末?咱们家正好都没什么事。"

林与鹤没说同意也没有拒绝,只道:"周末的话,我等等老师的安排吧,要是没什么事的话就过来。"

"哎,好。"林父笑着说,"爸等着给你做大餐吃。"

他们说话的时候,吴欣已经把资料一一摆放在林与鹤面前的茶几上了。等两人聊完,她便对林与鹤道:"好了,我们来说说陆家的事。下个月就要举行认亲仪式了,到时候在G城,到场的人会比那天宴会时多得多,陆家的人也会出席。你必须记清他们的资料,一定不能出差错。"她最先强调的还是规矩,"陆家非常重规矩,他们最讲究这个。"

林与鹤这段时间也大致了解过一些,他之前对八卦消息没兴趣,现在对这种仿佛另一个世界的生活更没有兴趣,只希望自己能早点儿完成任务,早点儿撇清和陆家的关系。等时间久了,风声都过去了,林与鹤就能重新回到自己的正常生活中去。

说完那些复杂的规矩,吴欣又开始介绍陆家人。

吴家家境比林家强得多,之前还有幸与陆家有过一次接触。吴欣这次又托人找了G城的关系,整理了一份相当细致的陆家资料,全摆在了林与鹤面前。

"陆家的家主是陆广泽,娶过三次妻,与原配有四个儿子、三个孙子和一个孙女。"

这些人里,林与鹤除了陆难都不认识,每个人都需要从名字开始记。

吴欣正介绍的时候,屋门又被打开了。进来的是吴晓涵,她穿着一身皮衣，踩着一双铆钉马丁靴，脸上化着很浓的烟熏妆，不知道是从哪里疯完刚回来。她径直走进来，把手提包甩在沙发上，听见吴欣给林与鹤做的讲解，嗤笑了一声，对林与鹤说："连陆家有几个人都得讲，你怎么什么都不知道啊？"

吴晓涵对林与鹤只有两种态度，要么是视而不见，要么就是嘲讽，态度相当不善。林与鹤对吴晓涵说话时，语气却一直很平静："我没想过会有这么一天，所以没了解过这些。"

一旁出来迎接吴晓涵的林父听见这话，忍不住皱了皱眉。两个人的对话无意间戳中他的痛脚。原本林与鹤确实不用了解这些，他该有自己的生活，而不是被"卖"去陆家当什么义子。

林父难得对着吴晓涵板起了脸："涵涵，怎么说话呢？"他平时脾气好，又疼孩子，基本没怎么动过怒，这句已经算是重话了。

吴晓涵翻了个白眼，哼了一声，态度很是不客气。

吴欣倒是很满意林与鹤的回答，觉得这人没野心，对他们家没威胁，相当好拿捏。她对吴晓涵道："好了，妈这边还有正事，回你自己屋里去。"

吴晓涵拽过自己的手提包走了，吴欣朝她背影喊了一声："把你那脸好好洗干净！"

回应吴欣的是哐的一声摔门声。

吴晓涵离开后，吴欣继续给林与鹤讲陆家的事，她整理了一份陆家的人际关系图，让林与鹤把每个人的身份、性格和喜好都记下来。除此之外，她又重复了好几遍规矩的重要性，各种繁文缛节，翻来覆去地强调。

好不容易讲完这些，已经是晚上十点多了。

林与鹤拿了外套准备走，正好撞见林父出来，问他："讲完了吗？"林父道，"这么晚了，小鹤在家里住吧。"

林与鹤把外套穿好，说："不用了，我明天早上还有课。"

林父只好作罢，他转身打算去换外套，说："那你等等，我开车送你回去。"

吴欣叫了他一声："你不是说今晚要帮我按摩的吗？刚坐了两个多小时，我肩膀都酸了。"

林与鹤道："没事，爸您忙吧，我自己回去就行，正好能赶上地铁。"

林父脚步微顿，犹豫了一下，还没做出决定，穿好外套的林与鹤就已经推门离开了。

入冬以后，夜晚的风很冷。冬天的燕城，寒风宛如刀子一般在人裸露的皮肤上刮过，让人有一种深入骨髓的疼痛感。

出地铁站到学校门口还要走一段路，等回到宿舍时，林与鹤已经被冻僵了。口罩挡不住寒风，鼻腔和喉咙都被冷意刺激得很不舒服，胸口也有些闷。回到宿舍之后，林与鹤并没有待在有暖气的室内，而是独自上了宿舍楼的顶层天台。比起封闭的室内，还是高处更能让人放松一些。

站在天台边向下望去，视野开阔，万物沉寂。校内的路灯成行地亮着，却照不亮上空这如墨的夜色。

看了好一会儿，林与鹤的心绪才平静了一些。

林与鹤戴着口罩缓缓吸了一口气，恍惚间，他又想起了自己上次上天台时的情景。那次是宴会的前一天，林与鹤从继母家回来，心情不太好，在自己从天台向下看时，接到了陆先生的电话。

林与鹤正回想着，口袋里的手机却振了起来。他动作一顿，拿出手机扫了一眼屏幕——显示的竟然是"哥哥"。

居然这么巧合，两次电话都是在林与鹤心情不怎么好的时候打过来。

林与鹤接起电话："喂？"

男人低沉的声音传来，盖过了周遭呼啸的风声："在做什么？刚刚给你发消息，没见你回复。这么晚了，还在忙作业？"

"没有,我刚从家里回来。"林与鹤说,"刚刚在路上,没注意看消息。"

这些天,两人时不时会在微信上聊几句,林与鹤一开始还有些意外,后来便渐渐习惯了,也把交谈当作自己要配合的内容,没有多想。

陆难问:"回家做什么了?"

林与鹤吸了吸鼻子,道:"阿姨给我准备了些陆家的资料,让我记清各位长辈,学一学陆家的规矩。"

电话那边沉默了一会儿,才传来陆难低沉又平静的声音:"不用学。"

"嗯?"林与鹤愣了愣。陆家不是有很多规矩吗?刚刚继母说了很多,包括进门时要先迈哪只脚才表示尊重……

"不用学那些规矩。"陆难重复了一遍。

他的声音很冷,在这冬夜的寒风里,却像是冷硬的钢铁撑起了一片可以遮风挡雨的庇护之所。

"不要管其他人怎么说。"对方平静而笃定的话语,一字一句落入林与鹤耳中,"你只需要听我这个哥哥的话。"

林与鹤听见男人的话怔住了。

陆难又道:"吴家那边我会通知他们。这些事你不用再想了,你忙你自己的事就好。"

林与鹤迟了半拍才应声:"好。"想了想,他又补上一句,"谢谢哥哥。"

电话那边低应了一声:"嗯。"

林与鹤伸手揉了揉耳朵,才听清楚对方的下一句话。

陆难说:"我听见那边有风声,你在室外?"

林与鹤没想到他还会注意这个,应道:"对。"

陆难问:"不冷吗?"

林与鹤老老实实回答:"有一点儿,我是想出来透透气。"

"夜里凉，当心感冒。"陆难说，"去找个避风的地方吧。"

林与鹤道："好。"他心情已经平复了不少，转身走回室内。

一走进来，寒风被隔绝，林与鹤感觉明显暖和了些。没了风声，便清晰地听到了话筒那边的呼吸声，安静地陪伴着他。

"到室内了吗？"陆难问。

林与鹤答："嗯。"

陆难道："周六有时间吗？"

林与鹤顿了顿。

陆难问："有课？"

其实他没有课，这是难得没课的一周。这周他的双学位课程正好停课一周，陆难问得很巧，但周末他还有别的事。

"没有课。"林与鹤道，"是我可能要回家一趟。"

陆难道："两天都要回家？"

林与鹤说："没有，是要过去吃顿饭。"

陆难问："白天可以出去吗？"

林与鹤犹豫了一下，今天陆家的资料还没讲完，继母说了下次继续："还不太确定……"

林与鹤还没解释原因，陆难就问："是你继母的事？"

林与鹤摸了摸鼻子。

见人沉默，陆难已经知道了答案。

"这事我来处理。"男人道，"不用听她讲了。我知道你从来不逃课，这种没必要的课不上也没什么。"

陆难道："周六我去找你，嗯？"

林与鹤乖乖应下了："好。"

距离周末也没有多久了，一眨眼便到了周五。晚上，林与鹤就被叫回了家。因为下午有课，林与鹤到家的时候，已经八点多了，晚饭都已经做好了。

115

林父开门,手里还拿着没放下的汤勺,他笑眯眯地招呼:"来来,小鹤,快进来,正好饭刚摆上。"

林与鹤走进去,恰巧遇见吴晓涵趿拉着拖鞋一脸不耐烦地走出来,林父笑着叫她:"涵涵也出来啦,今天这么乖,不用叫就出来吃饭了。正好小鹤回来,咱们一家吃个团圆饭。"

吴晓涵哼了一声:"谁和这人一家……"

一起走出来的吴欣皱眉,拽了她一下,没让她把话说完,教训她道:"刚刚怎么跟你说的?"

不管怎么说,他们现在还必须和林与鹤维持表面关系。

吴晓涵原本还没什么,说话的声音也不大,但被吴欣拽了一下之后,她突然生气了,怒道:"你碰我干吗?疼!"

吴欣瞪她一眼,道:"过来,好好吃饭。"

吴晓涵越听越生气,直接摔门想走,却被吴欣一句话叫住了:"你的包还想不想买了?"

吴晓涵只能勉强压下火气,冷着脸走去餐桌。

吴欣没好气地说:"真是惯得她这么大脾气。"

林父劝她:"好了,孩子还小,有话好好说。"

她们吵的时候,林与鹤已经离开去洗手了,像是根本没有听见这些动静一样。等林与鹤洗手出来,林父已经将吴欣安抚下来,见林与鹤出来,忙招呼人一起吃饭。

晚餐很丰盛,摆了满满一桌,看得出来准备得很精心。几个人在餐桌旁坐下。

林父把面前的汤盅掀开,盛了一碗,说:"来,小鹤,这是特意给你做的酒酿圆子,爸记得你最爱吃了。"

他边说边想递给林与鹤,结果碗还没递过去,一旁的吴晓涵突然问:"我的呢?"

林父道:"有,涵涵也有。"

难得吴晓涵肯捧场,他很开心,看着桌旁的一家人,生出一种合家欢乐的满足感，笑着说："我再给涵涵盛一碗。"

结果吴晓涵看了一眼那小巧的汤盅，却道："一碗不够，那一盅我都要。"

吴欣疑惑地看她："你怎么回事，平时不是都怕胖不肯吃甜食的吗？"

"你管我！"吴晓涵用筷子敲桌子，"我就要吃！"

"你这孩子……"吴欣不满她的态度，"你今天抽什么风？"

"我怎么了？"吴晓涵毫不示弱，"连顿饭都不让我吃吗？有本事你们让我饿死啊！"

林父忙着劝架，劝完这个还要哄那个，但收效甚微。气氛乱作一团，最后，林与鹤淡淡开口："汤盅给妹妹吧，我不吃甜点。"

林父惊讶道："小鹤？你不是最喜欢吃甜的了吗？小时候你见到糖就抱着不肯松手……"

林与鹤很平静地笑了笑，说："爸，你也说是小时候，这都多久以前的事了，我已经长大了。"

林父愣了，他怔怔地看着林与鹤，点头说道："哦，哦，长大了……"他又低头看了看面前的酒酿圆子，喃喃道，"我今天特意为你做了好多呢，小时候你每次吃都要吃一大碗……"他的声音不大，反反复复地念叨着，似乎是想说给自己听。

有了林与鹤的相让，满满一盅酒酿圆子都给了吴晓涵，但她的神色并不怎么开心。被吴欣念了一通，她很不高兴，胡乱地吃了几口，就道："我吃饱了。"被她霸占过去的酒酿圆子也根本没有动多少。

"怎么就吃这么点儿？"吴欣皱眉，敲了敲汤盅，"还有这圆子，你要了又不吃。"

"不吃了。"吴晓涵把筷子一扔，"这又不是给我做的。"

吴欣不解地问："什么叫不是给你做的？"

吴晓涵咬牙，指着林与鹤说："凭什么只做这人喜欢的菜？

117

有人问过我吗？"

吴欣惊讶道："你瞎说什么呢？"这孩子又在闹什么脾气？

林父忙哄她："涵涵，咱们家好不容易团圆一次……"

"这算哪门子的家？"吴晓涵狠狠地瞪了一眼林与鹤，"谁承认了？"

看着这个外来者，她的眼眶都要气红了，凭什么要她把父母的爱分给别人？

吴欣皱眉问她："你今天怎么回事，怎么一直找事？"

两个人都是不肯让步的性子，说着说着又开始吵了起来。林父只能两边劝，开始他还担心林与鹤，怕对方介意刚刚吴晓涵说过的话，便分神朝对方看了一眼，但等真正看到林与鹤的表现时，林父愣住了。

吵嚷的餐桌旁，林与鹤正在安静地用餐，对周遭的一切置若罔闻，一点儿视线都没有分给在面前激烈争吵的两人。林与鹤专注地吃着饭，没有碰那盅林父专门做的酒酿圆子，也没碰那些排骨、鱼块，只动了自己面前的那盘菜——那是一盘炒西芹。

林父记得林与鹤小时候挑食，不喜欢吃绿叶菜，每次吃饭都要哄着，有时还要拿糖果来诱惑他。可林与鹤现在吃得极为专心，仿佛那盘炒西芹比林父专门做的几道大菜都更美味一样。

林父愣愣地看了一会儿才反应过来，林与鹤并不是喜欢才吃那一道菜，而是因为那盘西芹离得最近，仅此而已。林与鹤不是在吃饭、在享受和家人一起的时光，他坐在那里只是在完成一个任务。

林父看着安静从容的林与鹤，手指忽然无法抑制地抖了起来。他终于意识到面前这个孩子之所以这么平静大度、从不计较，不是因为脾气好，性格软，也不是因为想和家人搞好关系，而是因为冷漠——一种置身事外的、极致的冷漠。

不管是吴晓涵的挑衅、吴欣的威胁，还是林父亲手做的这一桌丰盛晚餐,都没什么区别,它们都不会让林与鹤有丁点儿在意。

林父彻底愣住了,他印象中的儿子明明不是这样的。

他想起很多年前,那个时候林与鹤还小,因为身体不好无法跑跳,被迫养成了安静的性格,但那时的林与鹤并不内向,反而很亲近人,对着陌生人也会甜甜地笑,笑得让人心都软了,见过林与鹤的没有一个人不喜欢他。

那时的小家伙吃过很多药,却并不抱怨,因为吃过生病的苦,反而更关心其他人,看见别人不小心撞一下就会皱起小脸,执意要帮人吹吹痛处。

林与鹤的病有很多注意事项,所以小家伙也很细心,别人有一点儿异样都能察觉到,有时林父累了揉一下肩膀,他都会主动跑过来帮忙。

可是现在,完全不一样了。

林父看着面前的林与鹤,他们之间的距离近到几乎一伸手就能碰到对方,但他觉得自己早已被远远地推开了,似乎再也没有什么人和事能真正牵动这个孩子的心。

林父突然生出了一种无力的愤怒感。耳旁的争吵还在继续,他额角的青筋突突地跳动着,忽然重重地拍了一下桌子,怒道:"别吵了!"

吴欣和吴晓涵都被吓了一跳,惊讶地看着他。林父的脾气一向很好,她们几乎没见过他生气,一瞬间真的被震住了,没有再吵。但林父看的不是她们,而是仍然在专心吃饭的林与鹤。

无论是争吵还是林父爆发,都没有对林与鹤造成任何影响。林与鹤安静地吃着东西,直到周围都安静下来,才抬眼看了过来。

林父看见了林与鹤的眼睛,那是一双平静至极、没有任何情绪的眼睛。没有愤怒,没有尴尬,甚至没有一点儿波动。

林与鹤分明坐在这儿,却仿佛早与一切隔绝。他漠然地看着面前的事物,置身事外,冷眼旁观,不会再被爱和恨触动分毫。

回家对林与鹤来说已经不再是一种温暖的慰藉，而是一个讨人厌烦的任务，他看着与自己关系最亲近的家人的举动，像是在看一场拙劣的闹剧。

林与鹤在这里，只是一个不会入戏的观众，永远冷漠，永远无动于衷。

林父怔怔地看着对方，身上最后一点儿支撑他的力气也被抽走了，他那原本挺直的脊背突然佝偻，像是在一瞬间老去了很多。

到底是哪里出了差错？怎么会变成这样呢？

餐桌上一片安静，许久，林父才开口，神色有些疲惫，他沙哑地说："好了，吃饭吧。"

吴欣看出他情绪不稳，压下火气，没再说话。吴晓涵还想说什么，但看了看林父的表情，到底还是没有开口。最后，她还别别扭扭地给林父夹了一块排骨。

不管怎么吵，他们都还是一家人。

只有一旁的林与鹤一直没什么反应。自始至终，林与鹤都没有关注过他们的举动。

沉默地吃完一顿饭，已经到十点了。外面下起了雨，淅淅沥沥的，一直没有停。燕城地处北方，冬季难得有雨，这雨一下便又冷又湿，寒意直往人骨头缝里钻。

林父叫住了林与鹤，说："小鹤，明天周末没有课，今晚就住下吧。"

吴欣翻着文件袋，也道："上回还有些陆家的东西没说完，明天正好把剩下的给你看看。"

林与鹤就这样被留了下来。

保姆阿姨收拾出了客房，给林与鹤住，林与鹤进客房之后便去看书了，虽然周末没课，但同样还有作业。

林父想和孩子谈一谈，却又几次犹豫，不知该如何开口。他白手起家，到现在拥有了自己的医药公司，人脉颇广，好友众多。和他相处过的人几乎都会衷心地对他的性格和能力夸赞几句。可现在，林父陡然生出了一种罕见的无力感，只是想到要去找林与鹤，他就犹豫，感觉自己有些害怕看见那双过于平静的眼睛，甚至他被逼无奈，需要用林与鹤作引子得到陆家帮助时，都没有这般难堪。

林父正考虑着这件事，卧室的门被推开，吴欣走了进来。她正在接电话，脸上满是笑容，语气很热情："对，周末嘛，是该出去玩一玩。"

"好的好的。"她连声应着，直到电话挂断，脸上的笑容才消失。刚刚的热情和恭敬也不见了，她皱着眉，低骂了一声。

林父问："怎么了？"

吴欣没好气地道："还能怎么，不就是仪式的事吗。"

"是陆家的电话？"林父问，"出什么问题了吗？"

吴欣揉了揉额角，说："倒也不算什么问题，是陆董的助理打来的电话，说明天要带人出去。"

"接小鹤吗？"林父安慰道，"那这确实不算问题，出去逛逛也好。"

吴欣皱着眉说道："我早就说了周六要讲资料，结果偏偏周六出门。"

林父道："这也不是小鹤决定的，是陆先生那边找来的吧。资料不一定非要明天讲，以后还有时间。"

听着熟悉的温和声音，吴欣终于放缓了语气："我这不是怕林与鹤还没弄懂规矩，再冒犯了陆董嘛。"

后面被林父劝着，吴欣才平静了些。林父原本还想找林与鹤，结果和吴欣聊得有些晚，又怕影响林与鹤休息，便没有去了。

只不过吴欣没有真的放弃，第二天一大早，在早餐桌上，她就拿出了准备好的资料。

"你今天要和陆先生出去，"她对林与鹤道，"那我们趁早开始，把陆家的事说完。"

林与鹤清早起来，喉咙有些不舒服，嘴巴干得隐隐发疼。他清楚这种时候自己一开口肯定会嘴唇出血，便没有说话。

吴欣看着对方这反应，忍不住有些上火。他这是什么态度？

"吃完再说吧，不差这一会儿。"林父道，"来，咱们先吃饭吧。涵涵的那份已经给她留好了，等她睡醒了热热再吃。"

吴欣并不喜欢丈夫向着林与鹤说话，她和丈夫的感情不错，不然也不会在家境悬殊的情况下选择下嫁。但也正是这样，她才会对丈夫的前任妻子耿耿于怀，不愿去想丈夫的温柔曾经分给过其他人这件事。

丈夫的前任已经离世，这一点没怎么影响过两人的感情，但长相酷似丈夫前任的林与鹤还在，吴欣很难对这人抱有好感。眼下，吴欣的气没怎么消下去，不过丈夫已经开口了，她就不再说什么。

吃完早餐，吴欣漱口回来，看见客厅里的林与鹤拿着手机。她叫了林与鹤一声，说："过来，先把陆家的资料说完。"

吴欣才要开讲，便接到了一个电话，电话是方木森打来的，那边说道："吴女士，我在过去的路上，麻烦你告知小鹤，可以收拾一下，准备出门了。"

吴欣皱起眉，不过声音还是很客气："这么早就出去吗？"

"嗯。"方木森只是简短地应了一句，并没有要和吴欣解释的意思。

吴欣不能说什么，只能答应着，客气地挂断了电话。

电话刚打完，她去看林与鹤，发现对方准备穿外套了。看林与鹤的样子，分明是早就知道这时候要出门了。

吴欣看着自己准备好的那些厚厚资料，火气一下就起来了。她冷笑一声，道："现在就出去？"

林与鹤道:"嗯。"

林与鹤低头穿外套,并没有看吴欣,也没注意到她的神色。

吴欣早在昨晚接到方木森的电话时就不怎么舒服,觉得是林与鹤在搞什么小动作。后面被丈夫安抚过之后,她才没去找林与鹤,现在火气重新涌上来,有些按捺不住。

"就这么不想听我讲资料吗?一大早就让他们来接你?"吴欣怒火中烧,反倒笑了出来,"还把方特助搬出来,你和他的关系很好啊?"她根本不相信工作忙到那种程度的陆难会这么早把林与鹤叫出去。

林与鹤抬头看了看她,神色有些茫然,不明白吴欣为什么会突然发难。但他开口还是很平静,平静到语气甚至都有些冷淡:"没有吧。"

吴欣的笑容僵了一下。

林与鹤总是这样,一直都是。他在她面前总是这种反应,每次她想追问或者敲打他,或直接或隐晦地说了那么多,只会换来"还好""没有吧""我也不清楚"这样的回应,听着就让人火大。

林与鹤一直都是这种完全不上心的态度,摆明了没有把她放在眼里。

吴欣向前一步,高跟鞋在地板上踩出砰的一声闷响,脸上的笑容也消失了,她冷冷地说道:"方特助联系你是好事,不过你也该明白,他这么做只是因为工作。你最好搞清楚自己的位置,别以为当了陆董的干弟弟,就可以对所有人颐指气使了。"

林父听见这边的动静,忙走过来劝解。他拉住吴欣,说:"小鹤不是那种孩子,道理都懂的。你别那么急,有话咱们好好说。"

他转头还想和林与鹤说两句话,还没来得及开口,吴欣就冷笑了一声,讥讽道:"清楚?我看他明显得意忘形了,忘了自己的身份了吧?真以为自己仗着有陆董撑腰就能为所欲为,连长辈都不放在眼里。"

她指着林与鹤质问:"你以为自己凭的是什么?凭宴会上陆董出面替你解围,还是凭他把卡给你用?你真以为他把你当亲弟弟了?别惹人笑了!"

这话说得着实有些刺耳,连林父都忍不住皱了皱眉,吴欣却仍然没有停下。陆难的人在宴会上对林与鹤和对吴家的区别对待本来就让她很不满,而林与鹤今天的态度更是直接激怒了她。

"摆好你自己的位置,老老实实地把这场戏演完。"吴欣冷嗤道,"别以为演了场戏就真能鲤鱼跃龙门,你就是个一无所有的穷学生,要身份没身份,要背景没背景,能跟陆家攀亲还是因为你走运。少自以为是,省得把你自己唯一这点儿用处都搞砸了……"

"够了!"林父的脸色很难看,"别说了!"

本来他们卖子求荣就是无论如何都掩盖不了的事实,现在还要逼着孩子感恩戴德,这简直是直接往林父的痛处上戳。他脾气一直很好,此刻也听不下去了。

吴欣突然被林父吼了一句,声音戛然而止,表情刹那间变得惊愕。但她很快回过神来,缓缓吸了一口气,还动作优雅地别了一下散落的鬓发。可细看吴欣的神情,已是被气到了极点,她放轻了声音,甚至被气笑了:"林峰,你竟然这么和我说话!你还吼我?"她恨恨地道,"你这两天吼了我两次!"

林父一时语塞,冷静下来之后,也有些后悔。

"爸,吴阿姨。"林与鹤淡淡开口,中止了他们的争吵,"你们不用担心,我一直很清楚。"

林与鹤已经穿好了外套,宽大的羽绒服蓬松柔软,可这厚实的衣物穿在林与鹤身上,让他感觉不到温暖,反而衬得他越发瘦削,脸色过于苍白,像棉花裹着一块冰。

林与鹤还是保持着那种平静到令人心慌的语气:"我没有凭着什么就得意忘形了。宴会上陆先生替我说话,是因为有那么多人看着,他必须表现出对我的维护。那次到学校来给我送信用卡,是为了拍下我刷卡的账单，对外说我能拿着陆先生的卡买单，配合做兄友弟恭的宣传。"

林与鹤一件一件，冷静又清楚地剖析着："陆先生几次亲自送我回学校，是因为担心如果我们从来没有接触过，会让陆家起了别的心思。"

"陆先生做的这些，都是为了做戏摆拍，我明白。"

林父愣愣地看着林与鹤，神色越发惊愕。他再次从林与鹤身上看到了那种冷到极致的漠然。

昨天晚上林父想了很多，他觉得可能是因为家里人伤到了小鹤，让小鹤对亲人产生了怨怼之情，所以小鹤才会对亲情如此冷漠。他还想着他们如果能多些相处，解开误会，或许还有机会挽回他们的亲情。

可是林父现在才发现，林与鹤就是那样的冷漠。他的表现，根本不像是这个年纪的孩子该有的。林父怔怔地想，本不该是这样的。

林与鹤并没有注意他们的神色，用手背蹭了一下干燥的唇，擦掉了上面渗出的血。他的嘴从起床后就很干，现在一说话，就疼得更明显了。不过这点儿疼痛他早已习惯了，而那被擦淡的血留在唇瓣上，覆住原本苍白的唇色，反而透出了一种健康的红。

林与鹤看起来一切都好。

"包括隔几天一次的电话也是吧。"林与鹤心平气和地说，"我记得宴会的前一天，吴阿姨以发送宴会流程的名义，给我的手机安装了一个监听软件。软件刚装好，陆先生就给我打来了电话。之后他时不时就会给我打电话，大概我们的通话音频也是日后要用来对外宣传的素材。"

林父震惊地看向了吴欣，监听？

吴欣已无暇顾及丈夫的反应，满脸愕然。不只是因为林与鹤冷静地拆穿了一切，更重要的是对方提到的那些事。她怎么不知道忙到几乎脚不沾地的陆难会亲自送林与鹤回学校,还会隔几天就给林与鹤打电话?

吴欣的确在林与鹤的手机里装过监听软件,但她当晚就收到了方木森的严厉警告。陆难那晚的电话根本不是为了什么宣传,而是为了检查林与鹤有没有被监听。查到之后,吴欣就收到了警告,相关软件也立即被强制清除了。

可明明都已经确认过没有监听了,为什么陆难之后还会给林与鹤打电话?

吴欣尚未从震惊中回过神来,林与鹤继续说着:"大概是你们觉得我知情后演戏会太过僵硬,表现会不自然,才一直瞒着我这些。"林与鹤说道,"不过都这么久了,下次再有什么任务,其实您可以试试提前告诉我,我会更配合的。"

"至于您说的,我仗着有陆先生撑腰……"林与鹤浅浅地笑了笑,看起来很温和很好接近的样子,"我清楚的,所有的撑腰都是为了这一场交易。"

说完这些,林与鹤的神色也没有什么变化,林与鹤看了看表,礼貌地说:"时间不早了,我先出去了。爸、吴阿姨,再见。"林与鹤说完便准备离开。

吴欣想叫住人,想问陆难的电话究竟是怎么回事。明明谁都知道是交易,为什么陆董还会亲自关照?

吴欣没来得及开口,看着林与鹤打开房门走出去,然后就顿在了那里。他们终于听见了林与鹤除平静之外的其他语气,听见了那显露出的真实情绪——

"陆先生?"

第六章

林与鹤刚拉开房门准备往外走,结果就看见了站在门外的冷峻男人。林与鹤那完美如面具般毫无破绽的神情终于出现了些许波动,他惊讶地道:"陆先生?"

昨晚的雨淅淅沥沥地下了一整夜,黎明时才短暂地停歇了一会儿。天还未亮,雨就重新下了起来。此时正是最冷的时候,男人匆匆从雨中赶来,肩头未见水痕,身上却有浓重的寒意。

林与鹤没怎么来过这处住宅,不了解这里的隔音效果,不知道自己刚刚的话陆先生有没有听见,或者听去了多少。一想起有这种可能,林与鹤的身体就僵住了。

面前的男人俯视着林与鹤,林与鹤只觉得落在自己身上的视线沉甸甸的。恍惚间,林与鹤觉得对方什么都听见了。

对视的那一瞬间如此漫长,但最后还是什么都没有发生。陆难看着人,开口道:"你就打算这么出去吗?"

林与鹤还没有回过神来,下意识说:"啊?"

"围巾呢?"陆难问,一条一条仔细地数,"还有口罩、手套,你什么都不戴就出去?"

林与鹤这才反应过来,他摸了摸鼻子,很诚恳地认错:"我忘记了。"

陆难没有说话，垂眼看了过来。他逆光站着，雨天清晨稀薄的光线在他那原本轮廓就很立体的面孔上留下了浓重的阴影，让人越发看不清他的神情。

沉默比责怪更有压力。林与鹤正想再开口说些什么，肩膀上忽然一沉。陆难抬手揽住了林与鹤的肩膀，将人带回了屋内，说："进来。"

楼道里虽然没有风，却还是没有室内暖和。

林与鹤微微睁大了眼睛，没反应过来陆难为什么要将自己带进来。意外的不止他一个人，屋内的吴欣和林父也都是一脸惊异。

吴欣更是满心震惊。她怎么也没想到陆难会亲自过来。她猛地反应过来，慌忙上前想要招呼这位尊敬的客人："陆董……"

陆难根本没有理她。他摘下了旁边衣帽架上林与鹤的长围巾，系在了对方颈间。

系好围巾，陆难又问："口罩呢？"

林与鹤抬头把嘴巴从围巾里露出来，小声说："用完了。"

林与鹤平时出门用的是一次性口罩，昨晚已经用完了最后一个，新的还没有买。跟在后面一同进来的方木森从提包中拿出一个新口罩，递了过来。

等围巾和口罩都戴好了，林与鹤终于寻到说话的机会："这样就好了，手套不用了，我可以把手放在口袋里。"

陆难并未接话，只说了一句："走吧。"

两人一同离开，被留在屋内的吴欣和林父已经惊呆了。他们从来没想过陆董还会有这样一面。

两人迟迟没有反应，甚至没有注意到方木森并未离开，直到方木森屈指在门上敲了敲，吴欣才回过神。她脸上的惊讶神色还没有收拾好，就想向方木森打听："方特助，陆董他——"

方木森道："陆董有话要我带给两位。"

吴欣连忙道："您说，您说。"

林父看见方木森，稍稍感到有些意外。他之前和方木森见过一次，但也只是在宴会上远远地看了几眼，现在近看才发觉对方有一点儿眼熟。可这种熟悉感又太模糊，细想时，林父怎么也想不起来究竟在哪里见过对方。

"方特助，来这边坐吧。"吴欣热情地请方木森在沙发上落座。

方木森没有动，淡淡道："吴女士，上次的事，我想我们已经说得很清楚了。"

林父疑惑地看向妻子，上次什么事？

吴欣的动作一僵，似是心有余悸，开口时也磕巴了一下："清楚……清楚的，我们后来不也是照做了吗？那个监听软件被手机里的防御系统自动清除后就再也没动过。那次拍账单也是，后来我这边就再也没有跟拍过和陆董有关的东西了，这些你们应该也都能看到吧。"

她语速很快，却还是被林父听清了。林父十分震惊，这都是什么时候的事？

之前听林与鹤说起那些事时，林父尚在惊讶于孩子的冷漠，没能分心关注其他。现在听吴欣说这些，他才真正意识到这些事的问题所在。且不说监听对于陆董这种人来说绝对是大忌，更让林父不明白的是，为什么妻子要监视跟拍孩子的行踪？

但现场没有人给林父解答。

方木森听见吴欣的话，直接道："既然清楚，那为什么还要雇人去 G 城收集陆家的资料？"

吴欣反射性地想要辩解，却看见方木森拿出了一个文件袋。他继续道："这是智霖侦探社交出的资料和他们雇主的银行卡账号。"方木森看着吴欣，"还需要其他证据吗？"

虽然是质问，但方木森的音量并不高，更没有咄咄逼人。只是这种心平气和的语气，让人听了更加心虚。

吴欣的脸色一下子就变了，她努力想解释："我们也是为了

129

给与鹤找点儿资料，帮忙提前了解些规矩……"

"帮忙？"方木森说，"究竟是帮忙还是伤害，吴女士应该很清楚。你觉得我们能查到的事，身在 G 城的陆家会查不到吗？"

被背地里搜集了资料的陆家人又会怎么看待林与鹤，结果可想而知。

吴欣不敢和方木森对视，眼神飘忽，勉强笑了笑，说："怎么会呢？我们毕竟是与鹤的家长，怎么会害……"

"家长？"方木森笑了一下，只是笑容里没有温度，"用孩子去堵窟窿的家长吗？吴女士，在陆家之前，林与鹤究竟被你拿去了几家'推销'，要我帮忙数数吗？没法跟陆家联姻，就让林与鹤去给陆家当儿子的，不就是你们这些林与鹤的家长吗？"

吴欣彻底僵住了。

林父惊愕地看着她，问："什么'推销'……这是什么意思？到底怎么回事？"

吴欣说不出话来，方木森也没有回答，他整了整自己的袖口，说道："与鹤的事就不用两位操心了，两位还是关心一下自己的事情吧。"

林父急道："小鹤的事我们怎么可能不管——"

话没说完，林父对上方木森的视线，猛地愣住了。这个文质彬彬的年轻人，突然露出了比刀锋更锐利的冰冷眼神。

"林先生，"方木森终于正眼看向他，一字一句，"这句话从您嘴里说出来挺可笑的。"

林父怔怔地看着他，连一句反驳的话都没能说出口。

一旁的吴欣脸色苍白，勉强开口道："方特助，你刚刚的话是什么意思？什么叫关心一下自己的事，你是在威胁我们吗？我们可是白纸黑字签过协议的……"

对着吴欣，方木森反而不像对林父那般冰冷，他平静地说道："协议签的是帮林氏医药稳定资金链，这点不会变。但如果有其他公司动手脚,我们绝不会姑息。"

"吴女士,机会不是没有给过你们。上回找你时,我们就明确警告过你,没有下次。"方木森直接把话挑明了,"遗憾的是,你并没有把这话放在心上。"

吴欣脸色越发难看,她还想再说什么,手机却突然响了起来。看见屏幕上显示的号码,她生出了极大的不安,她颤着手指按下了通话键,电话那头急切尖锐的声音瞬间响起:"姐!公司出事了!你们快回来吧!"

吴欣的身体剧烈地颤抖了一下,面色惨白。她还未能回应电话里带着哭腔的求助,就猛地弯下腰来,剧烈地干呕起来。

林父忙去扶她,紧张地道:"阿欣!"

通话声、呕吐声和喊叫声混作一团,场面一片狼藉,方木森转身开门,头也没回地离开了。

汽车停在地下车库,方木森正要乘车离开,却意外地看见了车旁站着的人。

"小鹤?"他已经恢复了斯文有礼的模样,温和询问,"怎么没有走?"

"陆先生去买东西了。"林与鹤戴着口罩,声音稍稍有些闷,"让我在这里等他。"

林与鹤戴着围巾,羽绒服的帽子也被人拉了起来,蓬松的帽边软毛衬在脸侧,让人看一眼便心软下来。

既然是陆难的决定,方木森自然不会质疑,他问:"怎么没去车里等?"

"车里有点儿闷。"林与鹤说,"我出来透透气。"

方木森还想说什么,余光瞥见一个躲躲藏藏的身影,不由得一顿。他沉默了一会儿,突然转移话题:"吴女士对你的态度一直这么差吗?还是最近才转变的?"

林与鹤一时没反应过来:"嗯?"

131

方木森继续引导："你有感觉到她最近有什么异常变化吗？"

"啊，有一点儿。"林与鹤想了想，道，"大概是因为她怀孕了吧。"

这回换方木森愣了一下，问："你知道这事？"

"方先生也知道吗？"林与鹤说，"我学医，能看出来。她怀孕的初期表现挺明显的，情绪波动大，暴躁易怒，饮食也有变化，而且我还听见了她和我爸说孕检的事……"

林与鹤说着，突然听见了哐当一声巨响。

林与鹤回头看，只见一个身影不慎撞倒了地下车库内的铁质三角桩，又踉踉跄跄地跑开了。

林与鹤有些意外，那是吴晓涵？

吴晓涵还穿着皮裤和过膝靴，看起来应该是偷跑出去玩了个通宵，刚回来。她大概怕走正门电梯被父母逮到，所以才想从地下车库的电梯上去，结果就听见了两人的对话。

显然，吴欣怀孕这件事对她的打击非常大。

方木森道："她站那儿有一会儿了，一直在看你。"

林与鹤茫然地说："看我？"

吴晓涵的敌意太明显，智商又不够，反而没什么威胁。方木森摇摇头，道："不管她，我们走吧。"他已经从另一侧入口看到了陆难的身影。

林与鹤也看到了走回来的陆难，下意识地摸了摸鼻尖，从方木森帮忙打开的车门上了车。

方木森怕人觉得闷，在陆难走过来之前，没有把车门关上，于是林与鹤清楚地听见了地下车库另一侧传来的声音。

那是吴晓涵尖厉刺耳的质问声："我妈怀孕了？"

回答她的是林父。林父似乎刚下楼正好和要上楼的吴晓涵撞上："涵涵，你先让一让，妈妈晕倒了，我们得去医院……"

"不许去！谁允许她怀孕的？"吴晓涵的声音近乎歇斯底里，

"你和我妈结婚的时候明明答应过只疼我,为什么还会要孩子?你骗我!你们都骗我!"

陆难已经走到了车前,他从另一侧上车,对方木森冷冷地道:"关门。"

车门关好,混乱的声音被彻底隔绝在了外面。

汽车启动,开出了车库。方木森并没有上这辆车,前后座间的隔挡缓缓升起,密闭的空间里,气氛再次陷入沉静。

车内开着暖风,林与鹤想把羽绒服的帽子拉下来,可拉到一半时,他的动作忽然顿了一下。他悄悄看了一眼身旁的男人,确定对方没有阻止的意思,才继续把帽子放了下去。

男人正在刚刚提回来的袋子中翻找东西,他薄唇紧抿着,面部轮廓刚硬。找好了东西,他才开口:"口罩摘下来。"

林与鹤摘下口罩,轻轻舒了一口气。他自己倒没觉得有什么,现在的感觉比清晨早些时好多了。陆难的目光落在林与鹤唇上的伤口处,脸色很不好看。

在林与鹤唇上停了几秒,陆难才挪开视线,拿起了一条冒着白汽的热毛巾。

毛巾消过毒,可以直接敷在唇上,软化干燥的唇瓣。林与鹤说了声"谢谢",正想把毛巾接过来,却发觉对方停住了动作。

林与鹤愣了愣,说:"不用麻烦哥哥了,我自己来就好……"

"你觉得你把你自己照顾得很好吗?"陆难的声音并没有波动,似乎与平时没什么两样,但他握着叠好的毛巾的右手,手背上青筋凸起。

林与鹤一怔,觉得陆难好像生气了。

陆难没有多说什么,他把热毛巾递过来,看着林与鹤用它敷在唇上。这个方法很有效,没多久,林与鹤唇上的干皮就软化下来了,伤口也不再有疼痛感了。

敷完热毛巾,林与鹤碰了碰自己微湿的唇,觉得好受多了,正要道谢,却见身旁的男人又拿出了一支软膏。

还要抹吗?林与鹤摸了摸鼻尖,道:"我好多了,哥哥。"

陆难置若罔闻,直接拧开了软膏盖子。

"真的没事了……"林与鹤之前从来没有在意过这个,顶多在唇瓣干出血时擦一擦,所以这次他也不想麻烦别人,想着舔一下就算了。

陆难眼神一沉,缓缓开口:"宁宁,你真是不听话。"

明明仍是一贯的冰冷口吻,林与鹤却从男人声音里听出了恶狠狠的意味。

林与鹤本能地感觉到了危险。他没领略过陆先生的冷漠和威慑力,但对这种压迫感深有体会。他不觉得自己还能承受更多,所以在对方继续说话之前,他打算道歉。

况且这还是在对方早已提醒过的情况下被抓了个现行,林与鹤觉得自己的确有做得不对的地方。只不过在这种情况下,他的语言系统仿佛失了灵,最后只含糊地叫了一声:"哥哥……"

陆难看着林与鹤,目光晦暗不明,最终男人收回了周身散发的怒意。

林与鹤这时才找回正常说话的逻辑,乖乖认错:"对不起。"

陆难什么都没有说,目光在林与鹤的脸上停了停,又挪开了。

两个人都没有再开口,车内恢复了安静,只有塑料袋被翻动的细碎声响。

陆难拿着软膏,从提袋中翻出一包棉签,将药膏挤在了一根棉签上,说:"这是治疗唇上裂伤的药膏,可能有些苦。来,我帮你上药。"

林与鹤张了张嘴,还没有出声,就听见陆难道:"你看不到伤口,没办法自己涂。"

话都被人提前截住了,林与鹤只能放弃了这个念头。看着陆难的动作，他不由得想了很多。

　　林与鹤修的是双学位，另一个专业选的是心理学，平日里本专业也有临床心理课程，他能从陆难身上分析出多种典型的人格，却很难将这些颇有对立性的人格统一在同一个人身上。

　　林与鹤学业不精，最后只好把这些统统归成陆先生的敬业。

　　只是这些想法也没能分散林与鹤被迫集中的注意力，他实在无法忽略陆难。等药膏好不容易抹完，林与鹤第一反应就是松了一口气。然后林与鹤就看见男人收起用过的棉签，又从提袋里拿出了一支润唇膏。

　　林与鹤："……"

　　抢在对方动手前，林与鹤连忙道："这个我自己来就好了。"

　　陆难抬眼看过来。

　　林与鹤又道："我可以……"

　　话没说完，他就因为紧张一不小心舔到了唇上的药膏。

　　这药膏怎么这么苦！林与鹤原本就怕苦，舔了这一下，连话都说不下去了。又苦又涩又辣的味道在他的舌尖蔓延，他的脸都皱成了一团。

　　一瓶矿泉水被递到唇边，林与鹤已经说不出谢谢了，接过水就想往嘴里灌，瓶口却又被人挡了一下。

　　陆难说："用吸管，用瓶口喝会蹭到药，更苦。"

　　林与鹤这才看到矿泉水瓶中还插着一根吸管，于是他匆忙咬住吸管，一连吸了几大口，才感觉好了一点儿，不再被苦到没有办法呼吸。

　　缓了口气，林与鹤又喝了几口水，慢慢把口中的苦味冲淡。

　　"润唇膏不用现在涂。"陆难声音低沉，"等一会儿药膏干了再涂。"

　　林与鹤："……"那他刚刚岂不是根本不用紧张？

　　因为药太苦，林与鹤那温柔的眼尾都没精打采地垂了下来，卷翘的眼睫上还沾着刚刚被刺激出的泪花,看起来显得更委屈。

男人看着林与鹤,沉默了一下,才道:"润唇膏选了甜味的,但药膏是苦的,没办法换。"

林与鹤是个医学生,自然不会埋怨药苦,于是他摇摇头,说话时也小心地避开唇上的药膏:"没事,是我太不小心了。"

许是怕林与鹤再紧张,陆难这次没说什么就把润唇膏递了过来,说:"等下药膏干了记得涂,尽量避开伤口。这个不只是要涂一次,感觉嘴唇干了就要涂,多涂一段时间,嘴巴就不会总是干到流血了。"

林与鹤点头说:"谢谢。"

陆难把润唇膏放在了林与鹤的羽绒服口袋里,接着又从提袋中翻出一个纸包,拿出其中一块东西,递到了对方面前。

林与鹤没看清那是什么,只嗅到一阵甜味,便问:"什么?"

陆难答:"糖,去去苦味。"

林与鹤将糖含到嘴里,发现那味道非常熟悉——居然是梨膏糖。他的老家盛产雪梨,他天生支气管不好,经常会吃雪梨做的东西,清燥润肺。梨膏糖是他从小吃到大的东西,味道相当熟悉,吃起来也开心。

雪梨的甜驱散了残留的苦味,林与鹤终于放松了一点儿。他的视线落在那个提袋上,又转到了提袋旁边的男人身上。没想到那提袋里的东西这么全,连梨膏糖都有。

林与鹤发现,陆难远比自己想象中的更加细心,刚刚上药的时候也是。

林与鹤虽然一直在想东想西,但还是察觉到对方动作轻缓,男人那冷峻的外表实在让人很难想象他照顾人竟会如此周到。

林与鹤猜测对方有照顾病人的经验,因为一般人很少能想得如此周全。拿药膏、润唇膏很正常,但是还记得拿棉签和吸管就很难了。再想到对方还买了糖来化苦味,林与鹤猜测,陆先生或许有过照顾生病小孩子的经验。

经过这段时间的相处,林与鹤才发现陆难体贴的一面。他正想着,那手中攥了许久的矿泉水瓶就被接了过去。

陆难看着人,问:"怎么了?"

林与鹤这才意识到,自己刚刚一直在盯着对方看。

"没什么。"林与鹤摸了摸鼻子,"就是觉得哥哥很细心。"

陆难把水瓶盖好放在一边,抬眼望过来,说:"学医的人应该更细心吧,周围的人一有什么异样,就能察觉。"

"嗯?"林与鹤有些疑惑,不知道对方为什么突然说起这个。

林与鹤有些摸不准陆先生这话的意思,不知道对方是在说自己发现了继母怀孕的事,还是因为听到了自己之前要出门时对父母说的那些话,暗指自己发现了跟拍做戏的事。

对一出门就撞见陆先生的情形,林与鹤现在想起来仍然有些忐忑。虽然大家都知道是协议,但他这么直接挑明,到底还是有点儿尴尬。

林与鹤一心想着这些和"细心"有关的事,却没料到陆难开口了。他竟是一句:"对别人都关照得那么周到,那你为什么总是不好好照顾自己?"

林与鹤怔住了,他望向陆难,等看清对方的表情时,才意识到男人是在认真地询问这件事。他一时不知该如何作答,犹豫了一下才道:"也不算吧?"

"不算吗?"陆难的声音听起来还是没什么波动,他很平静地问,"单是我撞见嘴唇出血就有几次了?"

林与鹤惯性地想抿唇,想起药膏的苦味才停下了动作,说:"这只是一点儿小伤。"

陆难眯了眯眼睛,说:"很多病人都这么想。"

"不,这个不一样。"说起这个,林与鹤很认真,"疾病分多种情况,很多时候,病人必须仔细留意自己身体的变化,不能觉得没问题就不遵医嘱。医生基本不会说无用的话，列出注意事项就必须注意。

"我这种情况不是，我顶多嘴唇出点儿血，最严重就是唇炎，不会有什么大碍的。"

陆难的神色越来越冷，他的胸口猛地起伏了一下，声音低沉："所以，你知道可能会得唇炎还不管它？"

对方关键词抓得太准，林与鹤一时语塞。

陆难直接把林与鹤口袋里的润唇膏拿了回去，又说："看来提前交代也没什么用，我还是亲自监督吧。"

林与鹤张了张嘴，可看见陆难的表情，还是把话咽了下去。

车厢内安静下来。林与鹤知道陆难有些生气，但他不太懂。林与鹤觉得会因为这种事生气的人一般都是直系家属或者医生，可陆先生既不是他的直系家属，也不是医生。

林与鹤不知道陆难为什么这样关照自己。

汽车平稳地行驶着，封闭空间里很沉默。林与鹤以为陆难不想和自己说话了，但陆难把润唇膏收好后，又在提袋中翻找起来。

陆难拿出一包湿巾，抽出一张，对林与鹤说："手。"

手？林与鹤不清楚他要做什么，但还是把手伸了过去。

陆难面无表情地说："另一只。"

看到湿巾上沾染的浅色痕迹，林与鹤这才想起自己之前用手背擦过唇，沾了血。自己都忘了的事，陆先生却注意到了。

林与鹤觉得，在长辈眼里，自己一切都好，不用人费心，一直都很懂事；但在陆先生眼里，自己总是各处带伤，必须被照看，总有需要帮忙的地方。

林与鹤轻声道："谢谢。"

林与鹤的手很漂亮，皮肤白皙，骨节分明，指甲泛着粉色，这是一只天生适合拿手术刀或是按下黑白琴键的手。

血渍擦净之后，林与鹤手背上靠近腕骨的地方还有一小片红，那红色经过擦拭并没有减淡分毫。

林与鹤察觉到他的视线，解释道："没事的，那不是血，是一块疤。"

陆难顿了顿，问："什么时候落下的？"

一般人这时大概会问是不是天生的，陆难问的却是什么时候落下的，仿佛他知道这疤不是生来就有的一样。

林与鹤没注意这一点，只道："我小时候打留置针留下的。"

陆难皱了皱眉，问道："留置针？"

林与鹤点头，给他解释："我的血管天生就很细，不好扎针，只有腕骨附近的那条静脉比较明显。因为我那时候总是要输液，就扎了留置针，有次留置针扎久了发了炎，后来就落下了疤。"

男人停下动作，他的声音隐隐有些沙哑："疼吗？"

林与鹤笑了笑，说："早就不疼了。"

男人没有因为这句话而释怀，他沉默了片刻，又追问："那时候疼吗？"

林与鹤还是摇头，答说："不疼。"

陆难低声道："你打针的时候不会哭吗？"

林与鹤感到意外地看着他，听这话的意思，怎么感觉陆先生像是知道自己小时候爱哭一样？

林与鹤诚实地道："我小时候挺怕疼的。不过小孩子嘛，总会把疼痛的感觉放大。"他继续道，"其实不疼的，没有那么严重。"

林与鹤的语气很轻松，陆难听了，比刚刚沉默得更久了。

究竟是小孩子会放大疼痛，还是长大后已经习惯忽视疼痛？

看着那处浅浅的疤痕，陆难没有再说话。他收好湿巾，把那只清瘦的手拉到后排空调的出风口前，让热风暖暖林与鹤的手。

林与鹤有些不太好意思，便说道："没事的，我的手一直这么凉，放口袋里暖一会儿就好了。"

陆难抬眼看人，只道："你已经在衣服里暖很久了。"

林与鹤一时沉默，却又无法辩驳。陆难说得对，林与鹤再怎么把手插在口袋里暖手都收效甚微，要不然晚上睡觉他也不会那么煎熬了。他只好道："下次我记得戴手套，可能会好一点儿了。"

陆难道："我会给你准备。"

汽车仍在行驶，外面的雨还没有停。细长的雨丝飘落在车窗上，用最温柔的笔触描绘着冬天。

林与鹤的呼吸渐渐变得平缓，整个人也慢慢放松下来。其实，若是抛开其他想法，陆先生的做法还是让人感觉很舒服的。

林与鹤体寒，入秋之后就一直很难熬。林与鹤从来不提自己冷的事，因为已经习惯了，但他手脚平日里都是冷冰冰的，冷得久了还会疼。所以在暖和过来之后，林与鹤觉得很舒服。

除了舒适的温度，封闭的车内空间让林与鹤再次清晰地闻到了陆难身上的乌木香气。这个味道太过熟悉，又太能令人安心。没过多久，林与鹤就感觉眼皮有些沉。

天气转冷之后，林与鹤的睡眠质量一直不太好。再加上他有些认床，昨晚外宿，睡得就更不怎么样了。今天清晨他起得又早，现下就有点儿犯困了。

冬雨在车窗上弹奏出温柔的音乐，在这过分舒适的氛围中，林与鹤居然睡了过去。但他记着自己在陆先生的车上，睡了一会儿又努力地睁开眼睛，眨了眨眼睛，在视线聚焦后，林与鹤看见了陆难的脸。

林与鹤迷迷糊糊地看着陆难，男人依旧没有什么表情，只道："别在车上睡，容易感冒。"

林与鹤带着鼻音"嗯"了一声，努力眨了眨眼睛，勉强清醒过来，说："嗯，抱歉。"

陆难没再说什么，林与鹤醒了醒神。

没过多久，陆难道："快到了。"

林与鹤不知道这次要去哪儿，便问："我们要去做什么？"

陆难道："去拍几张照片，媒体宣传时用。"

林与鹤感到意外，之前不是已经拍过那么多素材了吗？

不说吃火锅的账单和软件监听下的电话，陆先生送自己回学校的那几次应该是为了跟拍宣传才对。宴会结束后，林与鹤还奇怪宣传计划没动静，怎么现在又要开始拍新的照片了？林与鹤不太懂那些宣传计划，也没有多问，只打算尽力配合。

很快，汽车便驶进了一座大型商业广场。此时，林与鹤的身体已经暖得差不多了。他们一路从地下车库坐电梯进了商场内部，并未去下着雨的室外，所以林与鹤也不怎么觉得冷。

今天是周末，商业广场的人流量很大，不过两人来的是一个满是高级奢侈品的商场。不管什么时候，这里都是柜员数量比客人的数量多。

两人一进去，就有穿着西装的人上前来领路。林与鹤跟着走了一段路，才发现周围的店虽然都开着，但是没有一个客人。店员都在门口静候着，在两人走过时恭敬地朝他们问候示意，就好像只需要招待他们一样。

林与鹤这时才反应过来，这里是被陆先生包场了？他没想到拍个照片需要这么大的阵仗，真正的拍摄也和想象中大有不同。

在拍照之前，林与鹤被带去了一家造型沙龙店，里面没有其他客人。为林与鹤做造型的并不是沙龙店的店员，而是上次宴会时那个专业造型团队。他们对林与鹤的情况已经很熟悉，很快便打理好了一套装扮。

这次林与鹤并没有被要求穿西装，团队设计的几套造型都是偏休闲的，和平时的装扮有些相似。造型团队甚至还拿来了一件燕城大学的校服。说是校服不太准确，燕城大学没有统一的校服。那是一件黑色的长款羽绒服，背上印着燕大的 logo（标志），带着浓浓的学生气息。

做造型时，工作人员还简述了一下这次的拍摄计划，大体内容就是一同逛街，一起买些礼品或者衣物，需要展现出两人十分亲近的关系。

打理完造型，林与鹤便离开了那个沙龙店，然后看到了外面那一大群摄影工作人员。这次的拍摄工作特意安排了专业团队，单是各种设备就不知摆了多少。打眼看去，一排的"长枪短炮"，不知道的人还以为这里要开新闻发布会。

林与鹤原本以为随意拍几张照片就好了，没想到会这么正式。林与鹤没经历过这种场面，难免觉得有些紧张，好在拍摄的重点并不是自己，而是陆难。

比起林与鹤，陆难早已习惯了这种阵仗。

林与鹤近距离看着他，终于知道了什么叫天生适合站在闪光灯下的男人。男人不只长相无可挑剔，连对各种展示要求的把握也相当到位。林与鹤被他带着，也渐渐适应了一些。总的来说，拍摄进展还算顺利。

相对而言，这场拍摄对林与鹤的要求其实少得多，摄影助理说得最多的一句话就是"放松，随意就好"。林与鹤不需要露脸，也就不用表演什么感情，无形中让他少了很多压力。

不需要露脸对林与鹤来说是意外之喜：一方面，林与鹤是真的表演不出什么"饱含仰慕之情的眼神"；另一方面，林与鹤习惯了平静的生活，不想被外界打扰。林与鹤有一个几十万粉丝的账号，但做视频时至多露一双手，从来没有参与过线下活动，就是因为他不想被人打扰到正常的生活。

对这次的宣传计划，继母之前就曾反复提点过他，林与鹤早早做好了配合的准备。虽然知道自己的身份会被曝光，但受关注的是陆家，而不是林与鹤，只要等协议到期，就不会有什么人再关心自己这个犹如昙花一现的陆难的义弟了。

更何况医学生的情况和其他系的学生不一样，他们每天都忙得脚不沾地，根本接触不到什么八卦信息。林与鹤下个学期开始就要去医院实习，到时口罩一戴，没人认得出。

不过既然能不露脸，那自然更好。

上半段拍摄总共换了三套造型，持续了大概一个小时。之后，陆难有个电话会议要处理，要离开半小时左右，林与鹤则留下来等他。因为和一部分工作人员在上次宴会时有过合作，所以林与鹤和他们还算熟悉，没多久便聊了起来。

林与鹤问："这次的照片我都不需要露脸吗？不露脸也可以宣传吗？"

"可以的。"回答问题的是宴会时那位跟拍摄影师，她说道，"只要动作到位了就可以。其实别说是不露脸，只拍背影也可以有很好的宣传效果。"

林与鹤好奇地问："只拍背影也可以？"

"当然可以啦！"几个上次就被林与鹤外貌折服的化妆师跑来和林与鹤聊天，"短视频平台上就有那种，随意在大街上拍到两个个高腿长的帅哥一起走的背影，就特别受欢迎。"

有人附和点头，说："没错，这种类型的点赞量甚至可以达到几十万。"

林与鹤感觉自己有点儿跟不上时代了。

摄影助理们也聚了过来，补充道："论外表条件，我们怎么也不会输吧，而且出镜的还是穿燕大校服和高级定制西装的两位帅哥，档次高了不止一个等级！"

林与鹤不太懂这些，虽然林与鹤也做视频，有时还会配合当下时兴的话题写点儿字来发，但那些热点其实都是合伙人选好了发来的，林与鹤自己实在没什么时间看这些，这已经是他的知识盲区。

有人还说:"鹤鹤是学医的吧?现在医生题材的视频也特别受欢迎。"

林与鹤问:"医生题材的视频?"是那种拍医生上完白班加大夜,连开几台手术累得在地上睡着的视频吗?

他们却说:"就是白大褂啊,超有气场!"

大家七嘴八舌地补充说:"现在很多视频内容都是博主先穿个平平无奇的睡衣出来,然后瞬间换上白大褂,特别帅!"

"这种变装永不过时!"

还有人拿着手机翻出视频给林与鹤看,大概内容和刚刚描述的基本一致。不过,林与鹤看了两眼就皱起了眉,摇头道:"这个白大褂穿得不行,扣子都没有扣,不符合规定的。"

四周沉默了一会儿。

摄影助理干笑了几声,说:"视频里就是帅嘛,白大褂的气场特别足。"

"帅?"林与鹤闻言,不太认可,"你们大概没在医院里留意过真正的白大褂。那是工作服,主要用来防菌,其实挺脏的。"

有人好奇地问:"是因为白色不耐脏?不能自己洗干净吗?"

林与鹤耐心地解释:"医院或者实验室会有很多特殊的细菌,家用消毒液无法完全杀菌,所以需要送去统一清洗。而且衣服都长得一样,洗的次数多了,就很有可能找不到自己原本的那件了,医生会随便找个合适型号的就穿。"

"最重要的是,医生经常会遇见紧急情况,真正抢救的时候,没有时间去管工作服。"林与鹤说,"你们想想,医生一天会遇见多少病人?出意外的时候,经常会有鲜血或者胃液直接喷在白大褂上,不可能多干净。"

一众刚刚还在热情讨论的年轻人顿时鸦雀无声。

幻想被粉碎的冲击力度太强,众人几乎是目瞪口呆地看着林与鹤。他们一方面佩服医学相关人士的辛苦,另一方面也终于发现原来这位比陆董还不解风情。

摄影师轻咳几声，实在有些担心如果继续聊下去，一会儿不好收场，她就打住了这个话题，随意扯起了别的事："喀，那个，鹤鹤对今天的拍摄感觉怎么样？"

林与鹤道："挺正式的。"他说得很诚实，"我之前看的好多新闻，照片都是偷拍的，还以为随便拍一下就好。"

摄影师有一点点心虚，解释道："因为娱乐八卦新闻的偷拍注重的是信息量嘛，拍成什么样子都不太重要，我们这种主动宣传就不太一样了。"

"原来是这样。"林与鹤点头，"我今天才知道，原来拍宣传照要这么严肃。"

"对的，必须严肃。"摄影师板起脸，义正词严道，"我们拍照的要求很高，从单人照讲，既要突出形象优势，又要时刻注意仪态，人物的动作就更重要了……"

她从抓拍时机、拍摄角度、选定场景和调整光线等，全方面多角度地阐述了这个问题，说得头头是道。

林与鹤不禁赞叹："好厉害。"

林与鹤觉得自己似乎想错了，既然拍照条件这么严格，那陆难之前不太可能派人跟拍自己，拍些不能用的照片出来，做无用功。想到应该是自己误会陆难了，林与鹤不禁愧疚。

林与鹤也很感谢工作人员，说："辛苦大家了。"

众人笑着说："没事没事，不辛苦。"

还有人感慨："您太客气了。"

"是啊，鹤鹤说话总是这么温柔。"

"和您一起工作真的很开心！"

林与鹤笑了笑，说："也得感谢陆先生。"

一提到陆难，众人瞬间沉默下来。

摄影师忍不住抬手擦了擦鬓边的冷汗，即使现在想起来，她依然心有余悸。

　　如果非说要感谢陆董，那其实没什么错，今天这任务的确是陆董专门安排的。原本宴会结束时，宣传计划就该开始了，但陆难在最后关头突然宣布废掉所有原定计划，已经准备发出的通稿全部撤回，甚至连媒体那边都要求他们一并撤稿。

　　宣传计划制订已久，还与整个认亲仪式安排环环相扣，推翻重做的难度可想而知。更何况宴会已经结束，还要去联系媒体，这过程简直难如登天。整个团队为此忙得脚不沾地，却没有人敢提出一点儿质疑，所有人都被陆难要求撤稿时的语气吓到了。最后团队加班加点忙到现在，才终于腾出手来执行新的宣传计划，进行今天的这场拍摄。

　　这种沉默并没有持续太久，因为陆董开完会就回来了。

　　拍摄继续进行，刚刚和林与鹤聊天的摄影师这次不是主摄，她只需要守住自己的那台机子就好，不算太忙，所以她得了空能分心看一眼正在拍摄的两人。

　　摄影师回想起来，当时陆董突然改变计划，是因为抓到了一个偷拍林与鹤的人。于是陆董才专门安排了这场拍摄，搞了这么大的阵仗，让林与鹤觉得宣传拍摄必须在异常严格的条件下进行。如此大费周章又拐弯抹角，只是为了告诉林与鹤一件事——没有偷拍，不需要演戏。

第七章

后半段的拍摄内容比较简单,半个小时左右就结束了,收工时正好是中午。和工作人员道了别,林与鹤就跟着陆难出了商场,重新上了车。

林与鹤问:"我们还有别的任务吗?"

陆难看了他一眼,脸上看不出什么表情,说:"没有任务。"

"任务"两个字音被他咬得很重。

林与鹤问:"那我们……"

陆难看了看林与鹤,确认他上车路上没有被冻到之后,才道:"去吃饭。"

"润唇膏涂过了吗?"陆难又问。

林与鹤乖乖汇报:"换衣服时涂过了。我们不在刚刚那个商场吃吗?"

正好是午饭时间,工作人员都被安排在商场的自助餐厅用餐,他们却坐车离开了商场。

陆难道:"换个商场,不在工作的地方吃。"

工作的地方?林与鹤有些不解,想了一会儿才反应过来,或许他说的工作是刚刚那个电话会议。

林与鹤尚不知道陆难为宣传计划重新做了多少安排,所以也

147

没有领会到对方这句话的真实含义。演戏和真正的相处，区分得越明显越好。

林与鹤正想着这件事，就听陆难道："吃完顺便去逛一逛。"

林与鹤意外地问："逛一逛？"

"怎么了？"陆难看过来，"下午还有课？"

林与鹤摇头，说："没有课，但是任务不是已经结束了吗？"这句话说完，他才觉得有些不对，好像在说两人任务之外就不能友好相处一样，于是努力弥补了一下，"我看哥哥的工作一直很忙，怕耽误你的时间。"

陆难淡淡道："不耽误。"

"我说过，你不是麻烦。"陆难把自己和林与鹤说过的每一句话都记得很清楚，"你也不会耽误我。"

林与鹤张了张嘴，不知该如何回答。

陆难把这话接了下去："一起出去是为了熟悉彼此，免得被旁人看出来我们并没有认识多久。"他又说道，"像现在，你就太紧张了。"

林与鹤无法反驳。

陆难道："放松，别想太多，自然一些才不会显得刻意。"

林与鹤点头道："好。"

林与鹤一一记着陆难的话，原本他就对陆先生的入戏和敬业很佩服，现在能得到指点，自然听得很认真。

陆难的指点还在继续："不用太拘束，如果你在我面前一直毕恭毕敬的，那些媒体可能会觉得你是陆家摆出来的幌子，又要挖掘陆家的惊天秘密。"

林与鹤点头刚点到了一半，男人又说道："你可以对我更任性一点儿。"

任性？林与鹤愣住了，点头的动作也僵住了。在林与鹤接受过的所有教育里，"任性"都是一个贬义词，是需要被禁止的行为。

只有陆难一个人对他说"你可以对我更任性一点儿"。

这个任务对林与鹤来说的确有点儿难,他干巴巴地说:"我不太清楚该怎么做……"

陆难继续解答:"这种事没什么固定的方法,就是一种自然的兄弟间的反应。"他神情严肃,语气认真,"所以我们才要多相处,时间久了,你自然就会了。"

林与鹤被他的语气震住,忍不住心下感慨:原来陆先生对这种事都能分析得这么透彻,难怪他的表现比自己好那么多。

林与鹤本着虚心求教的态度,认真记作业,点头道:"好。"

"既然要多相处,就要好好算一下。"陆难十指交叉,双手放在大腿上,指尖点着手背,耐心分析道,"现在离仪式已经不到一个月,留给我们熟悉彼此的时间不多了。"

他望着林与鹤,耐心地道:"为了尽早适应,我们还是离得更近一些比较好,我建议你提前搬到我家去。"

去陆先生家里?林与鹤怔了怔。

这件事,之前签协议时就提到过,他现在作为陆难的弟弟,一言一行都代表着陆难,自然会被要求待在陆家。这个陆家指的不是陆家主宅,只是陆难的家。不过,当时说的是陆先生工作忙,以后也不一定会来燕城,具体情况视陆先生的工作情况而定。现在陆先生搬到了燕城,搬过去虽然有些突然,但也不算意外。

林与鹤点头道:"好。"

突然要和没怎么了解过的"哥哥"住一起,林与鹤心里难免有些忐忑,但是看到陆难坦然的神色,林与鹤又觉得自己不够敬业。其实陆难比自己这个医学生更忙,对方都这么说了,自己也没什么好犹豫的,尽力配合就是了。

于是,这事就这么顺理成章地定了下来。

汽车一路开到了另一家商场,两人下车,一同向高层的餐厅走去。和刚刚那个主打高端消费的老牌商场不同，这里是一个两年前建成的新型商场。两个商场的风格相差极大，一走进来就能明显地感觉出区别。相比之下，这家商场色调明艳，装潢大胆，人流量比较多，其中大多是穿着潮牌衣服和运动鞋的年轻人。

这里看起来更像是自己和同龄朋友们喜欢来的地方，林与鹤没想到陆难会选择来这里。

已经到了饭点，两人先去用餐。林与鹤事前并不知道要吃什么，直到走出电梯，闻到了极为浓郁的鲜辣香气，才发现两人到了一家西南老火锅店。

林与鹤是在西南地区长大的，一眼就看出来这家火锅店相当正宗。老家那边的人爱火锅，甚至能一天吃三顿，林与鹤自然很喜欢这家店。

不过林与鹤还是有些意外，陆难几次请自己吃饭吃的都是家乡菜，初次见面那回也是。他就像是早就了解过自己的口味一样。林与鹤不知道这是专门为自己准备的，还是凑巧，如果是特意准备的话，那自己的配合意识实在有些差。

林与鹤正想着，就在火锅店门口看到了方木森。这家店可以线上取号，但过号会直接作废，因此方木森先到了，帮两人取号。

林与鹤对这位方特助的印象挺好的，虽然知道这只是对方的工作，但他对方木森有一种莫名的亲近感，感觉对方就像是邻居的大哥哥一样。

还要两桌才轮到他们，恰巧陆难有个工作电话要接，林与鹤就先和方特助聊了几句。

"方先生，你知道哥哥为什么要选这里吃饭吗？"林与鹤担心这次吃饭还是要用作素材之类的，毕竟陆先生看起来和火锅店的画风实在不太一致。

方木森闻言笑了笑，心想，还能因为什么呢？

之前他倒也不是没考虑过其他饭馆，只是面前这位直接在上次火锅店的调查问卷上写了"火锅不够辣"的反馈,那可不就得选个够辣的火锅让林与鹤过个嘴瘾吗?

想是这么想的,方木森嘴上却道:"没什么其他原因,就是陆董想吃老火锅了。"

接完电话走回来的陆难恰好听见这一句:"……"

"陆董。"方木森轻咳一声,退后了半步。

林与鹤这才回头看见陆难,好奇地道:"哥哥也喜欢吃辣?"

陆难的表情有些高深莫测,只应了声:"嗯……"

不知道是不是错觉,林与鹤总觉得对方回答之前的沉默时间有一点儿长。

正说着,已经轮到他们了。两人在服务生的引导下走进去,在靠窗的一张桌子旁坐了下来。菜单被拿了上来,林与鹤正要把铅笔递给对方,就听陆难道:"我记得你老家是西南地区的?"

林与鹤点头说:"对。"

"我对这些不太熟。"陆难道,"你点吧。"

"好。"林与鹤便把菜单接了过来,"哥哥有什么忌口吗?"

陆难答:"没有。"

林与鹤问:"那我们要什么程度的辣?"

陆难反问他:"你平时选什么?"

"分情况的,我和老家那边的朋友一般选中辣或者重辣。"林与鹤低头看锅底,医生不建议哮喘患者吃刺激性食物,不过他现在的病情基本算是控制住了,平时也会很注意饮食,偶尔吃几顿辣的没什么关系,"和外地朋友的话,一般都会选微辣。"

陆难道:"照你平时选的就好。"

林与鹤说:"那就微辣吧,毕竟我家那边的微辣也挺辣的。"

陆难又沉默了一下,才道:"好……"

林与鹤一边询问着对方,一边点了许多必点食材,点完后,他把菜单递给男人过目,陆难又加了些东西,才递给服务员。

店里人多，锅底上得就有些慢，先上来的都是些小食。没一会儿，服务生送来的红糖糍粑、冰粉、龟苓膏、芋圆鲜奶茶等就摆了大半桌。

这些都不是林与鹤点的，是陆难加的。

林与鹤看着面前的吃食有些出神，直到陆难的声音响起，才反应过来。

陆难道："我记得你上次说，不怎么吃甜的。"

林与鹤点了点头，说："嗯。"

陆难问："为什么？"他问得很随意，像是闲聊一样，"西南地区的口味嗜辣也嗜甜，你不喜欢甜食吗？"

林与鹤沉默了片刻，笑了笑，仍是与上次一样的说法："不是不喜欢。"林与鹤声音很轻，像是一阵风就能吹散，"怕蛀牙。"

陆难皱了皱眉，但看着林与鹤的神色，最后也没有多问。

没多久，火锅就被端了上来。他们点的是鸳鸯锅，老火锅是牛油锅底，鸳鸯锅只是在铜锅正中间圈了个小锅放清汤，外围全是鲜红欲滴的辣椒和红油。被红油锅一包围，清汤锅的面积实在是小得可怜。

林与鹤指了指被一同端上来的一个憨态可掬的小动物造型硬块，说："这是牛油，放在锅里会化开。"

服务生等两人欣赏完毕后，便熟练地把牛油放入了锅中。融化的牛油推开了火锅表面一层厚厚的辣椒，辣椒下面也全是纯红色的汤汁。寻常火锅的辣锅都是清水煮辣椒，牛油火锅却是连汤汁本身都是红油，口感相当刺激。

林与鹤原本担心陆难会不适应这么多辣椒，但是见对方看了锅底后神色依旧没什么变化，连话都没怎么说，才稍稍安心了一点儿。

食材陆续被端了上来。老家的火锅讲究一个"鲜"字，很多食材涮十几秒钟就可以吃了。林与鹤作为土生土长的西南平原人，自然而然地承担起了涮肉的工作。七上八下的毛肚，十秒钟的鲜鸭肠，晶莹如果冻般的鲜鸭血……没过多久，他就帮陆难盛出了满满一盘食物。

陆难说："你也吃吧，不急着涮这么多。"

林与鹤这才放下公筷。

涮入火锅的食材基本是两人对半分，林与鹤很快吃完了自己那份，一抬头，发现陆难只吃了不到四分之一。男人倒是不挑食，林与鹤盛给他的东西，他都在吃。只是他吃的速度很慢，细嚼慢咽，像是在细细品味一样。

陆先生这么喜欢吃老火锅吗？林与鹤好奇地看着对方吃东西，直到发现陆难吃一口就要配一杯清茶，他才反应过来——陆先生这分明是被辣得吃不动！

林与鹤连忙把豆奶和奶茶推到陆难的面前，劝道："先别喝茶了，豆奶比较解辣。"

看着男人喝了不少豆奶，估摸对方应该好一点儿了，林与鹤才得空问："哥哥不太能吃辣吗？"

陆难面上看不出什么，连声音都和平时一样："还好。"

要不是看见他一口气喝完了大半扎豆奶，林与鹤估计就真的信了这句"还好"了。

"太辣的话，不然就少吃点儿吧。"林与鹤看了看男人盘子里剩下的大半食物，道，"要不换个新盘子？我用清汤涮点儿东西给你吃。"

陆难却拒绝道："不用。"

见陆难这么说，林与鹤也没有坚持，不过后面再涮时，就只给陆难夹了清汤锅里的食材。只不过那清汤小锅被一圈辣油围在中间，汤底一煮开，辣油就从四面八方溅了进去，没多久那清汤小锅也漂起了一圈红色。

陆难倒是把林与鹤盛给他的东西都吃掉了，就是速度慢了一点儿，直到林与鹤吃饱了，他才吃完。

这家老火锅店很出名，有不少不是来自西南的客人来吃，吃的时候总会被辣到，旁边几桌都有惊叹太辣的声音，陆难却自始至终什么都没有说。事实上，吃到后面，他越发沉默，林与鹤和他说话时，他只是简短地应几声。林与鹤分不清陆难到底是寡言，还是已经被辣到麻木了。

吃完后，两人结账离开，陆难依旧没说什么，林与鹤却忍不住总是看他几眼。

陆先生从头到尾都没表现出什么异样，唯独他的唇色无法掩饰，被辣成了极明显的红，迟迟没有消退下去。

林与鹤看了他好几次，终于被陆难当面逮住了一回。

"怎么了？"陆难问。

林与鹤摸了摸鼻子，又多看了一眼，才道："哥哥不太能吃辣，那今天怎么想起来去吃老火锅了？"

陆难面无表情地说："嘴馋。"

林与鹤差点儿没忍住笑出声来，对方明明是一位冷峻严肃的成熟男人，林与鹤却忽然觉得现在他似乎"下凡"了——原来陆先生也会像普通人一样克制不住自己。

看到男人的表情似乎不太高兴，林与鹤笑着安慰他："其实很正常的。"

"辣椒能刺激人体分泌多巴胺，让人产生愉悦的心……"话没说完，林与鹤就被打断了。

陆难不想听对方的学术科普，用有些沙哑的声音调侃了一句。面前的小朋友微愕地看着他，茫然地眨了眨眼睛。

陆难的心情终于愉快了一点儿，在对方逐渐生出慌张的情绪时，他才收回了视线。

两个人在商场里继续逛，继续熟悉该怎么"兄友弟恭"。

这家商场的风格很年轻,也很有个性,因此到处都是人,走路的时候时不时要避让一下。不过对林与鹤来说,这里的气氛比在那家高档商场清场拍摄时要轻松许多。

两人没有特定的目的地,只是随意逛一逛。顺着人流的方向,他们走到了一片展区,林与鹤看着看着就停了下来。

这是一个商场里面的潮流艺术展,主题是水墨的艺术设计。外围是一圈零散分布的很酷的字体雕塑,每个雕塑旁边都有不少人围着拍照;正中间则是几个错落分布的巨型屏幕,屏幕上显示的同样是水墨作品,在大屏上展示的效果相当不错。

这里最亮眼的设计其实是展厅的互动效果。最大的那片落地OLED(发光显示器)环形屏幕上不断浮现出水墨字迹,每当有人从屏幕前走过,就会有不同的字迹出现。人在屏幕前经过的速度不同,水墨呈现的效果也不一样,最终呈现出来的效果很是酷炫,特别适合拍照。这里也聚集了很多年轻人,不少人还穿着汉服,与水墨设计更是相衬。展区附近有几家汉元素服饰店,人流量都很大。

林与鹤和陆难走过来时,正巧有几个穿着汉服的年轻人在一起拍照。其中一个穿着黑色汉服的英俊男生踩着自己的滑板,唰地一下利落地从巨屏前滑过,在屏幕上带出一片水墨字迹,仿若一柄潇洒出鞘的长剑,溅起一片漂亮的水花。

这效果实在是出彩,不少旁观的人都在给他鼓掌叫好。

林与鹤也忍不住赞叹了一声:"好漂亮。"

陆难低头看人,问:"你要去拍吗?"

林与鹤却摇了摇头说:"不用了。"

陆难觉得对方有点儿害羞,他能看出来,林与鹤其实很喜欢这里。他道:"这个展区确实做得不错。"

林与鹤似乎愣了一下,问:"哥哥也觉得这里不错吗?"

"挺漂亮的。"陆难并未吝啬赞扬之词,"字的效果不错,

155

互动的创意做得也很好。"

林与鹤边听边点头，眉眼都弯出了漂亮的弧线，看起来很开心的样子。

陆难看着林与鹤的笑，心道，这么喜欢吗？

"我记得你也练过字？"陆难继续道，"现在的交互式 AR（AuGmented Reality，增强现实技术）展览挺多的，喜欢的话，下次你也可以做一个这种书法展示。"

林与鹤看着他，抿了抿唇，笑得唇边露出一个很甜的酒窝。

陆难想，果然还是个孩子，这么容易就能开心。然后他就听见林与鹤很诚实地说："其实，这个展览用的就是我的字。"

陆难："……"

林与鹤解释道："是一个朋友找我做的。"

林与鹤从小跟着外公练字，高中的时候就开始接商业合作，和他合作的是一个从小一起长大的朋友，负责帮他打理商业方面的事情。那个合伙人很年轻，思维也很活跃，除了传统的平面稿件，他还有不少新颖的创意，之前林与鹤在社交平台注册账号，也是他建议的。

"这个设计展览就是我朋友和商场合作搞的，除了能给几家汉元素店做宣传，也能吸引到一批客流过来留念拍照。"林与鹤说道，"朋友和我说过这个艺术展很受欢迎，成了最近比较热门的拍照地点。不过我忙着上课，没什么时间出来看，所以今天才见到这个实际效果。"

陆难望着面前的巨屏，心里叹了口气，诚心地夸赞："宁宁真的很厉害。"

男人的神色有些复杂，林与鹤没有读懂，但如果换一个和家庭关系更好的人来看，这神情的含义其实一目了然，其实就是那种想把最好的给孩子却发现对方已经不用自己帮忙，既骄傲又难免有些怅然若失的老父亲心态。

林与鹤不清楚这些，被夸得有些赧然，谦虚地道："也不算我厉害，是那个朋友做得比较好。"

陆难却不这么认为，直言道："能把自己喜欢的事坚持下来并把它做得出色，就是很厉害。"

林与鹤愣了愣，抬头看向陆难。

林与鹤平时总是能很好地控制着自己的情绪，温柔待人，处变不惊，所以当他露出这种表情时，便让人觉得稀奇。

林与鹤还在想那句话的时候，旁边传来了一些动静。他抬眼看过去，是几个正举着手机的年轻人，被陆难的人拦住了。年轻人站的位置离两人只有几步远，因此交谈声也清晰地传了过来。在听了他们的对话之后，林与鹤这才知道刚刚有人在拍自己和陆难。所以方木森才会带人上去礼貌地把人拦住了，劝他们把视频删掉。

几个年轻人有些不好意思，解释道："我们没有恶意的，就是觉得两位长得好看，想拍个短视频分享一下。既然你们介意的话，我们就删掉好了。"

林与鹤有些意外，上午才听过化妆师们聊到这个，没想到自己居然真的会遇上这种事。之前他上课太忙，没什么时间逛商场，顶多和舍友出来吃个饭，还是第一次碰到这种事，便感叹道："原来真的有人会这么拍啊。"

陆难没理会那些路人，见林与鹤开口，他才问："怎么了？"

林与鹤把化妆师们的话复述了一遍。

陆难听完，没什么表情，却很干脆地表达了认可："嗯，大概是他们认为很值得拍，才会拍。"

林与鹤面上露出不解，他原本以为陆难这样坐到集团董事职位的人，应该会很注意保护隐私。看G城媒体多年来的徒劳无获就能让人感觉出来，陆难并不喜欢被随意拍摄、报道。但是现在陆难似乎对刚刚被拍的事没有很介意？

这个小插曲并未耽误多少时间，两人又在水墨展览旁看了一会儿，便去逛其他的地方了。这家商场有不少文创商店，也算是特色之一，陆难还专门问林与鹤要不要去文创店看一看。

　　不过最先吸引林与鹤注意力的，是运动类型的商店。

　　因为是周末，不少店都是人头攒动，有的店甚至排起了长队。人太多，林与鹤实在不好拉着陆难去逛，便没往店里走，但还是没忍住回望了几次一家排长队的店。

　　等林与鹤又回头时，身旁的人直接停了下来。

　　"哥哥？"林与鹤正疑惑着，就被陆难拉了过去。

　　"你想逛哪家？"陆难顺着林与鹤的视线扫了一眼，问，"那家滑板店？"

　　林与鹤犹豫了一下，道："不用了，我就是看看，滑板我买了应该也用不上。"

　　"为什么用不上？"陆难问，"因为哮喘？"

　　林与鹤知道对方大概看过自己的资料，不感到意外，便答："对。"

　　陆难却问："现在不是已经控制得很好了吗？"

　　林与鹤有些意外，但还是应道："嗯……"

　　陆难道："应该已经不影响正常活动了吧？适当地做一些运动也有好处。"

　　林与鹤还以为陆难这种身份的人，会觉得玩滑板之类的事不务正业，没想到他会说："想玩就去玩吧。"

　　陆难的语气很认真："你年纪还小，现在正是不断尝试的好时候。与其犹豫，不如大胆地放手去做。"

　　林与鹤愣了愣。

　　一旁忽然传来了对话声，是一对陌生的情侣，似乎也是要去滑板店。其中一个人欣喜道："这就是我要找的那家店！我看了他们家好久了，今天好多人啊！"

另一个人却不怎么高兴地说:"你怎么回事啊,专程跑这么远就为了来这种店?"

"都多大的人了,怎么就不能稳重一点儿?天天弄这些花里胡哨的。"那人很不耐烦,"你就不能干点儿正经事吗?"

隔着这么远的距离,林与鹤却清晰地感知到了第一个人的欣喜被突然打断的那种茫然无措和委屈。

在林与鹤走神的时候,陆难已经抬手叫来了一旁在招待排队客人的店员。店员过来看见两人愣了一下,毕竟陆难看起来实在不像是会逛滑板店的人。

陆难直接问:"进店都要排队吗?"

店员很快反应了过来,道:"两位是来买今天发售的限量款滑板的吗?限量款的话需要排队,普通款式是不需要的。"

陆难看向林与鹤,林与鹤忙道:"我们想看看普通款。"

店员将两人领了进去。

说是逛店,他们其实也没有逛多久,几分钟的工夫,林与鹤就定下了一款滑板。陆难问:"你早就看好了?"

林与鹤点头道:"嗯……看了很久了,一直没下手。"

之前担心买了用不上,但是今天林与鹤觉得陆先生说得对,在大好的年纪都不去尝试,还要等到什么时候呢?

"选好这款了?"陆难道,"喜欢就买吧。"

"就是这个。"林与鹤笑了笑,"这还是回溪推荐给我的,特别适合初学者的一款。"

闻言,陆难突然沉默了一下。

店员帮两人结账,方木森上前想要刷卡,却被林与鹤拦住了,他道:"不用不用,我自己来就好。"

林与鹤直接拿手机去付了款,结账的时候,老板听到林与鹤提起沈回溪的名字,笑着对他道:"Brook(小溪)是我朋友!我们都是玩这个的,认识好久了。既然你是他的朋友,就给你打个折,还有这套护具,也送你了。"Brook是沈回溪的英文名。

　　林与鹤抱着热情的老板送的大包小包满载而归,一回头,就撞见了男人不怎么好看的神色。

　　林与鹤有些意外地问:"怎么了?"

　　陆难只说没事。

　　但等方木森把林与鹤手里的东西接过去后,男人就直接把林与鹤逮了过去,盯着人又仔仔细细地涂了一遍润唇膏。陆难的眼神过于严厉,惹得林与鹤对润唇膏都生出了一点儿阴影。

　　逛完商场,两人又吃了一顿清淡的晚餐,便乘车回去了。他们谈好了,明天再回宿舍收拾东西,今晚先去住一夜。因此汽车没有开回学校,而是直接开去了陆难的住所。

　　凤栖湾离燕城大学很近,步行也就十分钟左右。这是个建成不久的小区,各种设施都很新。林与鹤跟着陆难进了门,却意外地发现,这里的装潢风格并非想象中的黑白灰,反而是暖色调家装,十分舒适居家。

　　林与鹤简单参观了住宅的房间,看到整理好的客房床铺,暗自给自己打了打气。

　　时间还算早,两人没有直接休息,而是一同去了书房。书房空间宽阔,光线明亮温和,里面摆着两张相隔不远的书桌。陆难让林与鹤坐到了小一点儿的那张书桌前,拿出了一个笔记本和一个平板电脑,说:"你拿着用就好,我还有其他的。"

　　林与鹤道完谢,把东西接了过来。林与鹤准备看一下论文,先打开了平板电脑。这是一个多月前发布的最新款,屏幕上的保护膜都还没揭掉,看起来似乎是全新的。林与鹤还以为自己需要对新机进行设置,却没想到顺利打开了它,里面已经有了不少应用软件。

　　林与鹤大致翻了一下,发现各种医学科目的常用应用软件都已经下载好了，甚至连燕城大学的校内网都有，准备得相当齐全。

林与鹤愣了愣，这平板电脑之前有人用过吗？还是特意为自己准备的？

林与鹤下意识抬头看向陆难，可男人已经坐到了另一张书桌前开始工作了。

陆难脱掉了西装外套，还没有换衬衫，正垂眼看着面前文件，骨节分明的手指握着一支黑色钢笔，手背上隐隐有筋脉突起，看起来隐忍有力。

直到平板电脑传来一下振动，愣在那里的林与鹤才回过神。等到林与鹤强迫自己把视线放在平板电脑上，努力集中了注意力，才想起自己方才想问什么，只是他也没心思再问了。

打开熟悉的复杂的论文，看着满眼的长串专业名词和各种数据，林与鹤便专心地投入了学习中。

气氛一片安宁，屋内只剩下笔尖划过纸面的轻微声响。

不知不觉过了许久，等林与鹤把该看的几篇论文看完，已经十一点了。沉浸学习中，林与鹤的效率倒是很高。书房的环境很好，温度也适宜，是个很适合学习的地方。见陆难还在忙，林与鹤便没有打扰对方，而是拿出手机看了看，处理了一下未读信息，宿舍群的消息正好跳了出来。

甄凌：你们看过这个没有？

林与鹤看着他发的推送内容失笑，回了对方一条消息，再抬头时，看见了自己面前还显示着论文的平板电脑。林与鹤看了一眼陆难，男人还在处理文件。

临近十一点半，男人才结束了工作。两人分别去洗漱，林与鹤出来之后，被盯着又涂了一回药膏。

药膏很管用，林与鹤唇上的伤口已经看不到了。他的嘴唇容易干到起皮，不过伤口也好得快，中午吃饭时就不怎么疼了。

陆难找出了一套厚睡衣，递过去说："这个给你，新的。"

林与鹤接过来道："谢谢哥哥。"

林与鹤正准备去客房，却被人叫住了。

陆难皱着眉问："你的手怎么这么凉？"

"可能是因为刚刚洗脸的时候沾了水。"林与鹤说，"一会儿就好了。"

陆难没有听这解释，反而道："白天时也很凉。"

"没事的，我一直都这样，习惯了。"林与鹤说。

陆难执意追问："那你晚上睡觉的时候不冷吗？"

林与鹤本想说不冷，可被陆难看着，到底还是顿了顿，说道："有一点儿。"

"你平时怎么睡？"陆难问，"有电热毯吗？"

林与鹤摇头说："学校不让用电热毯，不安全，我也用着不太习惯。"

电热毯一关掉，他还是会冷，可如果开一夜，睡醒了又会觉得喉咙很干，也很难受。

林与鹤说："我平时会用暖水袋。"

陆难问："几个暖水袋？"

林与鹤答："一个。"

陆难又问："那你的脚不冷吗？"

林与鹤诚实地道："冷。"

这样当然冷，而且就算他用两个暖水袋其实也没什么用，抱着一个踩着一个，暖不到脚背，一样会冷。

"我之前试过穿着厚袜子睡觉，但是穿着袜子睡觉就会做噩梦……就是挺折腾的，怎么弄也没什么太大的用处。"林与鹤摸了摸鼻子，有点儿不好意思，"我也不知道哪来这么多毛病。"

林与鹤不想再麻烦对方了，便道："没事的，我习惯了，睡着就好了，而且这里也挺暖和的，比我们宿舍开着暖气时热多了。"

林与鹤觉得今晚的条件已经很不错了，自己大概能睡个安稳觉。不料面前的男人皱了皱眉，说道："手脚这么冰凉，怎么睡得着？"接着道，"我看着你睡。"

林与鹤愣住了，下意识拒绝："不用了，我能照顾好——"

林与鹤的话没说完，大掌便搭在了自己的肩上。

"宁宁，你应该清楚。"陆难的声音很低，"哥哥照顾体弱的弟弟，是理所当然的。"

陆难的话实在让人难以反驳，何况这原本就属于林与鹤的"工作内容"，协议早早签好了，现在已经无法反悔。无奈之下，林与鹤只能答应了对方的提议。

林与鹤从很早开始就自己睡了，不太清楚自己的睡相如何，不过林与鹤在宿舍里睡习惯了，如今就算房间里多了个人，也不觉得太突兀。

林与鹤很快端正了心态，说服自己陆难只是看着自己睡而已，大不了把他当个人形台灯就好。林与鹤看到陆难从衣橱中又拿了床毯子出来，脸上带了点儿疑惑。

"只盖一床被子的话，你可能会裹不严被子而受凉。"陆难说。

林与鹤点头，觉得陆难要比自己想得更会照顾人。

这处住宅没有留其他人，连方木森都不在，所以铺毯子这种事陆难亲力亲为。

林与鹤看着他动作，陆难却说道："明天我会早起出去，你几点起床？"

听男人说到早起的事，林与鹤也不好再多说什么了，怕耽搁对方时间，打扰对方休息，便说："我明天没课，自己起就好了。"

陆难点头道："好。"

林与鹤去了一趟卫生间，回来的时候，手上还带着些湿润的水汽。男人正坐在床边看平板电脑，卧室里暖色的光晕也未能给他周身染上多少温度。男人抬眼看向林与鹤时，稍稍将声音放缓了些："喝水。"

床头放着一杯温水，里面还插着一根吸管。林与鹤把水喝完放下杯子，没等男人开口问，便主动道："润唇膏我已经涂过了。"

他涂得很厚，不怕检查。

林与鹤的态度如此积极自觉，引得陆难的目光在人身上停留了好一会儿。林与鹤很快就觉得自己似乎被看透了，不过男人最终还是什么都没有说，只示意可以准备休息了。

林与鹤走过去，掀开被子躺了下来。睡衣柔软厚实且透气，穿上很舒服，被子也是羽绒的，轻薄又温暖，让人睡在床上觉得很是舒服。

林与鹤刚躺好，陆难道："手怎么样？"

林与鹤道："刚刚泡过一会儿热水，已经不冷了。"

男人背对着光，脸上阴影很重，看不清表情。沉默了一下，他才道："脚呢？"

林与鹤道："也泡过，暖和多了。"

泡热水是个迅速提高体温的好方法，只不过持续的时间有点儿短。林与鹤之前也试过睡前泡脚，可暖和了一会儿就没用了，手脚该怎么冷还是怎么冷。但今天这情况，他能撑过这一会儿也够了。

林与鹤有点儿紧张地等待着，而陆难最终也没说什么，只道："睡吧。"

室内终于安静下来，周遭静谧无声，林与鹤闭上了眼睛。他有些认床，在陌生环境里很难睡好，但现在陆难坐在他不远处，淡淡的乌木香气弥散开来，无形中让人放松了许多。

林与鹤之前有时会把装乌木的方匣放在枕边，伴着木香入睡，所以现在陆难身上带的乌木香气倒是让林与鹤在这陌生的环境中寻觅到了熟悉的安心感。

羽绒被轻薄温暖，之前泡过的热水也发挥了一点儿效用，再加上白天跑了一天确实累了，林与鹤渐渐睡了过去。

但是没多久，身体再度被无法摆脱的冷意侵袭。先是从脚尖，距离心脏最远的地方开始。凉意如疯长的野藤，顺着血肉脉络蔓延攀爬，很快便冻出一片刺骨的疼。

林与鹤已经睡着了，本能反应却还在。林与鹤的睡相也并不如自以为的那般老实，感觉到冷了之后，就开始不自觉地踢被子。

林与鹤其实一直有这个习惯，在学校时也这样，感到冷的时候就想把手脚伸出被子，寻找热源。只是手脚伸出去只会更冷，所以没多久就会再缩回来，努力寻找更暖和的地方。但大多时候，林与鹤都找不到热源，于是只能把自己蜷起来，等到清早睡醒时，人就窝在被子中间，显得睡相很老实。

只有暖水袋的位置变化能呈现出一点儿端倪：每天晚上抱着暖水袋入睡，早上起来冷掉的暖水袋都会被踢到很远的地方。但林与鹤没怎么在意，以为暖水袋会乱跑，像耳机一样，总找不到，并没有多想。所以林与鹤不知道，自己今天睡着后和以前一样开始踢被子，只不过这次被子外并不冷，所以原本该缩回被子里的腿就改了方向。

因陆难的照顾，林与鹤这一晚睡得很沉，甚至没有和之前一样在清晨六点多时被冷得醒来。等林与鹤醒来时，窗帘已经透出了室外的光亮，不知道几点了。他习惯性地去枕边摸手机，却没有摸到，这才努力睁开了眼睛，又迷迷糊糊地想起陆难昨晚说过今天要早些出门，大概是已经离开了。

林与鹤意识昏沉，又去摸了几下手机，但还是没有摸到，干脆就放弃了，重新闭上了眼睛。

他平时夜里手脚冰凉，睡眠质量不太好，一点儿动静都能惊醒他，所以很早就会起床。但如果晚上睡得熟了，就会睡得很沉，早上反而不太能一下子清醒过来，还会难得地赖床。现下，林与鹤就处于后一种状态,蜷在被子里眼睛都睁不开,并不想起来。

手脚难得都是暖和的,不冷,裹着被子很舒服。林与鹤迷迷糊糊地又睡了一会儿,再醒过来时,意识清醒了一点儿,知道这里不是自己熟悉的地方。但陆难已经离开了这件事让林与鹤放弃了理智的思考,任由身体本能占了上风,直到嗅到熟悉的香气,才终于消停了一会儿。

好香……林与鹤满足地喟叹一声,在迷糊间,他听到了一点儿脚步声。

哪里来的脚步声?林与鹤迟钝地想着,便迷迷糊糊地从枕头中转过脸来,一睁眼,就看到了站在床边的陆难。

陆难居高临下地看过来,看着这个赖床不起的小朋友。

"宁宁,"男人眸光深沉,声音放低,"还没睡醒?"

昏昏沉沉之间,林与鹤非但没有了之前的拘谨小心,反而还带着未睡醒的浓重鼻音,含混地叫了陆难一声。

陆难仔细看了看林与鹤的状态,昨晚睡前林与鹤涂过一层很厚的唇膏,现在已经干了,唇瓣也不再润泽,但这情况比之前清早时已经好了很多,并未干裂起皮。

床上的小孩就这样重新睡着了,陆难帮人掖好被角,静静退了出去。

陆难透彻领会过很多旁人或许一辈子都不会接触的东西。关于商场,关于人性,他从来都是处心积虑,步步为营,寸寸深入,无形紧逼。

可林与鹤不一样。

第八章

　　林与鹤真正睡醒的时候，已经是天光大亮了。

　　被子太过柔软，周围又太温暖，林与鹤舒服到根本不想睁开眼睛。这一觉睡得实在比平常幸福得多，一直以来困扰他的寒意也被驱散了。

　　林与鹤迷迷糊糊地想，是不是最近新换的暖水袋起了作用？

　　在林与鹤还没反应过来之时，不远处的人已经察觉到动静。正用单手拿着平板电脑的男人看过来，刚好对上林与鹤的视线。

　　林与鹤瞬间忘了呼吸。

　　在林与鹤还没来得及做出什么反应的时候，男人已经伸了手过来，轻轻在林与鹤的被子上拍了拍。

　　"睡吧。"陆难的声音很低，却莫名让人生出了一点儿心安，"别担心。"

　　好不容易睡了个饱觉，林与鹤此刻如此清醒，却觉得自己好像还在梦里。

　　林与鹤的表情太过明显，很快就被男人察觉出了异样。

　　在演戏这件事上，林与鹤差得太远了。

　　可尽管如此，陆难依旧没有什么特别的反应，他只淡然地收回了手，说："醒了？那就起来吃点儿东西。"

林与鹤慌忙坐了起来,头都不敢抬了,只垂着头。当了很久"人型监护仪"的男人并没有说什么,他起身走去隔壁的衣帽间,昨晚他为林与鹤介绍过。

林与鹤不敢在床上待着了,匆忙下床穿鞋,找自己的衣服。没过多久,就看见陆难从衣帽间走了出来。

男人和刚刚看起来没有太大区别,只是换了一件新衬衣。林与鹤一开始还没反应过来,直到看见陆难穿上西装外套,似乎是要准备外出。

陆难始终没有提及刚刚林与鹤赖床的事,只在临走时对林与鹤说了一句:"记得吃早饭,等下会有人来送你回学校收拾东西。"

林与鹤的动作还很僵硬,闻言点头道:"好的。"

陆难又递过来一个提袋,嘱咐道:"在你常去的地方和常穿的外套里都放一支,免得你忘了带,随时记得涂。"

提袋没封口,林与鹤扫了一眼,就看见了里面装着的大半袋润唇膏。

陆难之前看着生气,把给林与鹤的唇膏收了回去,现在反而主动给了这么多,只为了保障林与鹤可以随时可以涂。

林与鹤愣了愣说:"谢谢哥哥。"

陆难这才离开。

陆难走后,林与鹤才有时间找手机,一看时间,已经是早上十点了。

陆先生昨晚明明说过今天早起要出去,却因为自己睡懒觉拖延到了现在。林与鹤按着额头瘫坐在沙发上,心说自己到底都干了些什么事。

等他勉强整理好情绪,收拾完,便有人将他送回了学校。

回到学校后,林与鹤仍然有些恍惚。不过昨晚睡得好,他的思维很清晰,下午自习的效率比原先高了很多,看的书也都记得很清楚,唯独就是记不起来昨天晚上和今天早上自己到底有没有老老实实睡觉。

一想到今晚还要去陆先生那里住，林与鹤心里就有些发怵。结束自习回宿舍收拾东西，林与鹤第一时间就把自己的暖水袋翻了出来，准备带过去。

林与鹤继续收东西，没多久，甄凌和祝博就回来了。沈回溪这周回家，没在宿舍，林与鹤就和甄凌说了一声："我有亲戚过来，先出去住一段时间。"

"去呗。"甄凌说，"那你白天上课怎么办，早上再回来？"

林与鹤道："嗯，我就住在附近，过来只要十分钟。"

甄凌不再多问。燕大不查寝，之前沈回溪也时不时回家住，反正几人白天还是一起上课，没什么太大影响。

林与鹤把东西简单收拾了一下，手机忽然收到了信息。发消息的是那个年轻合伙人，林与鹤回完他，又翻了翻信息列表，见家里没发消息来，林与鹤也不管了。

没多久，司机就到了宿舍楼下，载着人回了凤栖湾。林与鹤到的时候，陆难还没回来。接林与鹤过来的方木森帮忙把林与鹤的行李简单收拾了一下，便离开了。屋里只剩下林与鹤，他把自己一些零散的小件物品拿出来，摆好。

这处住宅舒适宜居，但因为空间大，不免显得有些空荡。林与鹤的东西添置进来，将这里慢慢填满。

陆难下午打过电话，说今天会晚一点儿回来。林与鹤听着那边多种语言夹杂的背景音，能想象出对方有多忙。

林与鹤带着书去书房自习。十一点左右，林与鹤自习完去卧室洗完澡出来，听见了敲门的声音。

被应了声后，男人风尘仆仆地走进来，身上带着冬夜的寒意，他那长款风衣的后摆被风卷起，气势越发慑人。

林与鹤刚洗完澡，头发都是湿漉漉的，开门时带来的冷风有些凉，他背过身去打了个喷嚏。

"哥哥回来了。"林与鹤回过身来，揉了揉鼻尖，声音还有些鼻音。

林与鹤觉得自己这个样子实在不太正式，所以没有多留，只打了个招呼便道："我先去吹头发。"

"去吧。"陆难道。

林与鹤吹完头发后出来，陆难已经换过了衣服，此刻正坐在旁边看电脑。

听见动静，陆难抬眼看过来，问："周一几点起？"

"明天第一节有课，八点。"林与鹤道，"七点起吧。"

陆难道："那就早点儿休息。"

林与鹤点头："好。"

林与鹤又回想起自己今早睡到十点的事，忍不住有些心虚。

为了今晚能安分睡觉，林与鹤提前做了很多准备，先把自己充好电的暖水袋拿了过来，放在了枕头边。

陆难扫了一眼，道："这是什么？"

林与鹤答："是我的暖水袋。"

陆难看向林与鹤："你昨晚冷？"

林与鹤噎了一下，才说："不冷……"

"就是我习惯了抱着暖水袋睡。"林与鹤硬着头皮解释，"昨天没带来，辛苦哥哥一直照顾我……"

林与鹤努力保证道："今晚一定不会了。"

林与鹤说完就有些紧张地等待陆难的反应，但对方并没有什么特殊的反应。陆难只淡淡应了一声："哦。"他脸上没什么表情，看不出情绪。

林与鹤猜不透对方，也实在不想回忆今早赖床的事，就暂且当这件事是翻篇了。他又主动把拿来的唇膏放在了床头，表现得很自觉，表明自己并不会忘了涂。

除了暖水袋，林与鹤还端来了一杯热牛奶，之前自己实在睡不着时就会喝牛奶,也会有些作用。林与鹤把牛奶放在床边桌子上,又小心地整理了一下自己的枕头。

刚把枕头整好,林与鹤正要伸手拿牛奶,就听见陆难叫自己。

林与鹤愣了下,说:"嗯?"

顺着对方的目光看过去,林与鹤才猛地反应过来——忘了给手泡热水了。

虽然他才洗过澡,但那些热量已经散了,现在指尖还是凉的。林与鹤抢在男人开口之前,匆忙道:"我去泡泡热水祛一下寒。"

把手和脚泡热后,林与鹤才走了出来,陆难已经在看资料了,见人出来也没有说什么。

林与鹤松了口气,觉得刚刚的事应该翻篇了,便端着牛奶杯抿了几口。男人道:"仪式流程已经发过来了。"

林与鹤看过去,就见陆难把笔记本屏幕朝这边侧了侧。他原本还以为对方在忙工作,没想到是在看这个。

陆难道:"仪式的事项很多,要提前准备。"

林与鹤自然没有异议,便问:"好,有什么需要我做的吗?"

林与鹤之前已经从继母那里听过宴会的诸多流程,也做好了到时候的认亲仪式会更正式的心理准备。

不过陆难的话很简短,也很利落:"仪式的细节可以调整,但大致流程已经定了下来。需要注意的就是有机位重点拍摄的几个环节,摄像机越多,就越不能出错。"

林与鹤几口把牛奶喝完,放下杯子,跟着男人一起看屏幕。

电脑上显示着一长串流程图,后面跟着很多标注,被陆难选中标出来的一列就是跟拍摄像机的数量。陆难道:"我们要先从拍摄机器最多的环节开始准备。"

林与鹤点了点头。陆难一边调整表格,把跟拍摄像机数量的那一列数据按大小排列,一边道:"这些环节需要提前排练,到时动作才会更自然,不会被人挑出错处。"

"好。"林与鹤想到自己已经考完了期中考试，便道，"我随时有时间，看哥哥的时间安排就好。"

林与鹤刚说完，屏幕上就显示出了排列完毕后的流程。林与鹤看了一眼，正想说话，被口水呛到，止不住地低咳起来，大脑一片空白。等反应过来时，林与鹤已经越咳越厉害，根本止不住了：

"咳……咳咳……"

林与鹤勉强偏过头，只觉得喉咙里疼得厉害，眼前有些发黑，已经没办法看清东西了，只能凭感觉摸索。直到有人扶住了他，一只手在他后背上轻拍着，似是想帮他顺过气来，但林与鹤还是一直咳。他用手掩住唇，有白色的液体顺着指缝溢出来，缓缓地流淌在手背上，他把喝掉的牛奶全吐了出来。

林与鹤艰难地呼吸着，被人扶着带到了卫生间。他眨了眨含着泪光的眼睛，模糊的视野勉强清晰了一点儿。

陆难用热毛巾帮忙拭去了他手背上的牛奶。擦完手背，男人又换了一条新毛巾，对他说："擦一下脸。"

林与鹤却摇了摇头，现在他还没有办法说话，直接拧开了水龙头，胡乱用水把自己清洗了一下。

他满手满脸都是浓郁的奶味，像是散不去一样，固执地萦绕在鼻端。林与鹤漱了三次口才停下来，用手撑着洗手台，觉得头晕得厉害。

林与鹤甚至都不敢抬起头来，他满脑子只有一个念头——太丢人了。在陆先生这里借住了两天，一天比一天丢脸。

林与鹤简直没有勇气再去看对方，便一直垂着头，视线模糊，心脏在胸口怦怦跳动着，声音震耳又聒噪。

林与鹤艰难地呼吸着，气息急促，间或还会咳几声。林与鹤后背上的手一直在帮忙顺气，但情况没有好转。

男人察觉不对，手也停了下来，想去确认林与鹤的情况。

"宁宁，怎么回事？"陆难的声音沉了下来，"哮喘不是已经控制住了吗?"

　　林与鹤终于艰难地挤出几个字:"没……没事……就是……呛到了。"

　　"没关系。"男人放轻了声音,带着安抚的意味,"我不是第一次见吐奶的小朋友了。"

　　吐奶的小朋友?林与鹤艰难地眨了眨眼睛,湿漉漉的睫毛上满是水汽。他心里有疑惑,但现在不想说话了,只想把这段经历从自己的生命中删掉。

　　林与鹤又缓了一会儿,才勉强控制住自己,并婉拒了男人的好意,执意自己走出卫生间。

　　陆难没有坚持,跟在他身后走了出来。

　　"不早了,休息吧。"男人说完这句就把电脑收了起来,没有再提仪式流程的事。

　　林与鹤坐在床边,看着陆难收好东西,还拿走了牛奶杯。之后男人没有再多说什么,只是提醒林与鹤涂润唇膏,像是在主动给他留出平复心情的空间。

　　临走前,陆难只问了一句:"还难受吗?"

　　林与鹤抱好暖水袋,说:"没事了。"

　　陆难便伸手关了灯,说:"睡吧。"

　　黑暗给了人一点儿安全感,林与鹤缓了一口气,然后轻声道:"晚安。"

　　这声音很轻,他的脸又半埋在被子里,说话时闷闷的,一不小心就会被漏听,可是对方很快给了回应:"晚安。"

　　男人声音低沉,催人安眠,他说:"好梦。"

　　第二天,林与鹤听着闹钟醒来,眼睛还没睁开,就下意识确认了一下自己的睡相。他刚放下心来,又意识到自己的手脚没有传来让人发疼的寒意,就突然惊醒了。幸好睁开眼睛时,他的面前并没有什么吓人的异样。

林与鹤虽然不知道自己为什么没感到寒意，但还是松了口气，抬手习惯性地揉了揉额角，没有感觉到熟悉的疼痛。原本，林与鹤喝过牛奶后入睡会快一些，不过早上起来总会头疼一会儿，可今天他并没有觉得疼。

不得不说，虽然这两天意外频发，让林与鹤觉得没脸见人，但陆难这里确实很适合他睡觉。林与鹤非但没有认床，睡眠质量还比之前好了许多。

只是他昨晚抱着的暖水袋又找不到了，不知道跑去了哪里，林与鹤费了一会儿工夫才在床角找到它。

林与鹤换好衣服洗漱完出去，在餐厅看到了陆难。

陆难说："过来吃饭。"

早饭已经摆好了，很常见的包子配热粥。林与鹤吃完饭，看了一眼时间，七点半。陆难也吃完了，穿好外套准备出门。在门口等候的司机伸手准备接过林与鹤的背包，林与鹤摆了摆手，对陆难说道："不用了，哥哥，今天挺早的，我走去学校就好了。"

"不是时间问题。"陆难道，"早上风大天冷，走过去容易受凉，我送你过去。"

林与鹤不再坚持，背包被司机接了过去。

两人一同出门上车，坐进后座后，林与鹤瞥了一眼身旁男人的侧脸，忽然有一点儿恍惚。不知不觉之间，他们好像真的变成了朝夕相处的亲兄弟。

一路平稳，汽车把林与鹤送到了学校门口，这个点还早，校门外没什么人。林与鹤戴好口罩下车，男人也走了下来。

林与鹤他正要告别，不知想到了什么，忍不住笑了一下。

林与鹤虽然戴着口罩，但眉眼温柔地弯起来，笑意很明显。

男人见状垂眼问他："怎么了？"

林与鹤摇摇头说："没什么。"

陆难没说话，依旧垂着眼和人对视着。林与鹤只好投降，说："就是刚刚突然觉得，这像是家长来送孩子上学一样。"

只不过这句话刚说完，林与鹤就后悔了。一方面，陆难并不是自己真正的家长，这么说其实很逾矩；另一方面，林与鹤其实并不知道家长送孩子上学具体是什么情况，他从小就没经历过这种事。

刚刚的感觉其实是林与鹤想到了小时候同学被家长接走的画面，估计陆难很难理解这种莫名其妙的话。

林与鹤正想道歉，陆难却说道："上课不要走神，好好听老师的话。"

林与鹤愣住了。

"下课出去活动一会儿，别总在教室里坐着。"男人的声音不带什么情绪，开口时却仿佛家长在叮嘱孩子一样，"去吧，晚上放学我再来接你。"

林与鹤想笑一下的，可眼眶却是一酸，最后还是掩饰性地笑了笑，应道："好。"

林与鹤拿着背包走进去，走过校门时回头看了一眼，男人还站在原地目送自己。他朝人挥挥手，转身继续走，然后又捏了捏自己的鼻梁，不敢再回头。

冬天的太阳是白色的，挂在天上也没带来什么热量。风吹得人很凉，林与鹤却罕见地没怎么感觉到冷。

走到教室时才七点五十，教室里还没什么人。

早上第一节课，大家基本是踩点来的。林与鹤占了四个位置，没等多久，拎着早饭的甄凌几人就到了。

老师已经到了，几个人在课桌底下偷偷吃早饭。

甄凌吸着豆浆，突然小声说了一句话。

"鹤鹤，"甄凌别过头看着林与鹤，"你这两天气色好好。"

林与鹤愣了愣,下意识地道:"嗯?"

甄凌戳了戳自己的脸,示意道:"以前天一冷,你的脸就特别苍白,跟冰雕似的。这两天感觉好多了,你周末是不是去调理身体了啊?"

这两天?林与鹤想了想,摇了摇头,说:"没有,可能是因为睡得好吧。"

甄凌点了点头,没再多问。被人这么一说,林与鹤也感觉到了自己的变化,睡眠好了之后,学习效率也提高了不少。

林与鹤本来就对协议里规定的"工作内容"没有抗拒的能力,这样一来,就更没有异议了。

晚上,陆难果然来接人回家,两人一切如常,陆难没有再提为仪式提前练习的事。不过,林与鹤真切地感觉到,认亲仪式越来越近了。

虽然流程的事被搁在了一边,但各项安排开始进行。和那次宴会不一样,认亲仪式的很多细节都问过了林与鹤,有些东西还是林与鹤和陆难一起决定的。

林与鹤也是这时才知道,这场认亲仪式虽然怎么看都像一场闹剧,但认真起来,竟然有这么多事要准备。

林与鹤原本一直以为这场仪式只是个形式,最多像之前宴会一样走个过场就可以。林与鹤还记得陆难当初在那天的宴会说过"这宴会也就饭能吃一个优点了",看起来陆难似乎是对那次宴会不太满意。

林与鹤没有想到仪式前的准备会这么详细,甚至详细到让他产生了一种自己真的要因为这场仪式成为陆家的儿子、陆难的弟弟的错觉。

不管如何,林与鹤一直很配合。

趁着一天下午没课的时候,林与鹤被方木森接了出去,准备和陆难一起去看定制的礼服。定制店在一家商场的顶层,陆难刚开完会,还没到。林与鹤在一楼的一家咖啡馆等着,他坐在靠窗的位子上,落地窗对面就是一块室外大型显示屏。

这种显示屏播放的内容很广泛,林与鹤无意间扫了一眼,就在广告屏上看见了一个无比熟悉的身影——陆难。

在占据了整个楼体外墙的巨屏上,显示的是一家商业杂志为陆难拍摄的外封和采访视频。商业杂志的外封人物造型千篇一律——身穿西装,双手抱臂。但这种造型放在陆难身上,有着完全不同的效果。

追根究底,还是因为气质和脸。

外封是陆难的半身照,他并没有做什么动作,只是平静地注视着镜头,却带着一种浑然天成、久居高位的震慑感。

陆难的相貌本就很出色,硬照的表现力就更突出了,只是让人这么看着,就不由得屏息。

照片上,男人的身侧还有苍劲有力的四个大字——三十而立。如此成功的三十岁,正是足以让人嫉妒、艳羡的黄金年龄。

巨屏投放带来的震撼远比一本实体杂志强,林与鹤专注地看着,甚至没有留心周围的情况。

陆难到了后,看到的便是这幅画面,他无声地挑了挑眉。

陆难没有发出声响。林与鹤无意间回头才看见他。林与鹤惊讶地问:"哥哥?你什么时候来的?"

巨屏上的内容已经换成了某品牌的广告,陆难不想把人吓到,便道:"刚到。"

林与鹤像是松了一口气,道:"那我们上去吧。"

礼服定制还算顺利,确认完进展后,两人吃了一顿晚饭,便回了家。

林与鹤去了书房,陆难因为有个电话会议要开,便去了另一个房间。电话会议结束,陆难进来的时候,书房的门半敞着,里面没有人。林与鹤似乎刚出去,平板电脑和书还放在桌上。

陆难从桌旁经过，平板电脑还亮着，正在自动播放视频。他一眼扫过去，就看见了自己。屏幕上放着的是白天那个户外巨屏上放过的杂志采访视频。

门口传来动静，林与鹤推门走了进来，看到陆难便问道："哥哥？会开完了吗？"

林与鹤直到看见还亮着的平板电脑，才愣了一下。

陆难道："过来。"

林与鹤走过来，迟疑着，似乎想解释，但还没有开口，就被陆难打断了。

"你还在怕我？"陆难的声音很低，"没事，就是和你再确认一些仪式的细节。"

两人商量一番后，林与鹤抱着书独自回了卧室，然后洗了脸，又冲了个澡，再出来看书、做题、泡热水，准备睡觉。

林与鹤按部就班，一丝不苟地把睡前该做的事做得让人挑不出一点儿错。

不久后，卧室房门被推开，男人走进来，把一杯温水放在床边，说了一句："早点儿休息。"

林与鹤正想回身说"好"，男人却道："我还有个线上会议要开，结束的时间很晚，今天不看着你了，你早点睡吧。"

林与鹤怔了一下，再抬头，只看见了被轻轻关上的房门。

屋内只剩关门前的一句"晚安"，和空气里男人身上留下的微凉水汽。

第二天清晨，距离闹钟响起还有一个小时，林与鹤就醒了过来。他睡得不踏实时会醒得很早，眼睛还没睁开，就感觉到了四肢传来的寒意。

前两天不是好多了吗？怎么突然又觉得冷了？林与鹤疲惫地坐起身来，揉着额头想。明明昨晚也是抱着暖水袋睡的，和之前并没有什么差别。

　　林与鹤从脚边摸到了自己的暖水袋，它看起来也没有什么异样。或许是睡前没把暖水袋的电充满吧，毕竟昨晚确实有些匆忙。

　　林与鹤洗漱完出去，在客厅里看见了陆难。

　　陆难正在餐桌旁用平板电脑看文件，闻声抬头看了林与鹤一眼，没有说话。

　　林与鹤继续往前走了几步，忍不住掩唇打了个大大的喷嚏。

　　陆难皱起眉，直接起身朝人走去，问道："着凉了？"

　　林与鹤揉着鼻尖，想开口又忍不住"嘶"了一声。刚刚他打喷嚏的时候，不小心牵动了唇上的伤口。林与鹤摇了摇头，示意自己没事。

　　陆难抬手贴在林与鹤的额头上试了试体温，判断体温还算正常，才收回手，没再说什么。他拿来一条热毛巾，让林与鹤自己敷一下唇上的伤。

　　林与鹤坐在餐桌旁捧着毛巾热敷，看着陆难吩咐阿姨把早餐换成更好入口的馄饨。阿姨的手艺很好，馄饨刚端上来，香味就飘散开来。不只是闻着香，馄饨吃着也很鲜，单是汤的味道就很鲜美。

　　等热毛巾被阿姨收走后，林与鹤避开伤口，小口地吃着早饭，听见陆难叫他。

　　林与鹤抬头，男人的神色和往常一样冷漠，此时坐得近了，他才发觉对方的眼下带着一抹浅浅的青色，许是熬夜的缘故。林与鹤想，陆先生工作开会真的很辛苦。

　　陆难道："好好休息，给仪式留一个好的状态。"

　　林与鹤自然没有异议，应道："好。"

　　之后几天，林与鹤又睡得好了，再没觉得冷过。

　　暖水袋充满电就是好，林与鹤想。

　　尽管陆难已经为林与鹤减轻了许多负担，不过仪式仍有很多其他的环节需要准备。随着时间的流逝，仪式的筹备工作变得越来越烦琐。

仪式的两位主角目前都在燕城生活，但仪式需要在 G 城举行，到时他们还要请假专门赶去 G 城。

从燕城去 G 城的路程相当遥远，仪式结束后两人就会回燕城，并不多留。这一趟来回只是为了这么一场仪式，算得上麻烦了。

林与鹤了解过陆家的情况，猜测陆难大概不能违抗家里的指令。所以他也没什么意见，只想着配合完成任务就好。

仪式的筹备过程相当复杂，是由一家燕城的活动策划公司和一家 G 城的公司联合策划的。除了两个公司之间的沟通，还有很多事项需要客户本人确认，因此就有不少东西会被寄到陆难和林与鹤的手中。

林与鹤最近也有一些专业课本和习题集要买，都是在网上订了寄过来，这些加起来，他最近没少收快递。因为晚上不回宿舍，自习又经常在书房里进行，林与鹤的大部分课本和资料就拿到了凤栖湾。每天放学的时候，司机都会先去取学校的快递，再将人接回去。

除了林与鹤收到的快递，还有不少和仪式相关的东西会被直接寄到凤栖湾。最近几天，家里的快递堆积如山。阿姨整理时就会把所有快递放在一起，等晚上方木森过来统一处理。

周五晚上，林与鹤回来得晚了一点儿，到家时，陆难已经回来了，正在书房里看文件。

林与鹤下午去了实验室，回来之后身上还带着一股没散开的药物气味，便先去洗了个澡。

书房里除了陆难，还有过来帮忙处理工作的特助方木森。他正在处理快递，盒子拆了一个又一个，有不少是活动策划公司寄给两人的打样和例品。方木森把这些东西分门别类地整理好，又拆了一个新快递。

这个快递盒四四方方的，颇有分量，方木森猜到里面可能是纸制品，但当他真正划开盒子看到里面的东西时，手还是稍稍晃了一下，差点儿就划花了盒子里面老板那张英俊的脸。

方木森愣了愣，然后把里面的东西拿了出来，请示道："陆董，您看这个？"

陆难一抬眼，就看到了那厚厚的一摞杂志，杂志的封面是他自己，正是他之前见林与鹤专注看过采访视频的那一本。

这本杂志出现在快递里算不上奇怪，但是杂志社的样刊早就送来了，也没有说过会额外再寄。

这一个快递中的杂志数量不止一本，商业杂志用的都是烫金铜版纸，很有分量。这一摞足有五本，抱起来时都感觉有些吃力。

方木森把杂志放到办公桌上，翻了翻快递盒上的收件信息。收件人一栏上赫然写着"林与鹤"，他道："这是小鹤买的杂志。"

陆难停了笔，看着厚厚一摞杂志，眯了眯眼睛。

陆难的脸上没有什么表情，他低头发了个信息。很快，提示跳了一下，那边给他发来了回复。

陆难扫了一眼，书房门口就传来了动静，是林与鹤。

书房的门没有关，林与鹤快步走了进来，神色间带着一点儿慌忙。他的头发还是湿的，身上也带着水汽，看样子是刚洗完澡，随便套了一件卫衣就匆忙赶了过来。

方木森问："有事吗？"

"有个快递是我自己的。"林与鹤的气还没喘匀，"好像被一起放过来了——"话还没说完，林与鹤就看到了办公桌上那一摞杂志，当即僵在了原地。

已经晚了，杂志被封面人物本人当场缴获。

方木森先行退了出去，站在门口的林与鹤侧身给他让开位置，让人离开。他的视线还追随着对方，要不是不能走，他大概想跟方木森一起离开。

陆难抬眼："过来。"

林与鹤明显地僵了一下，慢慢走过去。

陆难只是把杂志朝林与鹤的方向一推，指尖点了点桌面，平静地问："这次封面的题字是你写的？"

陆难说的正是照片旁那苍劲有力的四个字：三十而立。

林与鹤点了点头，说："是。"他有些惊讶，眼睛都不自觉地睁大了，"哥哥怎么知道？"

"我问了杂志社的主编。"陆难十指交叉，淡淡道，"主编说封面题字的作者是你，视频里有几个手写标题，也是你的字。"

林与鹤点头说："对。"

"所以这是他们寄给你的样刊？"陆难问。

陆难的语气很平缓，并不强势，但林与鹤听完还是沉默了，欲言又止，不知该如何回答。

"杂志先放这儿，一会儿再拿回去。"陆难说，"先去把头发吹干。天冷，不要湿着头发出来。"

"好。"林与鹤松了一口气，应声离开。

陆难目送对方走出去，直到门被关上，那清瘦的背影彻底地消失，他才收回了视线。

陆难低头继续处理文件，消息提示又闪了起来，是他刚刚发信息问过的主编。

主编说的还是题字的事，陆难点开信息，随意扫了一眼。

——我刚刚问了设计，其实我们和林合作很久了，之前好几本封面的题字也都是林写的。

杂志就在手边，陆难拿过一本，扫过"三十而立"几个字。

又跳了一下消息，提示灯的闪动如脉搏一般，又似心跳。

——因为我们杂志的成本比较高，一般设计合作的时候是不给样刊的，这五本是林自己花钱买的。

——这期杂志的销量很好，现货很紧缺，我们也是因为早早预留了名额，才凑齐了五本给林……

　　手机的消息还在跳动，详细地说着陆难的封面给这期杂志的销量带来了多大的提升。陆难直接将手机锁屏，站起身来，走到书房门外喊："宁宁！"

　　林与鹤刚从书房里走出来，长长地舒了一口气，意识到刚刚有些小题大做。其实，他完全没必要匆匆赶过去，想来陆先生这样的人是会理解自己的小心思的。

　　林与鹤收拾好情绪，控制自己不要多想，开始在心里数起正事来。内科的切片图要记，妇科的重点要整理，药理的几大张药名还没复习完，还有一个新题库要下载……

　　数着数着，刚才发生的事就当真被林与鹤从思绪中赶了出去，脑海中只剩下"蓝色生死恋"的曼妙身姿。医科的专业课课本是蓝色外封，每本上百页打底，每个字都可能是重点，因此被医学生们赋予了爱称"蓝色生死恋"。

　　林与鹤才平复下来一些，就听见有人在叫自己："宁宁！"

　　林与鹤脚步一顿，回头看去，陆先生？

　　林与鹤已经走到了卧室门口，距书房有两条走廊的距离，但那声音依旧清晰地传了过来。

　　林与鹤愣了愣，就在这时，陆难已经走了过来。

　　林与鹤疑惑地看着面前的人说："哥哥？"

　　陆难问："那些样刊是杂志社例行送的，还是你自己买的？"

　　林与鹤一时语塞，这个问题问得太过精准，让人想和刚才一样蒙混过去都没办法，他只能老实承认说："是我买的。"

　　陆难问道："买了那么多？"

　　林与鹤实在不知道该如何回答，只好说："也不算多……"

　　陆难低下头来，拍拍林与鹤的肩膀，道："无论多少，只要你喜欢就好。"

　　天气越来越冷了，好在林与鹤搬到这边来后就暖和了许多，漫长的冬夜也没那么难熬了。他这几天睡得都不错。
　　清早吃过饭，两人一同出门。虽然今天是周六，但陆难还有工作，林与鹤也有课要上。林与鹤周末要上第二学位的课，修的是心理学。上课时，林与鹤习惯把手机放在一旁。等第一节课上完，课间休息时，林与鹤才拿起手机。
　　林与鹤的手机里已经收到了很多信息，最上面一条是方子舒的信息，这位在宴会上和林与鹤闹出过一点儿小插曲的女孩子，通过时不时线上聊天，现在已经和林与鹤熟悉了不少。她今天发来信息是为了即将来燕大入学的事。
　　方子舒：我下个月就要去燕大做交换生啦！
　　方子舒：我昨天刚到燕城，你这周末有没有空？我们一起去燕大逛逛可以吗？
　　林与鹤想了想明天的时间安排，并没有回复，而是扫了一眼消息列表，就看到了陆难的信息，发送的时间和方子舒的只差了一分钟。
　　哥哥：明天的课上到几点？要不要去泡个温泉？
　　哥哥：上了一周的课，注意休息。
　　哥哥：别为了没必要的人浪费时间。
　　林与鹤："……"怎么感觉陆先生好像话里有话？
　　不清楚陆难知不知道方子舒和自己联系的事，林与鹤一时有些犹豫。正考虑着，又有新消息跳出来。等看见信息提示时，林与鹤的动作不由得顿了一下，联系人一栏明晃晃显示着"爸爸"。
　　爸爸：小鹤，你明天有空吗？爸爸能不能去看看你？
　　林与鹤沉默了，最后，他还是给方子舒和陆难都回了信息，说自己周末没有时间。

上午的课上完后，中午，林与鹤打了个电话给林父，那边接得很快："小鹤？"

林父声音沙哑，听起来似乎很疲惫，但他还是用着很轻松的语气，笑着问："你在学校吗？我刚到燕城，专门带了家里养的土鸭，明天给你煮鸭汤喝好不好？"

林与鹤捏了捏鼻梁，道："去龙景家园吗？"龙景家园是吴欣的那个住处。

林父顿了顿，似乎是想起了上次的事，声音里也带着些小心翼翼："可以吗？家里没有其他人，就我们爷俩。"

"好。"林与鹤很快应下了，"我明天上完课过去。"

第九章

周日下午只有一节课，林与鹤到龙景家园时才五点左右。一走出电梯，林与鹤正好撞见两个陌生人从吴欣家里出来。

站在门口准备关门的正是林父，他看见林与鹤忙招呼道："来来小鹤，快进来。"

林与鹤看了那两个陌生人一眼，走进屋，问道："爸，是有客人吗？"

"不是。"林父摆摆手，"来看房子的，没事，来洗洗手，吃饭吧。"

这个房子竟然要卖了。

林与鹤知道吴家最近情况很糟糕，但没想到已经到了这种地步。吴家开的是投资公司，一直在金融行业运作，因此才会上赶着巴结身为业内大鳄的陆家。吴家虽然资产丰厚，打拼了很多年，但因为没有什么实业基础，根基不算稳，一旦出现危机，很容易崩溃瓦解。

最近，吴氏投资的三家公司接连爆雷，其中一家公司 B 轮融资都过了，最后还是垮了，情况极为惨淡。吴氏被三个接连爆雷的项目拖垮，资金无法周转。目前看来，宣告破产是他们最好的出路。

经济新闻天天播，这些事情并不是秘密，林与鹤虽然不怎么关心，但还是听到了一些消息。这段时间，吴家的日子相当不好过。

林与鹤走进去，发现屋里比上次来时空荡了许多，一些装饰用的古董花瓶已经不见了，大概是被变卖了，一些小的陶瓷摆件和玻璃杯也没了，茶几还碎了个角。阿姨也不在，屋里并没有被打扫干净，角落里的地面上还散落着玻璃碎屑，看起来像是狠狠砸过一番东西之后留下的痕迹。

林与鹤没有细看，跟着林父走进餐厅。

厨房里飘出香气，林父上前，把煲好的老鸭汤端了出来放在餐桌上，除了这满满一盅鸭汤，餐桌上还有两大碗姜鸭面，热气腾腾，也算是给这空荡的屋子添了一点儿生气。

"我炖了一下午呢。"林父搓搓手，"来，吃饭吧。"

林父笑着说："我还做了你小时候爱吃的姜鸭面，冬天吃可舒服了。"

林与鹤没有说话，在林父对面坐了下来。

林父的厨艺很好，脾气也好，长相英俊。年轻的时候，他和林与鹤的母亲一样，都有很多爱慕者。两个人在一起的时候，有很多人一同失恋了。这么多年过去，林父事业有成，风度依旧，在很多人眼中是人生赢家，令人艳羡。

林与鹤接过盛好的汤碗，拿起了汤勺。

电话声突然响起，林父看了看手机，解释道："是公司的事，我先接个电话。"

林与鹤道："您接。"

电话里谈的都是业务问题，林父连声应着，聊了好一会儿才挂断，他有些抱歉地对林与鹤道："公司那边有点儿忙。"

林与鹤说道："忙是好事。"林父身为医药代理，忙就代表有生意。

他又补充了一句："您注意身体。"

林父似乎没想到对方还会嘱咐自己,他受宠若惊一样,连连点头说:"哎哎,好,好。"

林与鹤道:"吃饭吧。"

林父拿起筷子低头吃面,吃着吃着,他就呛了一下,侧过身去咳嗽起来,眼睛也红了。

林与鹤叫了一声:"爸。"

"没事,我没事。"林父连连摆手,他转过头来,掩饰地笑了笑,"就是有点儿辣,呛到了。"

他低头看着面前的姜鸭面,笑着笑着,眼睛里的水光更多了:"我记得这面,你小时候一直喜欢吃。姜鸭面嘛,就得放辣椒,你又不能吃辣,你妈不让你吃,我就偷偷做一小碗给你……"

"爸。"林与鹤又叫了一声,突然问道,"您手上的伤痕是怎么回事?"他说的是林父刚刚手臂上不小心露出的红痕,"是阿姨弄的吗?"

林父没想到林与鹤会突然提起这个,连忙拉了拉袖子,欲盖弥彰。他尴尬地抹了把脸,解释道:"啊,你阿姨她……最近情绪不太好。"

林父最近有生意,能挣些钱,因此很忙碌。这类生意虽然有的挣,但做不好就会砸招牌,必须小心对待,所以林父才会连周末吃饭时都不敢拒接电话。

家里以前都是吴欣工作忙,林父空闲时间比较多,现在林父忙起来了,吴欣反倒因为吴氏出事清闲下来,心理落差相当明显。吴欣又怀孕了,情绪很不稳定,她原本就有些神经衰弱,全靠药物和林父的安抚来缓解,现在怀孕不能乱吃药,林父也不陪她,最近的状况变得相当差劲。

再加上吴晓涵因为母亲怀孕的事一直在大吵大闹,谁劝也不肯听,吴家只好先把她送到了舅舅家,让她和吴欣分开一段时间,想让她冷静一下。之后她好不容易才安静下来,不再一听到"怀孕"

两个字就暴怒,吴家想着母女两人不能总不联系,而且吴欣情绪不好,见见女儿可能会缓和一些,便让两人见了一次面。

结果吴晓涵表面上亲近吴欣,说想她,背地里却偷偷在吴欣的杯子里放了藏红花。要不是吴欣发现味道不对劲,就真把这藏红花喝下去了。

吴晓涵的计划被拆穿,重新变得歇斯底里起来。而后,舅舅又在吴晓涵的平板电脑里看到了一连串的搜索记录,全是这方面的话题,简直让人触目惊心。没办法,吴家只能再度把吴晓涵送走,暂时不让两人见面了。这次见面给吴欣造成了多大的刺激,不用想也能猜得到。

"她就是这段时间情绪不太稳定,过些日子应该就好了。"林父说,"她是不是还给你发过消息?小鹤,你别往心里去,阿姨情绪不稳定,她其实没有恶意的。"

林与鹤抿了一口汤,平静地应声:"嗯,我知道。"

吴欣确实给他发过消息,有次她情绪失控了,半夜给林与鹤发了满屏的文字消息,还发了语音来指责,大骂林与鹤把他们家弄成现在这副鬼样子。因此,林与鹤才知道了吴晓涵的那些事。

不过第二天早上,吴欣又发了条信息,然后直接把林与鹤从联系人列表中删掉了。她似乎是清醒过来之后,后悔发这些内容了,又因为过了时间无法撤回,便直接采取了这种方式,倒让林与鹤落了个清静。

林父道:"不说这些了,我们吃饭吧。"

两人相对无言,沉默地吃着面。

林与鹤喝完了一碗汤,林父连忙接过空碗又帮林与鹤盛满了一碗,把汤碗递过去的时候,林父道:"对了,小鹤,再过两个月就是你妈妈的忌日了吧?"

林与鹤的动作一顿。

林父道:"今年……"

"爸。"林与鹤突然问道,"您今天去找陆先生了?"

林父被打断,愣了一下:"啊?"

"是司机和我说的。"林与鹤道,"他说陆先生今天开会没有时间,是方特助见的您。"

平日里接送林与鹤的司机是个四十多岁的中年男人,他之前一直跟着陆难,开车时也很严肃,一直都是不苟言笑。等司机开始单独接送林与鹤之后,林与鹤才发现这位大叔其实是个话痨,老板一不在,他就打开了话匣子,除了在要紧的事上嘴很严,平日里他都是天南海北地聊,相当健谈。

司机大叔四十多岁,也是为人父的年龄。他孩子和林与鹤差不多大,相处得久了,大叔便把林与鹤当成了自家孩子看,一直很关心他。林父找陆难的事就是司机在送林与鹤去龙景家园的路上说的,司机还说,林父这些天忙的生意也是陆难牵的线,而且利润都不低。

林与鹤没有和林父提司机说的最后半句,只道:"您今天来找我,是为了找陆先生说话吗?"

司机说吴家人试图来找过陆难,但连泰平的门都没进去,就被保安轰走了。

林父今天过来,没有见到陆难,林与鹤才会这么问。

林父听了,连连摆手,否认道:"不,不是,我就是想过来看看你。"林父攥紧了拳头,"小鹤,如今这样的情况……我再来找你求他,那我……我还有脸当父亲吗?"他的声音打战,眼眶也被激得发红。

室内一时沉默下来,只剩下林父沉重的呼吸声。

良久,林父才终于平复了一些,他抹了一把额头,正想开口,对面的林与鹤突然拿出了一张银行卡。

林与鹤单指压着那张银行卡,送到了林父手边,说:"爸,我知道您现在的情况不太好,这里面是两百万。密码是您的生日。"

那轻描淡写的"两百万"落在林父耳中，却不啻惊雷，他惊愕地问："你……你哪里来的这么多钱？"

林与鹤猜到了林父的想法，摇头道："不是陆先生给的。我还没有正式成为陆家的一员，他不会给我钱。就算仪式结束后也不会的，我们有签很详细的协议书。"

林与鹤把银行卡递过去后就收回了手，继续道："这是我这几年接稿攒的钱。"

"三年前的手术费、医药费，还有这十一年来的抚养费。"林与鹤很平静地说，"总计两百万，我攒够了，现在一起还给您。"

林父的声音开始有些颤抖："这……这钱……"

林与鹤伸手拿过自己的背包，从里面拿出了一个文件袋，抽出一沓厚厚的账单，递了过去，说："三年前我做了支气管手术，费用总计十万，后期恢复所需的药物费用是六十万。还有这十一年的抚养费用，凑整估算为五十万。按今年的商贷利息来算，十一年利息约为六十五万，凑成整数，总计是两百万。"

林与鹤语气平静："这些是账单，您过目一下。"

账单上把每一笔支出都写得很明白，因为十一年来的抚养费清单的篇幅过长，没有全部打印出来，还在旁边附上了二维码，扫码点进去，就可以看更详细的部分。

一笔一笔，毫无遗漏。

不只是每笔支出，费用总计也统计得十分清晰。按林与鹤所给出的利息来算，这其实是五年以上商业贷款的利率，偏高，三年前的手术费和药物费用并不能这么计算，没有这么多。利息也不是这算的，但最后都统统按照最高利率来算。这些费用加起来满打满算也才一百八十五万，剩余的十五万全是多给的。账单上写得很清楚，这十五万算是抵了可能有漏记的支出。

账单最后还有备注，若是还有什么没算进去的其他费用，后续仍然可以再补。

林父做了很多年的生意，扫一眼就能看出来这账目做得很好，很规范，肯定花了不少心思。若是公司里的会计做出这笔账，他可能还会表扬几句，但现在，他连话都说不连贯了。

"小鹤，你……你怎么会把这些记得这么清楚？"林父不敢相信，"这怎么是用钱能算得清的呢……"

林与鹤点了点头，说："嗯，只用钱确实算不清。"他又从文件袋中拿出了一份薄薄的纸质文件，"还有这份股权转让书，一块给您。"

林父更惊讶了，反问："股权转让书？"

"是一家文创公司的股份。"林与鹤说，"您放心，这个是我自己的财产，已经公证过的，和陆先生没有关系。"

林父想说自己在意的并不是这件事，可还没来得及开口，那份转让书已经递到了自己面前。

林与鹤说道："这家公司现在还没有什么名气，不过效益还算可以。"

转让书就摆在面前，林父一眼就能看到附带的效益表和股票价格，这已经不是"还可以"的程度了。

林父难以置信："你……你怎么会有这些？"

林与鹤解释道："公司是一个朋友开的，他给了我一些干股，我只负责写字，经营都是由他来负责的。最近几年文创产业的发展不错，公司现在经营得还算可以，您可以把股份留着，也可以直接变现，数额应该不小，就当是还了您那时的投资。"

当年林与鹤还没有做手术的时候，吴家拿到了一些情报，他们知道某种A类药物的前景很好，投资回报率很高，打算入手。但吴家的公司没有投资药物研发的资证，便找了做医药生意的林父，想通过他来投资。

不过那时候林父虽然有投资资格，却并不想投资A类药物，而是自己拿钱投资了一种糖皮质激素类新药。这种药物能治疗支气管类疾病，如果投资成功，不仅有资金回报，还能获得宝贵的新药使用资格。他希望能给林与鹤的哮喘治疗提供一些帮助。

然而天不遂人愿，林父投资的新药才到Ⅱ期阶段，便宣告研发失败，不只是林父的钱全部打了水漂，医药投资的名额也就这么浪费掉了。吴家对于失去投资A类药物的机会这件事相当不满，吴欣对林父的态度还好，但对林与鹤就没有那么客气了，她不止一次指责过林与鹤，因此林与鹤才会对这些投资这么清楚。

林与鹤继续道："投资的钱不好算，就用这些股份来抵吧。还有其他没还上的，吴阿姨让我去做陆家的'儿子'，我去了，也算是偿还了。"

"这……怎么能这么算呢？"一听见卖子求荣的事，林父就急了，"不能这么算，后来吴家让我投资的药也宣告研发失败了，还有陆家的事，那些本来就不是你欠的，怎么能说是偿还？"

林父试图和林与鹤商量，他急切地说："爸知道你很厉害，但真的不能这么算。小鹤，难道你这么多年来一直在算这些钱？这些都只是身外之物啊，我们……我们的亲情呢？"

林与鹤沉默了一会儿，片刻后才开口："爸，亲人之间也要明算账，有些东西是必须算清的。当时不只手术费和投资这两件事，还有后续恢复药物的钱，也花了很多。"

因为投资失败，林父没能收回资金，再加上当时吴晓涵小学毕业，林父早就答应过她小升初的暑假要带她环游世界。出行时，一家三口的游轮费用和旅行期间的花销都是由林父承担的，等到林与鹤做手术时，林父手里就没有什么现钱了。

治疗哮喘的手术总共要做三次，三次手术费用总计十万，这笔钱当时是吴欣出的。

除此之外，因为那次投资失败，林与鹤后续的恢复类药物也要重新安排。术后所需的药物究竟有多费心、多费钱，没亲身经历过的人很难懂得。所幸林与鹤当时运气不赖，正好有一款刚上市的经过了安全检查的新药,对他的病非常有效,甚至比林父投资的那类新药更合适,就像是为林与鹤量身打造的一样。

能找到合适的药物自然很幸运,但药物不是说用就能用的。这种药物刚研发上市,市面上没有仿制药也没有替代品,又处于专利保护期,费用相当高昂。这种新药一般生产线很少,哪怕是有钱也不一定能获得使用资格,林与鹤当时能拿到药的希望非常渺茫。

不过最后,林与鹤还是用上了这款药物,术后的恢复效果也确实很好,没有留下什么后遗症,哮喘基本处在了可控状态。

"我记得那些药物的费用是六十万。"林与鹤说,"还有用药资格,也很难拿到——"

"六十万?"林父打断了,"谁和你说的六十万?"

林与鹤道:"吴阿姨说的,当年也有账单明细。"

"怎么可能?"林父不信,激动地说,"那个药明明是你抽中了用药机会,医院才给你用的。当时费用都减免了,根本就没有这六十万……"

"爸。"林与鹤比林父冷静得多,"那种药当时有那么多病人排队在等使用名额,怎么可能随便抽签就抽到我?"

林与鹤根本没有什么抽签的记忆。

"你说的这些我不太懂。"林父执意这么说,"可……可当时就是抽到的啊,我记得很清楚。"

林与鹤摇了摇头,说道:"可能是吴阿姨做了什么,没有和您说吧。"

"不,她和我说得很清楚。"林父语气很笃定,"吴家所有人都和我说得很清楚。"

"当时肯定没有花这笔钱。"林父把银行卡推了回去,"你把钱收回去吧。"

林与鹤没有接。

林父反复地念着："真的没有。小鹤，你信爸爸一回，没有这些钱，你把钱收回去吧，收回去……"

"爸。"林与鹤缓缓摇头，"不重要了。"

林父的声音戛然而止，他看着林与鹤平静的表情，整个人愣住了，如同被兜头泼了一盆冷水，寒意彻入骨髓。

林父突然意识到，确实不重要了。

重要的从来都不是三年前发生了什么，不管吴家拿出的是十万手术费，还是那六十万医药费。他一开始就关注错了，重要的其实是这十一年来的抚养费。十一年前，正是他和吴欣结婚的年份。那时候，林与鹤才十岁。是什么能让一个十岁的孩子决定攒钱还债，把每一笔开销都如此清楚地记录下来？

这十一年来，林父居然一次都没有察觉过。

嗡——死寂一般的沉默突然被手机振动声打破，林父放在桌上的手机亮了起来，屏幕上显示着"亲爱的"。

林与鹤也看到了来电信息，显然，电话是吴欣打来的。

林父手一抖，把电话按掉了，没有接。

林与鹤把银行卡重新推了回去，坚持道："钱您收着吧，您不要，吴家也会要的。"

林父张了张嘴，似是想说什么，到最后也没能说什么，屋里只剩下一片沉重的呼吸声。

良久，林父开口，声音沙哑，喃喃道："小鹤，你这是想和爸爸……断绝关系吗？"

"断绝关系"这四个字，说得他椎心泣血。

林与鹤的回答很平淡："血缘是断不了的。爸，我永远会叫您一声爸。"

林父猛地抬起头来，眼睛都亮了，他紧盯着林与鹤，像抓住了最后一根稻草，近乎哀求道："那你把钱收回去好不好？小鹤，有什么问题我们都可以慢慢解决……"

"爸,这就是在解决问题。"林与鹤说,"您永远是我爸,我以后也还会赡养您。"

"我们只是两不相欠了。"林与鹤这一句话尾音落定,室内终于彻底地安静下来。

此刻,所有的言语都失去了力量。

许久没有人动的老鸭汤表面已经凝出一层油花,餐桌短短的长度似乎成了无法跨越的遥远距离。

所有分别,起初都是从一伸手就能拉回的距离开始的。没有人会永远留在原地,错过的事就真的过去了。

林与鹤留下了一大笔钱和股份,转身离开了。

林与鹤走时,林父的手机又疯狂地振动起来,餐桌旁佝偻的身影还在,电话却没有人接。屋内只剩下扰人的手机振动声,和低低的、压抑的艰难吸气声。

那是一个中年男人沉默的哀号。

林与鹤走出楼道才发现外面下雪了,纷纷扬扬的雪花飘落下来,铺洒在大地上,一切都成了最单纯的白,纯洁又漂亮。瑞雪兆丰年,林与鹤小心地吸了口气,又呼出一口白雾。马上就要到新的一年了,雪是个好兆头,预示着一个全新的开始。

雪景是真的漂亮,不过天气也是真的冷。林与鹤戴好口罩,拉紧了羽绒服的帽子,打算坐出租车回去。其实坐出租车也不贵,不过林与鹤之前一直在攒钱想凑够那两百万,因此虽然挣得不少,却一直没怎么花过。今天太冷了,他还是打车好了。

林与鹤正想去外面叫车,可没走几步,在楼下看到了一辆熟悉的车。他愣了一下,司机大叔的车怎么还在?

汽车副驾驶上忽然下来了一个人,林与鹤眯了眯眼睛,发现是方木森,对方还遥遥挥了挥手,看来真的是来接人的。

林与鹤走过去,看见车上已经覆了一层薄薄的雪,看样子已经在这儿停了好一会儿。林与鹤感到有些意外,问道:"方先生,你怎么过来了?我之前和陈叔说过,今晚自己回去就好。"

方木森看了林与鹤好一会儿,没有开口。

这该怎么回答?

不能真的说是陆难已经决定把这些事交给林与鹤自己解决,却又后悔了,结果在楼下等了林与鹤两个小时吧。

这两个小时,方木森也很煎熬,却不是因为单纯的等待。

股份所有权的变更需要有专业人士帮助,查起来并不难。今天林父找来泰平的时候,方木森就已经猜到了今晚会发生的事。等一切结束,林与鹤出来的时候神色并没有什么异常,很平静,还带着一点儿轻松,却也更让人心疼,更让人难过。

林与鹤今天了结的是与自己仅剩的一位血缘至亲的关系,他成功地结清了过去的债。他穿着世界上最坚硬的盔甲,看起来毫发无伤,也有了最坚硬的壳。

方木森的喉咙像是被哽住了,勉强吸了口凉气才道:"先上车吧,外面冷。"

林与鹤并未察觉什么,只点头说:"好。"

拉开车门坐进去,林与鹤一抬头,被吓了一跳,还差点儿把称呼叫错:"陆……哥哥?你怎么过来了?"

男人穿着一身黑色风衣,神色冷峻,整个人像是完全隐没在了一片阴影里。林与鹤进来,他也没有靠近,只是沉默地望着来人。

林与鹤被看得有些忐忑,心想车上的雪都积了那么多,那陆先生在这儿等了多久?

汽车开始行驶,林与鹤忍不住开口道:"是不是我家里的事,我父亲他打扰你了吗?"

林与鹤想起司机大叔说过,林父去找过陆难。

男人终于开口了,声音很低:"没有。"

陆难说话太简短了,林与鹤没能捕捉到他的情绪,只能揣摩着说:"那就好。那哥哥过来是为了……"

"不太放心。"陆难说,"正好接你回去。"

林与鹤感到有些意外,转而又明白了什么,保证道:"我知道仪式时间快到了,各种动向都比较敏感。家里的事我都处理好了,不会给你添麻烦的——"

话没说完,林与鹤的就被打断了。

"我过来,不是因为那些乱七八糟的事。"陆难的心情不太好,"是来检查你有没有按时涂润唇膏的。"

林与鹤下意识地开始思考自己的润唇膏放在哪边的口袋里,但是才一动,就被人制住了。

"所以你又没涂润唇膏?"男人的语气听起来有些危险。

"涂了。"林与鹤说,"刚刚出门的时候涂过。"

陆难没有动作,也没有接话。

林与鹤犹豫了一下,还是问道:"哥哥,你是不是……心情不太好?"

陆难别过头来,垂眼看向林与鹤。

男人的气势一直很足,车里光线不怎么好,但林与鹤还是被他这目光看得有些心虚。

陆难的语气带着些漫不经心:"没有。"他微微侧向林与鹤,低声问,"那我能做些什么,让你的心情变好吗?"

林与鹤没想到对方会反客为主,愣了一下,才说:"我?"

"嗯。"陆难语气认真,"我想让你开心起来。"

林与鹤一怔,胸口微微有些发麻,他定了定心神,仔细想了一下,说:"我……我能一路不受风吹回去,就很开心了。"

陆难放缓了声音:"那回去也盖上暖暖的被子,好好休息。"

林与鹤笑了笑,眉眼弯起来,说:"好。"

冬夜,雪花纷纷扬扬,飘洒在大地。

雪落无声,夜幕之下,已经分不清这新雪与陪伴,哪一个更让人欢喜。

落雪之后，认亲仪式的时间更近了。和那次宴会相比，仪式的各种步骤就多出了许多，临近仪式时，林与鹤还拿到了电子版和纸质版的请柬，需要发给朋友们。

林与鹤原本没打算邀请朋友们去，毕竟这并不是什么说出去好听的事。而且这中间的经过太复杂，他实在是不想再掰开揉碎讲给他们听。不过陆难说服了林与鹤："仪式的消息总会传出去，到时候他们还是会知道。如果不请朋友来参加，朋友们或许会有一种被蒙在鼓里的感觉，想着这么大的事，你都不告诉他们。就当是邀请他们去G城玩一趟，年轻人一起热闹一下也很不错。"

陆难这话完全是从林与鹤的角度来分析的，林与鹤同意了。他想，确实是这样，请些朋友过去，也能让仪式显得更真实一些，更没有破绽。

邀请朋友的事就这么定了下来，不过林与鹤邀请的人并不多，到最后只把请柬小范围地发一下。

虽说是小范围，但林与鹤送请柬的时候，还是吓到了不少人。受惊吓最厉害的自然是尚不知情的两位舍友，祝博的情况还好一点儿，毕竟当了那么久的主播，见识也广一些。甄凌就不行了，实打实地受到了惊吓。听到消息的时候，甄凌恰巧在弯腰捡东西，被这一下惊得直接把腰给闪了。以至于之后几天上课，甄凌每次做起身或坐下的动作时，都会疼得直哼哼。之后林与鹤真心实意地道歉，给甄凌买了整整一周的果茶。

最后，大家还是答应会按时出席，也没有因此对林与鹤有什么偏见。

事实上，林与鹤要请的人总共也没有多少。除了朋友，他能请的亲戚也很少。估计愿意来这场认亲仪式的亲戚也没有几个。吴家正忙得焦头烂额，还不清楚会不会参加仪式。

真正宾客众多、忙碌不已的人是陆难，由于以后林与鹤就是陆难的弟弟了，所以不只是 G 城那边陆家的一大家子亲戚，还有各种商业同僚、合作伙伴，他单单是确认邀请人员名单，就是好一番忙碌。林与鹤虽然也参与了仪式的各种方案选择，但看的毕竟只是一些概念上的内容，真正的各种实地操作与落实，都是陆难在做。

距离仪式的时间越近，陆难就越忙。泰平那边有许多日常事务要处理，仪式当天他要请假，就更需要提前布置各种工作，几乎是忙得脚不沾地。加班已经成了家常便饭，更是经常通宵达旦。陆难虽然一有空就会赶回来，督促林与鹤涂唇膏、早休息，但仍是有好几晚没能回来。

陆难不在的时候，林与鹤依旧按点休息，喝过牛奶再入睡，但夜里总觉得有些冷，就好像主人不在，这个家就忽然间变得空荡冰冷了许多一样。明明最开始，陆难这个人形制冷机才是公认的降温之源。

直到仪式前三天，他们马上要出发去 G 城的时候，林与鹤才见到了结束加班的陆难。司机大叔提前来接林与鹤，再去接下班的陆难，送两人去取仪式要用的东西。

林与鹤原本听说陆难为了工作已经三天没有合眼了，就想让对方找时间休息一下，打算自己一个人去。毕竟东西不是新的，不需要特意去挑选。

那是两枚传家的古董胸针，陆家各个子孙都有的，之前送去保养之后换了个新的别针，现在直接去店里取回来就可以了。

不过陆难没有答应，还是坚持要同林与鹤一起去。

司机接到了陆难，两人一同去珠宝店。

林与鹤见到陆难时，男人神态如常，并没有什么异样，一点儿也看不出是好几天没睡的样子。

林与鹤心生佩服，心说做领导的人果然辛苦。之前他在考试周熬夜复习，熬了两天就撑不住了，更不要说像陆难这样连着三天不休息。

不只是状态，陆难的情绪看起来也不错。珠宝店的人包好了胸针，叮嘱他们注意事项时，陆难还罕见地给了些回应。

两人一同走出珠宝店，林与鹤终是没有忍住，好奇地道："哥哥，你今天心情不错？"

陆难同林与鹤并肩走着，低应了一声："嗯。"

林与鹤问道："是有什么好事吗？"记得自己在来时路上看新闻，泰平的股价好像又涨了。

陆难的唇角罕见地露出了一点儿笑意，他说："我们要成为真正的家人了，心情好。"

胸针拿完后没多久，就到了定好的日子。

尽管林与鹤提前一周就把邀请函发了出去，也将熟识的朋友基本通知了一遍，不过林与鹤并没有想过会有太多人到场，想着能有七八个人来就差不多了，毕竟这事很突然，大家也都很忙。意外的是，有许多人都决定参加，连高中同学也来了不少。

十几个高中同学建了个聊天群，把林与鹤拉了进去，第一句话就是：感谢鹤鹤邀请，我们好久没这样聚在一块儿了！

林与鹤既惊讶又感动。

现在林与鹤这边要参加仪式的亲友不少，怎么去G城也成了一个问题。原本林与鹤的亲友应该是吴家负责的，但现在吴家债务缠身，仪式好像也不出席了，林与鹤就要额外考虑这件事。林与鹤还想过去联系旅行社，不过还没等林与鹤怎么费心，就收到了方木森的信息，所有亲友会被统一安排乘坐专机过去。

"陆董这边也有不少客人，正好一起送过去。"方木森说，"这些事有我们来处理，小鹤只要放心地参加仪式就好。"

亲朋好友们要在仪式的前一天抵达G城，林与鹤则提早一天出发，和陆难一起去为仪式拍一组照片。陆家就是在这点上很计较，每次都要用全新的形象在现场做展示。

　　海岛地处热带，空气湿润，即使已经到了十二月，依旧是二十多摄氏度的气温。林与鹤一下飞机就脱掉羽绒服，换上了薄衫。林与鹤深深吸了一口属于这里的温暖空气，仿佛骨头缝里积攒了一冬的寒气都就此驱散了。

　　海岛风景秀美，海水湛蓝。只不过这里比较天然，看起来像没怎么开发过，连上岛的路都是新辟出来的。一眼望过去，除了岛上的一座小别墅，并没有什么人工修凿的痕迹。这里看起来不像是商业化后专门用来度假的岛屿。

　　陆难说："这是我父母买下的一座私人小岛。"

　　林与鹤点点头，不过他记得，陆难的父母已经过世了。

　　海岛没怎么被开发过，就越发显现出了醉人的天然美景。岛的边缘有一片沙滩，是最纯正的"砂糖海滩"，沙子纯白如雪，细腻湿软，衬得海水越发蔚蓝，当真是人间仙境。

　　除了陆难的团队，岛上还有两个人，一位大爷和他的孙子。爷孙俩是当地人，平时就住在与海岛遥遥相望的陆地上，这次专程过来为他们做向导。

　　大爷个头不高，肤色如当地渔民们般黝黑，脸上深深的褶皱里都是被风吹日晒过的痕迹。他虽然是当地人，但也会说汉语，只不过口音有些重。见到两人时，他开口说的第一句话林与鹤就没太听懂。

　　一旁的陆难点了点头，说："是的。"

　　那个看起来很严肃的老头笑了起来，露出了一口雪白的牙，他把粗糙的大手覆在胸口，弯腰，冲林与鹤做了一个当地的问候姿势，说："你好。"

　　林与鹤学着回以一礼，道："您好。"

　　老头又朝陆难行礼，说："你爸妈知道，会很欣慰。"

陆难道:"他们会的。"

拍摄团队之前已经来海岛踩过点,准备得很周全,所以这次游览只有大爷带着他们两个人。

海岛的景色很漂亮。海水蓝得醉人,如同最名贵的宝石。人站在这里,就仿佛走进了天堂,这是大自然的恩赐,置身此处,满心满眼只有愉悦与震撼。

大爷带着两人在海边走,边走边介绍。除了当地的风物,大爷还提起了不少之前的事。他指着海平面说了很多,因为口音偏重,林与鹤连蒙带猜,只听了个大概。

大爷说,陆先生的父母生前很喜欢这里,冬天常会过来度假休息。他们尤其喜欢玩摩托艇、水上滑翔伞之类的海上运动,每次开摩托艇都会开得飞快,总能惹得双人摩托艇后座上的人叫出声来。

林与鹤记得陆难的父亲陆鸿霁是一位很有名的金融企业家,性格温和,气质儒雅,留下的照片中大多带着斯文有礼的笑容。林与鹤说:"没想到陆叔叔还有这么随性的一面。"

陆难听见,说道:"开摩托艇的是我妈,平时都是我爸坐在后面的。"

林与鹤:"⋯⋯"原来真相更让人出乎意料。

海滩的尽头是一片茂盛的树林,树林的尽头又接上了海滩,这里的一切都是如此美丽而生机蓬勃。沿着海岛逛完一圈,大爷指了指不远处的海面,道:"那里有鲸群,下午出海的话,是有可能看到的。"

陆难点头说:"我们下午会去。"

他们回到小别墅,简单吃了顿中饭,就要开始拍摄任务了。拍照先从沙滩开始。阳光正好,沙滩上没有遮挡,两人也没有用刚刚逛岛时的遮阳用具。林与鹤做完造型刚想出去,陆难叫住了他:"身上涂过防晒了吗?"

为了拍照，林与鹤脸上已经简单地化了妆，肯定涂过防晒，可身上就不一定了。

果然，听见陆难的话，林与鹤的眼神就有些游移。

陆难伸手将人拉回来，说："涂完再出去。"

林与鹤忙道："我知道了！"

拍摄团队仍旧是之前聘用过的团队，有了几次合作经验，这次拍摄相当顺利。虽然林与鹤这是初次露脸参与拍摄，表情难免有些不太到位，不过经过摄影师的建议和陆难的引导，后来还算不错。

沙滩上的拍摄是重点，总共持续了三个多小时，一共换了五套造型。最后一套造型是出海拍摄用的，这时候也就比较放松了。摄影师交代说，出海在船上拍的照片都是抓拍，不用特意摆造型，也不用看镜头，两人随意就好。

海面上很平静，不过真正上船的时候，还是会感受到轻微的摇晃感，林与鹤适应了一下才缓过来。身旁的男人递来一杯柠檬水，说："喝一点儿。"

陆难把包着冰块的毛巾递给林与鹤，示意对方贴在脸上提神："还好吗？"

林与鹤摇摇头说："没事。"他一般不会晕车晕船，而且上船前也被陆难盯着吃过晕船药了。

比起眩晕，林与鹤更多的感觉是新奇。他幼时在山林里长大，后来常住的几处也都是内陆城市，没怎么见过大海，况且还是这么漂亮的海。

阳光洒在海面，泛起粼粼的金光，海水很清澈，像是一眼就能看到极深的地方。海洋似乎有一种魔力，能让人把一切不开心的东西丢开，只剩下满心满眼的蓝。

虽然只是一场戏，但借此机会能看一回海，也算是意外惊喜了。林与鹤想。

游船开得不快，可以慢慢欣赏风景。大概半个小时之后，林与鹤就在海面上看见了一点儿不一样的东西。

旁边已经有人叫了起来："鲸鱼！是鲸鱼！"

下午出海，他们果然遇到了鲸群。庞大的、神秘的物种，深潜于海洋之中。当它们接二连三地浮出海面时，会让人生出完全说不出话来的震撼。

与鲸鱼在一起时，游船便成了纸船。鲸鱼并不惧怕人类，也不会远离船只，只是视若无物、成群结队地游过去。它们是这儿的主人，在海洋上，人类才是客人。

鲸群与船只离得很近，站在船边的人探出身子一伸手似乎就能碰到鲸鱼。近距离看，那光滑的、微皱的棕蓝色皮肤浮出水面，像是海面之上的另一层海浪。间或还会有鲸鱼喷出的水柱，顺着海上的风，飘洒到船上来。

海上总有许多故事，很多传说。传闻被鲸鱼水柱喷到的人会有好运，虽然单薄的文字或许没有什么说服力，但当真正亲眼看到鲸群时，每个人都会打从心底里相信。能与造物主的神奇手笔有这么近的接触，当真是一种幸运。

林与鹤是第一次来海边，满心都是惊叹。林与鹤一直很喜欢动物，小时候在山林就有很多动物朋友，但很少能接触到海里的动物，从前只在屏幕上看过。不管科技发展到何种地步，观看影像与身处实地的感受总会不同，只有亲自到场，才能感受到那种无法言明的震撼。

鲸群很庞大，它们一直在向前游，始终看不到头。鲸鱼接连喷出的水柱飘散在空中，在明媚的阳光的照射下，便成了触手可及的彩虹。

美丽、幸运与快乐，全都触手可及。

林与鹤玩得太开心，到了后来，甚至完全忘记了摄像机的存在。很难想象，他之前还对镜头抱有些许的抗拒。

等到鲸群散去,游船返航时,已经是下午五点多了。

林与鹤确实玩得累了,船又摇晃得太有规律,便在船上的躺椅里睡了过去。

不知道睡了多久,林与鹤被人叫了起来。他迷迷糊糊地睁开眼睛,只觉得身边很暖和,这才发现自己身上盖着被子,不知道是谁帮自己盖上的。

林与鹤愣愣的,有些茫然,就听见陆难的声音传了过来:"抬头,看天边。"

林与鹤一抬头,刹那间,把一切琐事都忘在了脑后。

太漂亮了,那是难以用言语描绘的无与伦比的美丽。

傍晚的天空被染成了一片瑰丽的紫色,绚烂的晚霞仿佛是最绝妙的画家精心涂抹出的传世名作。天将海烧成了一片同色的紫,整个天地灿烂地燃烧了起来,成就了这苍穹之下的辉煌。这满目的景色,只能用梦幻来形容了。

想到"梦幻"这个词时,沉浸在晚霞之中的林与鹤愣了一下。他突然回想起来,在之前陆难曾经问过他,有没有什么特别想去的地方。

林与鹤是一个很随遇而安的人,如果不是这次协议,可能现在还完全埋头在"蓝色生死恋"里。突然被陆难这么问,他就下意识地说了几个地方。那几天他刚好看了几个海上落日的视频,随口补了一句"挺梦幻的"。

林与鹤说时并未多想,陆难听完也没有什么特别的反应,林与鹤便当对方只是随便问问,却没有想到会有今天这番经历。

林与鹤随意说出的话被对方当真了,还这么用心地去实现。

夕阳下,晚霞里,林与鹤转头望向了身侧的人。金灿灿的光芒为一向冷峻的男人镀上一层暖色,染上了一抹温柔。

他似乎原本就如此温柔。

晚霞转瞬即逝,十几分钟后便成了一片灰黑色,因此陆难才会在林与鹤睡着时把人叫醒,来看这如梦似幻的美景。

随着夕阳落山,海边的气温降了下来,一行人回到岸边收拾了一下,重新登上了来时的游轮。

海上的夜景很好看,但他们并没有住在海岛上。陆难说,因为明早还要去坐飞机。他们去了城市里泰平集团旗下的一家酒店,住了一晚。

第二天两人早早起来,飞去G城。飞机订的是头等舱,除了座椅,还有能够睡觉的休息室,空间很宽敞。

林与鹤昨晚睡得还好,便没有再去休息室补觉。林与鹤发现自己认床的毛病在温暖的地方会好转许多,之前去陆难家里住时就睡得很好,昨晚在陌生的酒店里,因为暖和,睡眠质量也不错。

因为邀请了朋友们去G城,朋友们到了之后还想顺带去附近逛逛,林与鹤就连上了机舱内的网络,准备帮他们查查攻略,看看附近有什么好玩的地方。

林与鹤一点进本地的网页,就看到了不少G城媒体的新闻。在大数据监测下,连浏览器的弹窗都推荐起G城的新闻,甚至还有这次认亲仪式的报道,林与鹤便点进去看了一眼。

除了吴欣找来的那些资料,林与鹤之前并没有怎么看过G城的报道,林与鹤对娱乐新闻本身就不太关注,也不怎么喜欢G城的新闻风格。G城的新闻报道向来风格鲜明,之前在燕城时,和陆难有关的报道大都是财经类的,娱乐新闻虽有,但很少。

G城媒体就不一样了,各路媒体小报向来对陆家的事特别感兴趣,陆难也没能幸免。而且G城报道的用词总是很夸张,对陆难的形容也很不友好。

一个新闻弹窗跳了出来,林与鹤看清标题,不由得皱了皱眉。

"克父克母克妻无后的天煞孤星命竟要结义亲?"

G城媒体形容陆难用得最多的一个词,就是"天煞孤星"。

林与鹤并不信这些,但他觉得把这种词用在人身上真的很不好。

林与鹤正要把弹窗关闭,身后却突然传来开门的动静,他手一抖,不慎把点击关闭错点成了放大,于是这荒唐恶劣的标题便占满了屏幕。

林与鹤已经瞥见了陆难走进来的身影,匆忙想把页面关掉,可这毕竟是飞机上,休息室的空间并没有那么大,走过来的男人还是看到了那显眼的粗体标题。

林与鹤真诚地道歉:"对不起,我——"

陆难没有什么特别的反应,只说:"没关系,不用在意。他们说得其实也没错。"

林与鹤愣了一下,说得没错?

"我父母的确去世了。"陆难说,"还有那句'克妻无后',我现在也的确没有孩子。"

陆难走到林与鹤的身旁,继续道:"所以说他们写的也没有什么错。"接着他扫了一眼屏幕,问道,"在看什么?怎么不休息一会儿?"

"在帮朋友们搜攻略,他们想在 G 城逛一逛。"林与鹤说。

"G 城会有人接待他们,到时再安排也不迟。"陆难说,"休息一会儿,到了那边还要忙。"

林与鹤点头答应了。

第十章

抵达G城时是上午十一点钟左右，两人并没有先去陆家，而是就近吃了一顿午饭。午饭时，陆难说下午要先见家里人，然后去仪式现场看看，林与鹤自然没有异议。

等两人吃过午饭，林与鹤就收到了消息——乘坐专机飞来的亲友们也到了。林与鹤今天的行程太紧凑，实在是抽不出时间陪他们逛，便打了个电话过去，想问一下情况。

沈回溪听了林与鹤的话，直接道："没事，你忙正事就行了，不用操心我们这边。"

林与鹤问："你们见到接待的向导了吗？"

"见到了。"沈回溪说，"不过我们已经打算和师兄师姐们一起去逛了，他们对这里很熟。"

林与鹤不解地问："师兄师姐？"这次虽然他也邀请了一些熟悉的师兄师姐过来，但大家都是在校生，并没有听说过谁对G城特别熟悉。

"不是咱们认识的那些，是陆董那边请来的客人。"沈回溪解释，"我们不是在同一架飞机上吗，来的路上就聊了聊。没想到陆董的客人中有不少人都是燕大毕业的，还有几位是咱们院的师兄师姐。他们都挺好相处的，一路上都聊熟了，反正下午都没什么事,大家打算一起去逛逛。"

林与鹤感到有些意外,心想这还挺巧的。不过仔细想想,陆难的客人几乎都是各领域的精英,燕大的毕业生会坐到那些位置也不奇怪。有了校友这个关系,大家无形中亲近了许多,林与鹤也松了一口气,不用担心朋友们的事了。

打完电话,林与鹤便同陆难一起上了车。

陆难说要去见家里人,林与鹤虽然早有心理准备,但一想到要去见那些人,还是觉得这一趟不会太容易。不管是G城还是燕城的媒体,说法都很一致——陆难和陆家的关系真的很差。

陆家在G城的房地产业也占有一席之地,虽然近些年来发展势头暂缓,但根基深厚。之前吴欣介绍陆家情况时说过,陆老爷子与原配有四个儿子,长子和幼子已经过世,而到了孙辈这一代,算上陆难,陆家也只有三个男丁,与其他G城差不多的人家相比,这几乎称得上子嗣稀少。

尽管如此,陆难这个长孙依然不受陆家待见,甚至之前陆家还闹过要和他断绝关系的事。陆难曾经改过名字,没有沿用陆家"英"字辈的叫法。今天陆难在G城落地后并没有直接去陆家,而是直接在外面用了午餐,其实也能说明很多东西。

载着两人的汽车行驶到半路,在一家花店前停了下来。林与鹤跟着陆难走进去,就见男人直接选了一束白雏菊和一束白玫瑰。

林与鹤有点儿意外,虽然关系不好,但直接送长辈白菊花似乎不太好。

林与鹤的神色太好猜,陆难一眼就看透了,淡淡解释道:"去看我父母。"

林与鹤这时才反应过来,陆先生说的见家里人,并不是要去见陆家的人,而是要去他父母所在的墓园。

去的路上,午后的阳光渐渐隐去,天色转阴,厚厚的云层压下来，空气也逐渐转凉。抵达时，陆难又让林与鹤加了一件外套，才放人下车。

陆难父母的坟墓在陆家的祖坟里。陆家的祖坟占了一整座山，附近又有溪流环绕，可以说是山清水秀的风水宝地。在寸土寸金的G城拥有这样的祖坟，足以看出陆家的财大气粗。

除了地方好，陆家的祖坟也修得很气派，甚至还在平坦的地方修了一片小型的广场。陆难的父亲虽是原配长子，却没能入主墓，反而被安置在了很偏的地方。

两人进门后一直朝侧边走，走了许久，甚至连墓园的门都看不到了，才走到陆父陆母的墓碑前。

林与鹤记得继母给的资料中提过，当初陆难的父亲执意要娶这位门不当户不对的女子为妻，一度和家里闹得很不愉快，直到最后也没能和解。

后来，陆难的父母就离开了G城，去了国外发展。多年后，他们又回到国内，创建了泰平集团。陆老爷子始终不同意这门婚事，他看不上陆难的母亲，也不满长子的叛逆，连带着对陆难也很厌恶。

这么看来，资料上所说的确是真的。

天色越来越暗，两人走到墓碑前，跟随着的保镖都停在了几步之外。这是一座双人合葬墓，与气派的主墓相比，这座墓显得简单了许多。不过墓整体很干净，周围没有一点儿杂草灰尘，祭品也是新鲜的，看样子经常被清扫打理。

林与鹤有给母亲扫墓的经验，猜到陆难应当是特意雇了人，定期过来打理。看得出来，陆先生虽然与陆家的关系很差，但与自己父母的感情却很深厚。

两人一同上前，将白雏菊和白玫瑰放在墓前，鞠躬、静立。

墓碑上，照片里的陆父与陆母正含笑望着他们。

天色黑沉沉的，阴沉又压抑。陆难始终沉默着，从踏入墓园开始，他就没再开过口。男人周身的气势本就冷硬，此时更像一把闪烁冷光的出鞘利刃，寒气逼人。利刃太过锋锐，剑气四溢，靠近便会伤人，所以利刃也很孤独。

林与鹤与人一同静立着，无比清楚地知道这种时候是什么心情。于是他想退开一点儿，留陆难独自与父母相处一会儿，但林与鹤才准备后退，就被人拦住了退路。

陆难没有说话，也没有回头，但意思很明显。

林与鹤愣了愣，便站住不动了。

陆难说的"来见见家里人"，就只见了家里人。他们一起在墓前站了许久，并肩而立。直到天色越发阴沉，陆难才上前，将祭品仔细摆正，再一鞠躬，离开了这里。

两人走出没多远，雨便落了下来。雨不算大，但很密，细细地沾在身上，有些恼人。

陆难撑起了一把伞，两人一同走到墓园的门口。他们还没走出去，就在门口遇见了一个男人。

林与鹤看过照片，认出了来人正是陆难的堂弟，陆家二少，陆英明。

陆英明穿着一身雪白的西装，戴着一副大大的墨镜，腕间的手表镶着一圈很闪的钻。他斜靠在同样雪白的跑车旁，一旁有人恭敬地帮他撑着伞。

陆英明拨了拨墨镜，低头从眼镜缝隙里看过来，笑了一声，说道："没想到你还挺识相的，真的乖乖等到今天才回来。"

"怎么，知道自己满身霉运，不好意思出来祸害别人了？"

陆英明仰起头，用下巴对着人，傲慢得厉害，他又说道："行了，明天怎么说也是陆家的大日子，你还算有点儿用处，老爷子今天破例允许你回家了，走吧。"

明明是轻蔑至极的对待，却被他说得像是赏赐一般，仿佛还要陆难感恩戴德一样。

只不过他叫得嚣张，从墓园走出来的陆难却脚步未停，连看都没看陆英明一眼，就像是当这么大个活人根本不存在一样，直接带着林与鹤上了车。

陆英明被这种彻底的无视惊住了，甚至没反应过来要发火，他问："你这是什么态度，你还想不想回陆家了？"

"陆副经理，我们陆董原本也没有打算回去。"陆难已经上车了，回答陆英明的是跟在陆难身后的方木森，他说话很客气，但这身份称呼的对比格外刺耳。

陆英明怒道："你算什么身份，也配跟我说话？滚开！"

陆英明正要去追陆难，却听见方木森突然说道："看来陆副经理今天的精神很不错。"方木森笑得很和气，"不像我们上次见面的时候，您弄出那堆烂摊子让陆董收拾，您那时候的脸色可真是有点儿差……"

即使到了现在，这件事依旧是陆英明的痛处，他一听到这话就炸了，直接用混杂着方言的外语朝方木森开骂，但陆难的车已经开走了。

方木森说陆难没打算去陆家，他就真的没有去，汽车载着两人，直接开向举办仪式的会场。

雨一直在下，阴云遮蔽了整片天空，黑沉沉地压下来，仿佛已经压到了高大的楼宇之间。整座城市陷入潮湿的阴云之中，让人连呼吸都觉得压抑。

陆难依旧没有开口，一直沉默地目视着前方，看起来心情并不是很好。林与鹤能感觉出来这并不是因为遇见陆英明的事，而是因为他的父母。

从昨天在海岛上拍照时，林与鹤就察觉陆先生与父母的感情很好。偌大一个G城，陆难对这里唯一的牵挂，只有他的父母。

雨天的路太堵，汽车开了一个多小时，他们才抵达明天要举办仪式的地方。和之前宴会时那座如同城堡般的豪华酒店不同，仪式的举办地不算太大，看起来年岁也有些久远，外面和内部的装饰都很古朴。

不过这里却比那次宴会的场所温馨了许多，林与鹤同陆难一起走进去，礼堂里还有不少人在忙碌，因为明日的仪式，这里已经被装饰一新。

这里的每一处细节，林与鹤都在概念图中见过，但真正看到实景的感觉还是不太一样，很新奇。他正四处看着，迎面就有一个年轻人走了过来。

年轻人二十出头，身材高挑，面容英俊，眉眼含笑。林与鹤多看了两眼才将他认出来。这位好像是陆先生的另一个堂弟，陆家三少，陆英舜。

果然，年轻人一走过来就开口道："大哥。"

和陆英明不同，陆三少温文有礼，叫完大哥，还朝林与鹤微笑问好："小鹤，你好。"

林与鹤被这亲昵的称呼叫得愣了一下。

陆难看了陆英舜一眼，后者对他的冷淡也没什么反应，依旧笑着道："我是来送见面礼的。"

陆英舜朝身后招了招手，有人拎着两个礼盒走了过来。陆英舜拿过其中一个礼盒，边拆边道："二哥是不是找过你了？"他摇摇头道，"他还是那脾气，不长记性。"

"我来的时候，姐姐原本也想跟着过来的，但被三伯母拦住了。"陆英舜说，"幸好她没过来，不然看到这礼堂，恐怕又要挑毛病。"

陆英舜笑了笑，又道："上回她去参加小鹤的介绍宴会的时候，还说那次的酒店太差了。"

林与鹤反应过来了，陆英舜说的这位姐姐，应当就是自己上次在宴会上遇到的那个只肯说外语的红裙子女生。

"不过我没想到大哥会选在这儿，原本家里打算定会展中心的礼厅了。但小鹤毕竟以后是大哥的弟弟，自然还要看大哥自己的安排。"陆英舜说完，就把拆好的礼盒递了过来，"忘了说了，我也给大哥准备了礼物。"

那是一块冰蓝色的机械表，林与鹤虽然不清楚价格，但看牌子和那光华流转的璀璨表盘，也能猜出这手表价值不菲。陆英舜送的礼物，陆难收下了。

看起来，陆先生和陆三少的关系还算不错。林与鹤正想着，却见陆英舜把第二个礼盒拆开，递向了他："这是给小鹤的。"

我也有？林与鹤怔了怔。

陆英舜道："我听说小鹤平时喜欢书法，便挑了一支钢笔，希望你喜欢。"

林与鹤感到有些意外，没想到对方会知道自己练字的事。等林与鹤看清礼物的样子时就更惊讶了，只见那礼盒中静静地躺着一支钢笔，金色镂空的笔身精致美丽，线条完美。

这支笔原价在十万左右，因为是周年纪念版，只发行了七十五支，早就绝版了，现在已经是一支难求，着实非常珍贵。最让林与鹤在意的还不是这支笔的价格，而是这支笔在钢笔圈实在是太有名了，常年占据各大论坛"最想拥有的钢笔"话题中的前三位之一。

林与鹤既写软笔也写硬笔，自然听说过它的名号。这支钢笔对林与鹤来说，完全不像是随便送出的礼物，反倒像是在投其所好。他不知道这么贵重的礼物应不应该收下，最后还是陆难的人把礼盒一同接了过去。

林与鹤道："谢谢。"

陆英舜笑了笑："小鹤喜欢就好。"

陆英舜与陆难有三分相似，相貌也是极具侵略性的那种英俊，只不过他一直笑着，看起来就好接近得多。

林与鹤觉得有些奇妙。从眉眼间，林与鹤其实能看出陆家这

215

三位堂兄弟的相似之处，但他们三人的性格差别实在是太大了。

陆英舜没有多留，送完礼物就离开了。

林与鹤和陆难继续逛场地，仪式的流程他们之前在燕城已经排练过了，现在就只是看看场地。

两人还去见了这里的打理者，一对老夫妻，平日里他们就住在这里。

老爷子穿着一身西装，面容严肃，银发梳得一丝不苟。他与陆难交流起了明日仪式的事，林与鹤则跟着婆婆一起在礼堂里走了走。婆婆比严肃的老爷子温柔许多，连眼角的细纹间都带着笑意，不过她口不能言，只能打手语，由随行的一个小姑娘来翻译。

天色已经暗了下来，外面是混杂着风声雨声，在这古朴的礼堂之内，小姑娘用那清脆稚嫩的声音，讲述着一个朴实又深奥的寓言。

四下一片安宁。

他们继续往前走，看到了墙上挂着的一张照片。那是一张黑白老照片，拍的正是礼堂内的情景。照片中，年轻时的老夫妻正在为一对新婚夫妇证婚。

林与鹤还看到了照片右下角的标注——某年某月，陆鸿霁夫妇婚礼。

这居然是陆先生父母的婚礼照片。林与鹤正感到意外，身旁出现了一个熟悉的高大身影，是已经和老爷子聊完的陆难。

"这是我父母结婚的地方。"陆难说。

男人今日情绪不算太好，开口不多，但对着林与鹤，语气依旧平缓："当时陆家不同意他们的婚事，他们也没钱去高档的地方办婚礼，就来这儿结了婚。"

看完礼堂，天已经全黑了下来。因为下雨，两人没有再去看G城夜景，而是径直回了酒店。毕竟明天要忙一整天，今天该早点儿休息。

他们去的是一家国际连锁酒店,这里同样是泰平集团入股的酒店。两人一进去,就受到了酒店人员相当热情的接待。两人原本要直接上楼入住,不过陆难接到了一个电话,是工作上的事,他就在一楼找了个休息室聊。

林与鹤在另一间休息室等他,除了过来送热茶的侍者,活动策划公司的工作人员也在。其中一位和气的中年女士就是之前一直和林与鹤对接各种事务的负责人。她又和林与鹤确认了一下今天下午的行程,中途侍者还过来送了房卡。

林与鹤没等多久,打完电话的陆难就走了回来,两人一同上了楼。订好的两个房间在同一层楼,走出电梯时,林与鹤把其中一张房卡递给陆难。

G城纬度低,现在仍是二十多摄氏度的气温,天气很暖和。林与鹤的体寒状况比在严寒的北方时好转了一些,手也不再像之前那样冰凉了。

确认过林与鹤不冷之后,陆难才接过房卡,道:"回屋先去把唇膏涂好,今晚早点儿休息。"

"好。"林与鹤点头,又问,"今晚不练习流程了吗?"

"嗯。"陆难说,"今晚我还有个会。"

林与鹤松了一口气,便道:"辛苦了,哥哥也早点儿休息。"

陆难将人送到了房间门口,说:"晚安,好梦。"

等林与鹤乖乖回了一声"晚安",陆难才帮人关好门,走向另一个房间。

不远处传来电梯开门的声音,方木森快步走过来,低声汇报:"陆董,已经准备好了。"

陆难领首,开门走进了房间。

第二天清晨,林与鹤很早就起床了。

G城气候温暖,房间里还开着暖风,这对林与鹤来说应当是很适宜的睡眠条件,林与鹤却没想到,自己居然再度出现了认床的毛病,这一整晚都没怎么睡好。

明明这种不适应的情况已经许久没有出现过了。这家酒店是泰平旗下的国际连锁酒店,连床具都和之前去海岛那晚住的酒店的一模一样,按理说应当不会出现这种情况了,但林与鹤还是辗转了一整夜。

清晨,天边刚泛出一抹朦胧的光,林与鹤就醒了。幸好前些天休息得不错,一晚没睡好对他的影响不算太严重,出发去仪式场地时,状态也不算太差。

与昨天的阴雨连绵不同,今日的天气完全放晴了。碧空如洗,晴空万里,明媚的阳光也很是怡人。

因为天气很好,认亲仪式便按照原计划在草坪上举行,等用餐时再去室内的宴会厅。大片的草坪被昨日的雨水细细冲刷过,越发显得翠绿欲滴,生机盎然。

十点钟时,身穿正装的陆难和林与鹤已经来到了草坪上招待到访的宾客。现场大部分人都是陆难的客人,不过这次林与鹤的亲友数量也不少,与之前的宴会相比,热闹了许多。

因为都是熟人,所以现场的气氛很和谐,与熟识的好友们在一起,总能让人不自觉地轻松许多,况且今天没有吴家那边的打扰,林与鹤的情绪放松了不少。

虽然陆难和林与鹤的交际圈不同,但因为陆难邀请来的客人也有不少是燕城大学的毕业生,所以双方交流起来很融洽,并没有太大的隔阂。

G城媒体并未能进入礼堂,有赶来现场的小报记者,也都客客气气地送走了。不过最奇怪的是,陆家的人没有出现在现场,连昨天来送了礼物的陆三少都没过来。

林与鹤察觉了这一点,不由得感到有些意外。不管是之前继母给的消息，还是仪式流程的预先安排，都有陆家人会参加的信息，林与鹤疑惑这件事，想找人问一下。

林与鹤原本想去找陆难，但担心这么贸然地去问陆难会不太妥当，可能会影响对方的心情。恰巧方木森也在现场，林与鹤就寻了个机会，上前去问了一下。

仪式全程有专人负责，不过方木森看起来还是很忙，一直戴着蓝牙耳机在说着什么，似乎在与人交谈。他听见林与鹤的问题，道："陆家的排场比较大，可能会过来得比较晚。"这是在委婉地说陆家摆架子，会故意来晚。

林与鹤点了点头。

方木森问："您有事？"

"没有。"林与鹤道，"我只是想问问陆家的情况，怕在仪式上表现得不好……"

方木森听着听着，笑了一下。不知为什么，林与鹤总觉得自己从他的神色中看出了一点儿无奈。下一秒，方木森脸上仍是平日里温文有礼的表情，他道："没事的，放轻松，正常进行就好。"

林与鹤点头说："好。"

方木森说放松，但其实对林与鹤而言，这场认亲仪式真的比预期中轻松许多，也没有他预想中的繁文缛节。如果说之前宴会时林与鹤是在全神贯注地演戏，那这次的仪式，真的像是庆祝他与失散多年的亲人重聚，庆祝他们拥有了新的家人。

等林与鹤招待完朋友们，已经十一点半，仪式正式开始。司仪请两人上台，随即便开始了各种流程，大屏幕上开始播放他们的合照与视频，背景礼乐也变得欢快起来。

林与鹤虽然刚刚站起身时的心跳有些快，不过和那天的宴会相比，已经熟练了许多，也没有太过紧张。

仪式的步骤都是两人确定过的，没有采用陆家一贯繁复刻板的流程，加上陆家人没有在场，就更简单了一些，在陆难把林与鹤的名字写进族谱之后，就到了戴胸针的环节。

陆难先从老婆婆手中的锦盒中拿出胸针，为自己戴好，接着又拿出剩下的那个，仔细戴在了林与鹤的胸前。这两个胸针造型十分相似，却各有不同，戴在胸前时，除了让林与鹤显得更贵气，还能一眼看出两人是兄弟。

台下响起了祝福的掌声，这场让林与鹤紧张了许久的仪式，终于没出差错地结束了。

林与鹤已经习惯了心口始终明显的怦然跳动声，只觉得G城的天气确实有些暖和，以至于侧脸、耳朵甚至连一贯发凉的指尖，都好像有些热。

宴席已经摆好，宾客们一同前去宴会厅分桌坐好，陆难和林与鹤换了身稍微轻便些的套装，开始一同去问候各桌宾客们。

他们先去的是林与鹤的朋友那边，朋友们和林与鹤开玩笑时都很随意，但见到陆难时，难免还是会有些拘谨。毕竟大家都没怎么接触过气场这么强的人，还是这么有名的商界大佬。

不过老实说，大家都是成年人了，相处之后也不难感觉出实际的情况究竟如何。陆董虽然神色冷峻，话也不多，但对他们的招待当真很周到，除了包机包酒店，陆董那些客人的友善态度也很能说明一些问题。如果不是陆难对林与鹤的看重，他邀请的那些商界同行，其实也没什么理由特意来关照这些还在读书的学生。

大家都客客气气，真心实意地表示了对这次邀请的感谢。

参加仪式的宾客不少，等问候完一圈，已经是下午两点多了。宴席还在继续，趁着客人们用餐的时候，司仪又来找他们了，请他们完成下一个环节，他们在上次宴会上也做过的一件事。

当软皮本被人从盒子里拿出翻开后，里面赫然还是两人上次宴会时写下的"最开心的事"——期中考试第一名。

这次的司仪并不是上次那位，但他吸取了上位同行的经验，主动提前给出了建议。

林与鹤摸了摸鼻尖,心想上次看这本子时还不觉得,但和今天的仪式一对比,才真正意识到,自己在宴会时的表现,其实真的挺僵硬的,难为陆先生愿意包容演技那么烂的自己。

软皮本被送到了两人面前,林与鹤接过来,主动拿起了笔,也算是弥补一下上一次的过失吧。于是林与鹤认认真真地在上面写下了今天的心情:十二月二十一日,最开心的事——有了可以依靠的哥哥。

林与鹤专注地写着,没有察觉到男人一看清自己写的字,眼神就变了。写好后,林与鹤便把日记本和笔一同递了过去,说:"哥哥也写一下吧。"

陆难没有接,甚至还将视线移开了,胸口不甚明显地起伏了一下,似是深吸了一口气。

林与鹤问:"哥哥?"

陆难又顿了几秒,才低声道:"不用了,就这个吧。"

林与鹤不觉有异,听他这么说,便将软皮本递给了工作人员。

"您的字写得真漂亮。"司仪赞叹了一句,也无声地松了一口气,这次的内容总算靠谱一点儿了。

工作人员们收好日记本,离开了。林与鹤回想起上次两人写这个时,陆难说过的那句"希望那时你记下的快乐,能和我有关",不禁笑了一下,道:"这次写的内容和哥哥有关了。"

没有等到回应,林与鹤不禁抬头望向陆难,等看清对方的神色时,才终于反应过来,好像有些不对。他问:"哥哥?怎么了?"

陆难说:"我饿了。"

饿了?林与鹤没想到会是这个回答,便提议道:"那去吃点儿东西吧?"

陆难却说:"不用了。"

林与鹤劝道:"有时间还是垫一下吧,不然对胃不好。"

刚刚敬酒时,林与鹤喝的是果汁,陆难的杯子里却都是酒,他没来得及吃什么东西,很容易伤胃。

陆难没有再拒绝,只道:"晚上吃。"

吃饭还要等到晚上?林与鹤不由得感到有些奇怪。或许是陆先生还有别的安排吧,林与鹤这么想着,没有多问。

下午四点钟左右,宴席结束了,到场的亲友们都先回了酒店。在同那对老夫妻告别之后,林与鹤也和陆难一起回了酒店。

陆难还有事务要处理,并没有休息,似乎还接到了陆家那边的电话。林与鹤本来想陪对方一会儿,但在沙发上坐了没多久,便无意识地睡了过去。

等他再醒来时,陆难恰好从卧室里走出来,林与鹤忍不住摸了摸鼻尖,心说明明昨晚还睡不好的,刚刚怎么就睡得那么沉?大概是忙了一天太累了吧。

傍晚,他们便再度出发,去了 G 城的港口。

仪式的夜场比白天时更轻松一些,陆难直接租下了两条游轮在海上观赏夜景。这里的夜景举世闻名,沿岸高楼灯光璀璨,将夜空都映得无比炫目。两条游轮在水面上缓缓开过,留下道道水痕。海风拂过,夜风轻缓,吹在人身上格外惬意。

晚宴也是在游轮上进行的,不过并没有像午宴那样分桌进餐,而是随意取用,形式更加自由。客人们悠闲地欣赏着夜景,三三两两地交谈着,气氛很是轻松。船舱内还摆上了巨大的香槟塔与果酒塔,任君品尝。

林与鹤的朋友们也都成年了,玩得很开心,再加上晚上没什么事,有不少人喝了些酒。人多话多,气氛就变得越发热闹起来。

林与鹤和朋友们待在一起,随意地闲聊着。

舍友祝博在拍 vlog(视频博客),祝博虽然是个游戏博主,最近也在转型,偶尔会发一些日常视频,来之前和林与鹤商量过之后,就定下了以这次宴会为主题的拍摄。

下午仪式时，祝博就已经拍过不少了，现在又拍了些夜景。陆难的摄影团队也在船上，还借了一个手持云台给祝博。

祝博要拍视频，没怎么抽出时间吃东西，大部分时间都靠甄凌支援。甄凌对这种活干得很熟练，每给祝博拿来一份甜点，甄凌都能快乐地吃完两份，特别是各式各样的夹心巧克力，他一个人就吃了将近两盒。

甄凌没注意巧克力包装上提示的酒精含量，加上后来朋友们分果酒塔时他也跟着去了。回来后没多久，甄凌说话就开始大舌头："想……想当初……鹤鹤他哥哥上回来学校的时候，站在树下看人，差点儿把我吓死……"

深谙戏剧化情节发展的祝博好心提醒道："我劝你少说两句。一般这种时候，被你说的人都会出现在附近。"

"怎么可能！"甄凌捏着手中精致的玻璃杯，翘着尾指优雅地品尝着，满不在乎地说，"我在背后说人坏话的时候，从……从来没被人发现过！"

那只玻璃杯中剩下的果酒早就被沈回溪换成了牛奶，但可惜还是换晚了，甄凌明显已经醉了。

祝博耸了耸肩，林与鹤失笑，道："没事，玩会儿吧，陆先生在他朋友那边呢。"

沈回溪屈指敲了敲甄凌手中的玻璃杯，挑眉问："你还知道自己说的是人家的坏话呢？"

甄凌很认真地说："也不是坏话，就……就是我内心的想法，陆董真的……好冷……"

旁边有其他的同学笑着道："确实有点儿，我也是第一次见这么严肃的大佬，以前还以为那种出场自带降温效果的人只在小说里有呢。"

有人拊掌，说道："那不正好嘛，两兄弟一个冷一个暖，刚好互补。"

甄凌仰头一口气干了剩下的牛奶，动作豪气冲天。他喝完抹了把嘴，抱着酒杯打了个奶嗝，说："就是这样才……才担心嘛，都不知道鹤鹤会不会被'冻伤'……"

沈回溪突然重重咳了一声，说："怎么可能，你想什么呢？"

船上并不冷，甄凌却突然感觉到了一阵寒意，尽管脑子已经迟钝了许多，但他发觉这寒意并不陌生。在甄凌身后，林与鹤的声音已经传来："哥哥？"

祝博一语成谶，陆难居然真的来了。

甄凌傻了，沈回溪好心地拿来了一罐牛奶，让他能挡挡脸。

大家纷纷和陆难打招呼，男人颔首示意，道："十五分钟后有烟花秀，船头甲板上有观景位置。"

众人齐齐点头说："好，我们等下就过去。"

林与鹤猜想陆难过来应该不只是为了通知这件事，便和朋友们打了个招呼，和陆难一起先离开了。

走出了一段儿距离之后，林与鹤问："哥哥找我有事？"

陆难却说："那边忙完了，过来看看你。"

林与鹤想起什么，又问："哥哥晚上吃东西了吗？"他还记着陆难下午说饿了的事。

陆难摇摇头，只说："晚上有大餐。"

两人一同走到船头甲板，观景区已经聚集了很多人。

片刻后，一连串带着呼啸声的烟花飞上天空，一同绽开。今天并不是公共烟花秀表演的日子，这场盛大的烟火是特意为陆难他们准备的。岸边与游轮上的人群一同发出了欢呼声，惊叹着这美丽的一幕。

烟火未停，一簇接着一簇，璀璨而夺目。

晚上十点多，夜场庆祝才终于结束。

回去的路上，刚一上车，陆难的电话又响了起来，还不止一次。

男人的回答很简短，听不出什么内容，但他的神色一直很严肃。

等陆难接完电话，林与鹤才得空询问："是有事要去忙吗？"

"不用。"陆难说，"还是陆家那边的问题。"

林与鹤发现，一直以来陆难用的称呼都是"陆家"，从来没说过"我家"或者"家里"。或许对他而言，那里并不是家。

林与鹤犹豫了一下，还是道："很棘手吗？"他问得很小心，不想过界探听自己不该知道的事。

不过陆难回答得很直白："还好，就是可能要辛苦你配合一下。"

林与鹤点了点头，今天的午宴和晚宴，陆家都没有派人过来，他隐约察觉到了一点儿问题。

陆难点点头，望着平板电脑，神色严肃。屏幕的冷光落在他轮廓分明的脸上，越发显得阴影浓重。林与鹤还主动伸手，安抚地拍了拍对方的手臂。

两人回到了昨晚的酒店，由于要商量和陆家见面的事，林与鹤今晚便暂时去了陆难的套间。

进屋之后，林与鹤见陆难又在接电话，似乎还在说陆家的事，不想打扰对方，便准备先去洗澡。还没进浴室，林与鹤就被陆难叫住了。

陆难放缓了声音，语气很沉稳："明天可能要去陆家一趟，他们最关心的就是我们实际上的关系好坏。"

林与鹤想到陆家复杂的人际关系，心底突然涌起一阵怯意，他胡乱地点点头，说："我明白，就是……"

不管提前做了多少准备，等真正要去到那个"龙潭虎穴"，林与鹤有些发怵。

陆难问："你很紧张吗？"

林与鹤张了张嘴，唇瓣又开始发干。

陆难说："没事，别怕，你不想去的话，就算了。"

林与鹤愣了愣，尚在迟疑，陆难却转过了身，对他说："你先去洗吧，出来再说。"男人很果断地离开了，"我去接个电话。"

林与鹤并没有听见手机响，陆难这么说，分明只是为了让自己安心。

最后，林与鹤进了浴室，却并没有感到轻松。相反，愧疚从心底升起，一直蔓延至舌根，化不开，散不去。

陆难的这种举动，让林与鹤彻彻底底地后悔了，心说自己实在是太不称职了。

林与鹤想起了自己当初签下的协议，里面明明白白地写着，认亲仪式是最重要的一次展示，一定不能让陆家有机可乘，让陆难任他们摆布。而且协议里也写明了，在G城期间，视陆家的动向而定，如有必要，需林与鹤全方位配合。

林与鹤刚刚一心只想着害怕，现在才想起协议里写过会保证他的一切安全，陆先生也只是需要给陆家人一个假象。

林与鹤懊恼地掐着掌心叹了口气，心想只能等出去之后再和陆难谈一下。他乱七八糟地洗了个澡，匆匆换上睡袍便走了出去。外面的空气有些凉，皮肤被激起了一层鸡皮疙瘩。林与鹤深吸了一口气，朝客厅走去。

林与鹤走到客厅才发现，陆难还在打电话。男人面容严肃，薄唇抿成一条冷硬的线，偶尔会回应几声，谈及的字眼也都是和陆家有关的。

陆难今天接到太多和陆家有关的电话了，似乎是那边出了一些棘手的问题。林与鹤想起自己刚刚的抗拒，心中越发愧疚。

林与鹤没打扰对方，自己在一边擦头发。他边擦边想，陆先生要应对势力这么大的陆家，真的很辛苦。当初会有这次的协议，也是因为陆难想借此机会，不想再受陆家的控制。

这都是早早定好的事了，自己实在不该在关键时刻掉链子。陆先生比自己忙得多，之前在游轮上还提到了睡觉的事，陆先生肯定是想今天晚上早点儿弄完早点儿休息，自己也不能再耽误陆先生的时间了。

那边，陆难已经接完了电话，他放下手机，捏了捏自己高挺的鼻梁，眉眼间似乎略有疲色。

林与鹤走过去时，男人却很快恢复了平时的模样，甚至还在关心对方的事："把头发吹干。"

"好。"林与鹤乖乖应了，"哥哥也去洗一下吧。"

陆难起身去了浴室。

等陆难洗完澡出来，林与鹤已经在套间的卧室里睡着了，他走过去轻轻地给林与鹤盖好被子，然后换了一身衣服，悄无声息地离开。

总统套房的面积很大，走出客厅后要经过两条走廊才到门口。正门外还有一个空间很大的玄关，陆难走出门时，助理已经在玄关候着了。

见男人出来，助理双手将平板电脑递上，道："陆董，陆家在二十三点十分和零点五分时打过两个电话，想要与您联系，他们说如果再得不到答复的话，陆老先生会亲自过问。"

陆难扫了一眼未处理的邮件，神色如常。

助理见状，继续下一项汇报："哈士基航运公司的帕劳德先生已于晚上十点抵达 Y 城，他发来了信息，陆家已派人上门，想要预约明日的拜访时间，但他暂时还没有回复。帕劳德先生说，他的时差还没倒过来，如果您有空，他今晚就可以与您见面。"

陆难这时终于开口，声音冷淡："现在过去。"

助理恭声应下，迅速去通知司机。

陆难走了出去，在玄关外有一面巨大的落地窗，正对着繁华的海岸。

窗外就是美丽的 G 城夜景，灯火辉煌，彻夜笙歌。

那炫目的夜景却并未能引得陆难的丁点儿留意，他面无表情地从窗前走过,冷调的夜景灯光为他镀上了一层冰冷的剪影。

卧室里一直很安静。

床上的鹅绒被一动不动,连被子柔软的起伏都没有变化。屋内拉了窗帘,却还是有些许的光亮透过了层层窗幔。很快,天就已经大亮了。

屋门被无声地打开了一条缝隙,一个年轻男子向屋内看了几眼,那人正是方木森。见床上的人还没有动静,他便轻手轻脚地走了进来。柔软的地毯吸走了所有脚步声,方木森走到床边,正想弯腰查看床上人的动静,还没伸手,他就被惊了一下。

床上的人不知何时居然已经睁开了眼睛,正无声地看着他。

"小鹤?"方木森轻声问,"你醒了?"

林与鹤似乎并没有真的清醒过来,神色还怔怔的,有些迟钝,闻声也没有回答。

方木森说:"时间还早,再休息一会儿吧,不着急出门。"

林与鹤的下巴往被子里埋得更深了些,这才眨了眨眼睛,缓缓地闭上了。

方木森缓声问:"要喝点儿水吗?"

床上的人许久没有回答,好一会儿才终于发出了一点儿声音,却很含混,像是困倦时的呓语。方木森细听了一下才辨认出来,林与鹤说的是:"哥哥,冷。"

方木森见状,把装着温水的吸管杯放在床头伸手就能够到的地方,然后根据以往的经验拿出了电子体温计。他刚一上前,还没有碰到对方,林与鹤又睁开了眼睛,直直地看着他。

方木森试探着把体温计拿近了些,林与鹤没有出声,却把自己裹得更紧了,还皱起了眉,好像很不舒服的样子,看起来并不想让别人靠近。

方木森没办法,只能转到一边去打了个视频电话。

电话等了好一会儿才被接通，那边的画面还有些晃，似乎在走路，背景声也很嘈杂，夹杂着不少交谈声，许久才终于安静了些。

方木森把手机举到床边，林与鹤一开始一直缩在被子里，不想看他，直到屏幕上出现了熟悉的人影，才终于把视线挪过来。电话那边的人正是陆难。

"宁宁？"陆难的声音传出来，"量一下体温。"

林与鹤这时才有了回应："哥哥……"他的声音还有些哑，带着些柔软的鼻音。

陆难放缓了声音："乖，我很快就回去了。"

方木森把消好毒的电子体温计递过去，林与鹤这次才终于肯好好量体温。

等时间差不多了，方木森便把体温计拿了出来，刚好是三十七度，不算发烧。他把情况汇报给陆难，陆难通过电话对林与鹤道："喝点儿水。"

听见陆难的声音，林与鹤才终于肯喝了些温水。

陆难道："再睡一会儿，等你醒了，我就回来了。"

林与鹤不吭声，缓缓地缩进了被子里，直到视频被关掉，手机被拿走，林与鹤才终于闭上了眼睛。

方木森难得见到对方这种样子，平日里的林与鹤总是温柔懂事的，哪有这么脆弱的时候。帮人盖好被子后，方木森才轻手轻脚地离开，卧室内也重新归于平静。

林与鹤再度睡了过去，但和刚刚过去的这一晚一样，他睡得并不算好，熟悉的寒冷从四肢缓缓蔓延开来，甚至变本加厉，开始攀爬至心脏。林与鹤觉得现在比之前宿舍没供暖时还要冷，他都快被冻僵了。

林与鹤觉得很不舒服，只能努力把自己的身体蜷起来，他昏昏沉沉的，觉得更冷了，仿佛四肢都已经被冻僵。

身体对温暖的渴求得不到满足，甚至开始生出一种虚假的温暖感，像在雪地里冻了太久的人突然觉得浑身发热。

忽冷忽热，林与鹤更难受了。

好冷，身体无论如何也无法暖和起来，太难熬了。

林与鹤几乎是一秒一秒地数着，等数到几万，又或者才几千几百的时候，终于听见了之前听到的声音："宁宁……宁宁？"

"宁宁，别咬，乖，把嘴巴张开，你的唇又出血了，宁宁！"

风尘仆仆赶回来的男人一靠近，看见的就是林与鹤嘴唇出血的这一幕。

陆难费了好一会儿工夫，才让林与鹤放开那伤痕累累的下唇。血流得并不算多，很快便被止住了。但林与鹤的身体还在不自觉地打冷战，需要陆难帮人慢慢缓过来。

直到陆难背后的冷汗都干透了一回，林与鹤才终于安静下来，他已经睁开了眼睛，小声叫了一句："哥哥。"

陆难声音低哑："我在。"

然后他就听见了小孩轻轻的、很乖的声音："哥哥，谢谢你给我一个家，哪怕是暂时的。"

陆难一顿。

林与鹤声音闷闷的，问："哥哥？"

陆难沉默着，他在过去的十二个小时里奔波两地，越过重重阻挠，赶在各路势力动作之前签下了那个即将掀起轩然大波的合同。可陆难现在觉得，那惊心动魄的重重困难，皆是为了此刻。

好一会儿，男人沉声问："宁宁？"

林与鹤重复的声音也很轻："真的谢谢你，哥哥。"

"不用……"陆难低沉的声音突然卡了壳。

半响，他才重新开口，苦涩地道："我才要谢谢你。"

室内安静下来，没有人再开口。

许久之后，陆难小心地查看了一下被子里一直没有动静的人时，才发现对方已经睡着了。像是走失的小孩终于等到了自己的家长,可以尽情地依靠,于是就这么安心地睡了过去。

睡着的林与鹤还是有点儿不老实,许是因为体温过热,他时不时会挣开被子。

陆难始终坐在床侧,不厌其烦地一次次给人裹上被子,掖好被角。像这世界上最周全顾惜、最耐心不过的哥哥。

独属于林与鹤的哥哥。

第十一章

　　林与鹤睡醒时,已经不知道是什么时候了。林与鹤隐隐约约感觉自己好像睡了好久,似乎已经睡过了早上。

　　但这一觉睡得实在是太惬意了,整个人都暖洋洋的,像是泡在温泉里一样,舒服到根本不想睁开眼睛。

　　直到逐渐回笼的理智告诉自己不可以继续睡下去,鲜少赖床的林与鹤终于睁开了眼睛。视野有些暗,没什么光,林与鹤动了动,想翻身去摸床边的手机。林与鹤还没能抬起手臂,就被身上泛起的酸痛掠去了呼吸。

　　"嘶……"林与鹤倒抽一口凉气,觉得半边身子都不太使得上劲,估计是保持同一个睡姿太长时间导致的。

　　林与鹤急于活动开身体,却不知道撞到了哪里,他疼得眼眶都有些湿润,然后男人磁性的声音响起:"小心。"

　　头顶磕到的地方被温热覆住,对方伸手护住了林与鹤,让林与鹤能缓缓将头抬起。等看清周遭情况之后,林与鹤这才反应过来,原来陆难坐在床边。

　　"哥哥?抱歉……对不起……"林与鹤说的话都有一些磕巴,"现……现在几点了?我是不是睡过头了?"

　　相比之下,陆难的神色很平静,只淡淡道:"没事,还早。"

他还出言提醒,"睡醒了就起来吃点儿东西。"

林与鹤问道:"我们要出去吗?不是说今天可能要见陆家的人……"他想要起床。

陆难看着慌忙想起身的林与鹤,伸手将人按回了被窝,说道:"暂时不用,陆家在忙。"

"陆家临时出了些事,他们在处理,没空过来。"陆难的语气很平静,为了让林与鹤自在些,他先站起身往外走,"时间还早,我们一会儿再出去。"

陆难尽管没有回头看,却依然感觉到了身后的人明显地松了一口气。

林与鹤往下按了按自己翘起来的头发,说:"好。"

陆难离开了卧室,不知道去做什么了。

林与鹤便趁着这个时间,匆忙回想了一下之前量体温的事。

天哪……林与鹤捂住额头,自暴自弃地想:自己都多大了,怎么还这么幼稚?

林与鹤知道自己那时候有些冷糊涂了,但这并不代表他不介意,相反,林与鹤觉得很羞耻,恨不能把那些记忆从自己的脑海里直接挖掉。

现在林与鹤唯一的念头,就是想早点儿结束这一切,早点儿翻过这一页。因为这份协议,自己身上已经发生过太多之前从未想象过的事。

林与鹤长长地吸了口气,但这口气还没吸到底,就被唇上传来的疼痛打断了。他皱了皱眉,抬手摸了一下,看见指腹上沾了一点儿血迹。

嘴是什么时候破的?林与鹤正疑惑着,就见陆难走了过来。

"别用手碰。"陆难皱了皱眉,把手中托盘放在床头,拿起一管药膏。

林与鹤主动把药膏接了过来,说:"我自己来就好。"

233

"我记得之前好多天嘴巴都不干了,不知道为什么今天又破了。"林与鹤挤出药膏抹了一点儿,想了想,还是问道,"哥哥,我除了量体温,中间有醒来过吗?"

"你不记得了?"陆难说。

林与鹤愣了愣,自己中间真的醒来过?他一点也不记得了,只能硬着头皮问:"我不记得了,中间又发生什么了吗?"

林与鹤小心地观察着男人的表情,但陆难神色如常,根本看不出什么端倪,他的语气也很平淡:"没事,老样子罢了。"

林与鹤听完,心里忐忑。他知道自己生病的时候会嗜睡,一旦真的睡下,就什么事都不知道了。虽然昨晚的情况不算发病,但他好像确实睡了很久。

每当这种时候,林与鹤就会变得很脆弱,偶尔会出现睡着后抱住东西不松手的情况。很小的时候,他总要和家长在一起才能睡得着,后来家里人为了锻炼林与鹤的独立能力,就让他一个人睡,惹得林与鹤有好长一段时间都没能睡好。外公就给林与鹤做了个抱枕,可以抱着睡,上面还绣了一个外公亲笔写的"鹤"字。

那个抱枕陪了林与鹤很久,在林与鹤七八岁的时候生了一场大病之后就再没有见过它。那都是小时候的事了,林与鹤实在没想到,自己居然会在陆难的照顾下睡得那么沉,甚至对中间发生的一切都没有印象了。

林与鹤觉得这样不太好。小孩子尚且要学会独立,成年人就更应该戒断这种依靠他人的软弱心理。

今天见陆家人的行程好像有变化,也就是说,昨晚他的担忧是多余的。这对林与鹤来说虽然是好事,但林与鹤也不清楚,之后还会不会再有这种情况。

林与鹤看了看端着粥碗坐在床边的陆难,犹豫了一下,还是开了口:"哥哥,如果今天不去见陆家人的话……"唇上的药膏很苦,他克制自己没有抿唇,"那……那我……"

正在用勺子轻搅白粥的陆难动作一顿，抬眼看了过来。

陆难的视线一向很有压迫感，林与鹤不禁感觉后颈发凉，但话已经出口，也只能继续说下去了："陆先生，我是想问一下，我们的协议什么时候结束。"他的声音有些发紧，"协议结束后，我就可以离开陆家了，对吧？"

"离开陆家"几个字一出来，一直没什么异色的陆难，捏弯了手里的银勺。银质的汤勺被捏得变了形，不能用了。陆难抬手把勺子扔进杂物桶，放下了粥碗。

"不可以。"陆难的声音很冷。

林与鹤把话问出口时有点儿紧张，也没有看到男人手中那被生生捏坏的勺子。听见对方的话，他才生出几分惊讶，心想：不是说好了，协议结束后他和陆家就再无瓜葛了吗？

陆难扯来一张纸巾，擦拭了一下手指。他的动作不快，柔软的纸巾很好地掩盖了他手背上暴起的青筋。

"协议是十月签的。"陆难缓缓道，"那时我还没有升职。现在我担任泰平的董事长，不能随便出现不利于我的新闻。才大张旗鼓地让你上了陆家族谱，转眼又说我们毫无关系，对董事会的稳定和公司股价都有影响。"

确实，林与鹤恍然大悟。虽然他不懂这些，但听男人这么说，林与鹤隐约对这件事的严重后果有了些许概念。

林与鹤试探着问："那这个协议要到……"

"合适时会再通知你。"陆难视线微垂，敛去了眼底的情绪，"等情况稳定了再说。"

林与鹤点头道："好。"

这些天没怎么接触泰平相关的新闻，都让人几乎要忘了陆难的工作有多忙。林与鹤想，身为新上任的董事长，陆先生既要适应工作，又要稳定公司，肯定很辛苦。

林与鹤保证道："我一定会好好配合的。"

陆难扔掉了纸巾，没有说话。

林与鹤想起来还有一个问题，问："那我们的协议内容还需要调整吗？"

陆难抬眼看过来，面露疑惑。

"因为这个是在您升职之前签的，现在您的职位变了，牵扯到的各种事务可能也需要调整吧？"林与鹤说，"我之前都没想过这件事，比如名下资产之类的，到了协议结束的时候可能会弄不清楚……"他的话还没说完，就在陆难晦暗不明的目光中渐渐消了声。

"陆……"因为要谈协议内容，林与鹤从刚刚起就改了称呼，还用回了敬称。等看清陆难的神色时，林与鹤停顿了一会儿，还是改口道："哥哥？怎么了？"

面无表情的男人叫他："宁宁。"

林与鹤茫然地看着对方。

男人目光晦暗不明，但最终还是说："'离开陆家'这种话，以后少提。"

林与鹤怔了怔，点头应道："好。"

陆难这才把视线收了回去。

林与鹤忍不住摸了摸鼻尖，发现自己只要一提离开的事，陆难的表情就会变得不太好看，原来这种事对商业价值的影响这么大吗？

既然陆先生都这么说了，林与鹤自然老老实实地记住了，没再说什么。

林与鹤没说话，陆难却突然开口了："为什么你会一直想着协议的事？"

林与鹤一时没反应过来，下意识道："嗯？"

陆难的手指收紧，面无表情地将关节捏出了几声轻微的脆响，说："一直想着，从来没忘记过？"

不管是宴会那一日，还是之后的相处，还是认亲仪式的当晚，还是当下，林与鹤一直没忘记关于协议的事情。

林与鹤有些摸不清对方的意思，试探着问："这样做有什么不对吗？"

这场协议，本来就是自己的任务。

陆难沉默了片刻，才说："没有不对。我只是想问问，为什么你会一直这么冷静？"

这并不容易做到，甚至应该说太过异常了。早在龙景家园林与鹤被继母吴欣威胁的那一次，林父也有过同样的疑惑。要知道，二十一岁的学生实在是稚嫩，这个年纪又正是人生最迷茫的阶段，任何慰藉和帮助都能激起最真实的情绪。

就算提前说清楚了是协议，但要面对的是陆家，是陆难。都上了这条船，怎么会不想自己也成为那个掌舵人之一呢？

与那些同龄人相比，林与鹤却出奇地清醒。

林与鹤一直很冷静，甚至是太冷静了。协议这种东西，说起来好像只是一份白纸黑字的合约，但人不是电脑，不是输入一条算法或指令，就能精准无误地去执行。

人会有感情，会有温度，会与其他人建立关系、产生联系，也会对另一个个体产生亲近或者排斥的情绪。但这些在林与鹤身上，统统没有表现出来。

林与鹤好像是一个没有感情的冰冷机器，只是来执行这项工作，完成这个任务，仅此而已。

因此陆难才会有此一问。

林与鹤闻言，认真地思考了一下。他有自己的原因，但那种原因太过主观，还带着私人的情绪，他感觉和陆先生探讨这种事好像挺奇怪的，就换了个说法。

"可能是因为我和陆先生是两个世界的人吧？"林与鹤尽力说得很委婉，"就是，我们的差别很大……"

陆难今天的心情并不好，林与鹤再怎么迟钝也感觉出来了一点儿。当林与鹤说完这似乎过于现实的理由时，林与鹤却发觉陆难的神色突然有些缓和，唇角甚至隐隐现出了一点儿笑意。

林与鹤怔了怔，道："陆先生？"

陆难罕见地没有纠正称呼，而是放缓了声音："我曾经听过一段和你这差不多的话。"

林与鹤眨了眨眼睛，问："什么对话？"

"有个人对另一个人说：'我和你，和你身边所有的人都不一样，我和你们是两个世界的人，你回家吧，别再来了。'"

陆难那种冷冰冰的语气相当有真实感，或许是因为他本身就是性格很冷淡的人。但当陆难说到下一句时，他的语气明显地缓和了下来，甚至带着几分隐藏极深的怀念。

"另一个人回答他：'可我们不是在一个世界吗？你看，我一伸手就能碰到你。'"

林与鹤愣了一下，不知道是因为这对话，还是因为此刻陆先生的表情。能把这段对话记得这么清楚，甚至连语气都模仿得如此生动，大概这段对话是发生在陆先生和对陆先生很重要的人之间吧。

林与鹤正想着，就听见陆难道："协议还会持续一段时间，在这期间，我希望你不要去想它。"

"这样不仅容易被别人看破，对你来说也是一种负担。"男人解释得很耐心，"对现在的你来说，忘掉它，才是完成它的最好的方法。"

为了完成协议，林与鹤很认真地记了下来："好。"

两人聊完之后，陆难便把凉好的粥碗递给了林与鹤。林与鹤喝了一点儿，食物入腹，这才察觉自己饥肠辘辘。他看了一眼时间，居然已经是下午了，难怪自己会这么饿。

白粥只是暖胃用的，两人还要出去用餐。正好也到了外出的时间，林与鹤联系了一下朋友们，发现他们早已组团跑去景点疯玩了，只有自己一觉睡到了下午。

　　林与鹤有些愧疚，迅速洗漱收拾好了自己，换好衣服，准备和陆难出门。他这时才想起了被自己遗漏的一个问题，于是不得不硬着头皮又叫了陆难一次："哥哥。"

　　正在打领带的男人抬头，问："怎么了？"

　　"今天是不是不见陆家人了？那如果后面还会见的话……"林与鹤深吸了一口气，问，"能不能先让我演练一下？"

　　话一说完，林与鹤就看见陆难停下动作，眯了眯眼睛。

　　林与鹤不自觉地吞咽了一下，突然有些后悔了。但这种情绪产生得太晚，林与鹤还没来得及转移话题，就看见男人走了过来。

　　"宁宁。"陆难的声音很低沉，但并不算冷，"我刚刚就想问你了。"

　　"为什么你这么怕去陆家？"陆难慢慢走近，"是觉得我护不住你吗？"

　　林与鹤很谨慎地回答："我没有那个意思，我只是听了一些小道消息，怕真的被看出来破绽才会这么说。"

　　陆难垂眼看着人，眼神晦暗不明，有些复杂。不知道是不是错觉，林与鹤甚至觉得自己在男人的神色中看出了一点儿无奈。

　　陆难道："不用那么在意。"

　　"宁宁，相处不是做题，没有最优解，也没有必须时刻恪守的解题步骤。"陆难放缓了语气，心平气和地讲解着，"短时间内我们不会分开行动，我们还有很长一段时间要以兄弟身份示人，只有自然的相处才不会被看破。"

　　陆难难得一次说这么多，又补了一句："记得我刚刚说过的话吗？忘掉协议，才是完成它最好的方法。"

　　陆难在林与鹤心中，一直都是那种"一句话绝不会说两次"

的雷厉风行的精英形象，可是时间越久，林与鹤就越来越明显地察觉到自己的错误。

男人总是一次又一次地改变林与鹤对他的认知，他比林与鹤想象中的要耐心许多。

林与鹤郑重地点头说："我明白了。"

两个人一同外出，没有走太远，直接去顶层餐厅吃了顿饭。

菜是陆难点的，G城菜式本就多清汤蒸煮，加上林与鹤现在也不方便吃刺激性食物，这顿饭吃得很清淡。

唯一的插曲就是，吃饭时陆难又接到了两个电话。虽然男人仍然是面无表情地简短应了几声，但结合这两天一直没有断过的电话，林与鹤还是觉得陆先生挺辛苦的。

这场认亲仪式比林与鹤想象中的平静顺利得多，也不知道陆难在背后忙碌了多久。

吃完饭天色还早，两人便去外面逛了逛。原本这个时间是要去陆家的，但陆难说陆家在忙，这一趟就没有去了。而且林与鹤发现，陆先生对去陆家的事也不感兴趣。

他们没有走远，就在酒店单独圈起来的海滩上逛了逛。

天气不算太好，不到傍晚，天边的阴云已经压了下来，像是要下雨。G城的雨天频繁又漫长，到了冬季，看得见太阳的温暖晴天就越发少见。昨天仪式时那样灿烂的阳光，更是稀少。现在回想起来，让人觉得很幸运。

酒店的消费比较高，住客并不算多，海滩上只有林与鹤他们两个人。海浪轻缓地拍打着海岸，林与鹤脱了鞋，赤脚踩在湿漉漉的沙滩上，慢慢向前走。面前就是一望无际的碧波，仿佛不仅能开阔视野，也能开阔心胸。

林与鹤极目远眺，放空了自己的思绪。耳边是悠远的海浪声，伴着飞鸟啼鸣，成了最好的、最能舒缓心情的白噪声。

肩上忽然一沉,海风带来的些许凉意突然被驱散了,林与鹤抬头,就看到陆难把风衣外套披在了自己肩上,于是两人一起眺望着这无边之海。

从小到大,林与鹤一直是理科成绩更好,对理解能力要求较高的文科成绩比较一般。但在这一瞬间,林与鹤好像忽然无师自通,明白了陆难之前说过的话——放轻松。

凡此种种,脚下一次次被海浪没过的沙滩,天上缓缓聚散的云,包括那曾经令林与鹤时刻在意的协议,耿耿于怀的任务……皆是人生。

是独属于林与鹤的,只有一次的人生。

风有些凉,两个人在海滩上待了一会儿,林与鹤便被陆难带到了一旁避风的海边树林里,猜出了对方之前皱眉的原因。

"不冷。"林与鹤说,"这边的天气还是挺暖和的。"

陆难没有再说什么,但没有让林与鹤取下肩上的风衣。

两人一路走到了海边树林,树林中树木葱郁,生机勃勃,但并没有横生的枝杈和杂草,看得出来经过了精心的打理。树林里面还有凉亭,可以小憩,凉亭恰好在高处,人坐在里面,便能直接远望海景。

林与鹤坐在凉亭中的石凳上,这里没有护栏,可以直接面朝凉亭外。

陆难没有进来,指了指凉亭旁那棵最高大的树,说:"这是当年我父母种下的木棉树。"

林与鹤仰头看向那棵枝繁叶茂的粗壮树木,未到花季,木棉花尚未盛开,不过看树木的长势,也能想象它开花时满树艳红的壮观景象。

"它长得好茂盛。"林与鹤回头看向陆难,"叔叔阿姨的感情好像很好。"

陆难望着那棵木棉树,回应道:"嗯。我的父亲是精算师,母亲是风险投资师,他们在一起了很多年,当初泰平就是他们一手创办的。"

原来两位都是金融领域的精英,难怪陆先生这么优秀,林与鹤道:"职业能互助,可以一起工作,挺好的。"

陆难却摇了摇头,说道:"不,我的母亲原本是一位方程式赛车手。"

林与鹤愣了愣,这实在令人出乎意料,忍不住问:"那他们是怎么……"

陆难说:"他们是在一场宴会上认识的。"

宴会乏善可陈,众人各怀心思。厌倦了应酬的陆父躲到了一个偏僻的阳台,正好遇见了同样被迫来参加宴会的陆母。很俗气的开始,但谁也不知道,从此便是一生。

林与鹤听完,问道:"那阿姨是后来转行去做了风险投资师吗?"方程式赛车手,听起来就很酷,但是为爱转行听起来还要更酷一点儿。

"嗯。"陆难说,"他们的差别不小,所以之后生活的变化也很大。"

陆父也一样,他原本是个冬天出门都会嫌太阳太大的人,后来却成了各大户外活动俱乐部的会员,还考得了滑翔伞B证。

向前迈出那一步并没有想象中的那么难,喜欢一个人就是想为了对方变得更好。

陆难说:"所有人都说他们是两个世界的人,但他们并不这么觉得。"

"我们所处的,也只是一个世界。"陆难看向不远处的蔚蓝大海,他的声音低沉,伴着阵阵海浪,格外惑人,"同一片天,同一片海。"

林与鹤心口微胀。

海浪依旧在轻缓地拍打着海岸,一次又一次,宛若亘古不变的旋律。

林与鹤出神地望着海面，许久，才轻声道："海很漂亮。"

陆难已经收回了视线，他看着林与鹤，薄唇微抿，道："是啊，很漂亮。"

天阴沉沉的，乌云遮蔽了天空，连落日都没能露出几分光亮。傍晚六点多钟，天已经完全黑了下来。

被邀请来的同学们今天下午已经返航了，他们赶在了雨落之前起飞，很幸运。因为天气不好，林与鹤没能去送他们，大家便约好了回去再见。

从海滩上回来，林与鹤和陆难就在酒店里逛了逛。

老实说，虽然没能外出，但在这里的游览安排对林与鹤来说也足够丰富了。酒店里不仅有泳池游戏厅，甚至还有一个巨幕影厅，观影效果相当震撼。

等两人回到房间，已经是十点多了。

林与鹤冲了个澡出来，看见外面路过的陆难，又迅速转回去，给自己被咬伤的唇涂了药。涂完，林与鹤才放心地走了出去。

把药膏放好后，林与鹤拿过手机，给同学们发了几条消息，算算时间，这个点他们应该到了。不过一连发了几条信息，林与鹤都没有得到回复，不知道同学们是不是还没下飞机。

林与鹤看了看时间，上网去搜了一下，想看看有没有航班延误的信息，结果一打开浏览器，各种新闻推送就跳了出来。

林与鹤原本对那些博人眼球的娱乐八卦信息没什么兴趣，不过一条和陆家有关的新闻却吸引了他的目光。相关新闻是在昨天，也就是认亲仪式当天报道的，但报道的主角并不是陆难，而是他那个弟弟——陆英明。

陆英明上周在酒店开私人派对，被小报记者偷拍到了照片，直接曝光了出来。陆英明虽然一向玩得很疯，但搞这种类型的派对还是第一次。被放出来的派对照片的尺度相当大。

陆英明之前刚有收心的趋势，还放出了订婚的消息，现在又被拍到这种事，着实劲爆。

各路媒体又开始像过节一样热闹，这个月的KPI（业绩）稳了。

林与鹤顺着链接点进几家媒体的主页扫了几眼，发现这件事已经上了各家媒体的头条，反倒是认亲仪式的事因为相关八卦信息太少被挤到了边角的位置，倒是清静了许多。

不过毕竟同为陆姓，那些报道也没少把陆难拉出来，大多是用来突显两兄弟的差别，各种夸张露骨的词语堆砌起来，很有G城媒体一贯的风格。

和陆英明相比，陆难虽然没有被拍到什么八卦，但也没少被编派。许多报道都说他是现世柳下惠，对美色不为所动，还有不少媒体拍到过他的保镖把上赶着凑上来的人赶出去的照片。

被八卦小报胡乱编派可不是什么好事，陆难又从来不接受八卦小报采访，对各种报道从未有过发声表态，导致各种猜测流言越发甚嚣尘上。

除了一些对陆难不好的猜测，小报对陆难的坐怀不乱还有另外一种态度——惋惜。陆家富了几代，八卦信息也一直没有断过。还有小报用图表形式列出了陆家几代人各自的绯闻对象。在这种情况下，陆难就成了极显眼的特例。于是就有报道说他空有皮囊却清心寡欲，实在是浪费。

林与鹤粗略扫了几眼，不忍直视，把浏览器关了，整张脸上都是一言难尽的表情……简直是伤风败俗，不堪入目。

和陆难相处了这么一段时间，林与鹤很清楚，陆先生没有花边新闻并不是因为小报上猜测的那些，只是因为他太忙，根本没时间做那些闲事。

林与鹤对G城媒体的风格略有耳闻，但就这样公然讨论这些，实在是太不妥当了。最可怕的是，那些词语还因为太过夸张，让人不得不记忆深刻。以至于陆难洗完澡过来看他时,已经关了浏览器十几分钟、连浏览记录都彻底清除了的林与鹤一看见对方,脑海中就突然不受控制地想起那些形容陆难的用词。

林与鹤努力地想把那些过于洗脑的词语甩出去。

幸好陆难并没有发现这点异常,只道:"药涂好了吗?"

林与鹤乖乖应声:"好了。"他裹好了被子,"哥哥晚安。"

被角被人帮忙掖了掖,男人声音低沉:"晚安,好梦。"

清早起床吃过早餐后,林与鹤简单收拾了一下,下午他们就要启程回燕城。林与鹤的行李不多,很快就收拾好了。陆难却忙碌得多,林与鹤在阳台上坐了很久,他还一直在打电话、开线上会议,和各种助理、来客交谈。

林与鹤闲着没什么事,就拿出了平板电脑,在靠海的阳台上看书做题,很安逸。

临近中午时,忙了许久的陆难才终于寻到些空闲时间,到半开放的阳台上找人,说:"抱歉,一直没能忙完。"他又道,"原本想带你去附近逛逛,现在可能没有时间了。"

"这有什么好道歉的?"林与鹤摇摇头,放下笔起身,"哥哥要忙工作,而且我本来要看书,逛街下次还有机会,没事的。"

陆难看着人,没有说话。

"宁宁。"陆难的声音很低。

林与鹤偏头看向他:"嗯?"

男人并没有继续开口。林与鹤很快就发现,陆难并不是有什么事要说,只是单纯想叫一叫自己的名字。

宁宁,安安宁宁。

林与鹤从陆难的神色看不出什么,却还是清晰地感觉到了对方身上的些许倦意。

林与鹤抬手,放缓声音,轻轻拍了拍男人宽阔的后背:"哥哥辛苦了。"

天气算不上晴朗,太阳已经跃出了云层。阳台上光线很好,空气湿润,雪白的海鸥飞过天际。

悠扬的海浪声中,他们在阳台上坐了很久。

中午时分,两人下楼用餐,行李已经提前被助理拿走了,下午他们会直接去机场,不再回来。

午餐还是在酒店里用的。这些天来,林与鹤离开酒店的时间其实并不算长,这里设施齐全,应有尽有,并不会让人觉得乏味。这是泰平旗下的酒店,员工对陆难这位顶头上司相当尊敬,大大小小的屏幕上都放着怡人的美景视频,并没有播放 G 城媒体那些报道。

用餐时,经过刚刚短暂的"充电",陆难的精神比之前好了许多。虽然在外人看来他仍是冷冰冰的,并没有什么差别。

陆难对林与鹤说:"下午要等一个安全携带证明,然后就可以走了。"

林与鹤正在吃虾饺,停下来问:"安全证明?"

"嗯。"陆难道,"我要把父母的墓迁回那边,骨灰盒过关时需要证明。"

迁回那边?林与鹤感到有些意外,没想到陆先生这次来还有这么重要的任务。

虽然陆难父母的墓在陆氏墓园里很偏的位置,但是看过 G 城媒体的报道,林与鹤清楚陆家对这种门面上的东西相当在意,再加上陆家和陆难的关系如此紧张,也不知道这次迁坟能不能顺利进行。

墨菲定律似乎总会在最不合时宜的时候灵验。

下午,两人的行程果然出现了问题,还是最糟糕的那种——陆家老爷子陆广泽竟然出面了。

陆老爷子来时，陆难他们正在陆氏祖坟不远处的一家酒店休息，这里离入境事务处不远，方便第一时间拿到安全携带证明，但到底还是迟了一步。

起初林与鹤不知道发生了什么，只看到楼下来了黑色的车队。陆难直接叫来了方木森，让方木森把林与鹤带走。

这时，林与鹤才知道，从认亲仪式时起就未见动静的陆家原来并没有真的安静下来。

"去事务处门口，那边的加急证明出来之后就会直接交到你手里。"陆难看着林与鹤说，"你是陆家承认的我的弟弟，我不过去的话，这个证明只有你能拿。"

陆难说："帮我送父母回家，好吗？"

林与鹤心口微胀，鼻尖有些发酸，不知是因为"我的弟弟"，还是因为那一句"帮我送父母回家"。

"嗯。"林与鹤认真点头，"我会的。"

陆难只把这些话说了一遍，并没有再三叮嘱，像是对林与鹤很放心的样子。

林与鹤却不太放心他，追问道："那你呢，哥哥？陆老先生过来的话……"

就算抛开G城媒体那些铺天盖地的报道，单是想到陆广泽一生打拼下的商业版图，林与鹤也能想象得出来，这位陆老先生绝不是一个什么好相处的人。

"没事。"陆难的语气很平静，好像除了林与鹤和父母，其他人并不能牵动他的情绪，"他来是为了和我谈南湾区的开发合同，陆家对南湾区势在必得，但我比他们早了一步。"

男人两三句平淡无奇的描述，便将足以改变整个G城格局的大事轻描淡写地掀了过去。

"合同已经签好了，不用担心。"陆难说，"去吧，到机场等我，我很快就过去。"

林与鹤没想到在 G 城这短短几天，陆难竟然做了这么多事。他不懂这些，最终还是选择将全部的信任交付陆难，应道："好。"他深深地吸了一口气，笑着和陆难挥手，"一会儿见，哥哥。"

陆难冲他点头说："一会儿见。"

方木森为林与鹤带路，陆难也一同下了楼，在一楼的茶厅里，他们还是遇见了迎面走进来的陆家保镖，林与鹤终于亲眼见到了那位一生传奇的商业巨鳄。

开道的是六个身穿棕色西装的高大保镖，然后便有一位鬓发灰棕的老人走了进来。老实说，他的眉宇间满是平和笑意，没有半分凶戾，模样比林与鹤想象中的和蔼许多。

能生出陆家四郎那样风靡 G 城的儿子和陆难这样的孙子，陆老先生自己也不必多说。年轻时，他是出了名的英俊多金，即使到了耄耋之年，岁月依旧没有多么苛待他。

陆老先生本人看起来只有五十多岁，甚至连发丝都没有几根银白。出现在众人眼前时，陆老先生面上还含着笑，看起来甚至有些慈祥。他对林与鹤说话的语气也很温和："你就是小鹤吗？"

林与鹤还没回答，陆难冰冷的声音响起："带人走。"

方木森应声："是。"他没有同陆老先生打招呼，直接要带林与鹤离开。

陆老先生仍是笑眯眯的，看起来并未有被冒犯的意思，但他身后的保镖没有让路。陆老先生继续对林与鹤说："你是个老实的孩子，或许还不知道，小难为了不让那些人打扰那个仪式，打扰你，故意将他弟弟的丑闻放了出去，可是给家里好一番长脸。"

林与鹤倒是真的不知道这个。林与鹤虽然昨天的确看到了有关陆英明那个派对的报道，却不知道那消息是陆难放出去的。

陆老先生摇摇头，叹了一声："这样把人护着，能把人护成什么样子？"他温和地说，"温室里养的可都是废物。"

陆难的语气很平淡："让开。把人留在这儿，结果不会是你想看到的。"

这话虽然平静，威胁意味着实太浓。陆老先生身后的保镖纷纷做出了戒备的姿势，双方剑拔弩张，冲突一触即发。

陆老先生仍是原本的神色，挥挥手，道："儿孙自有儿孙福，想拦也拦不住的，去吧。"

方木森和保镖随即护着林与鹤离开。

在林与鹤离开之前，他听到了陆老先生轻轻地叹了口气，说话的语气像是慈爱的老人面对小孩子胡闹时那样宠溺："小难，你啊，和你父亲一样。放着正经人不交际，觉得无趣，非要把别人当自家人，还护得严严实实。"

陆老先生还是那种很和蔼的语气："最后呢？你看看他的下场，多不体面。"

方木森和保镖一起护着林与鹤离开了酒店，过程还算顺利，并未受到阻拦。不知是不是陆难所说的"合同已定"起了作用，当真让陆家不得不忍气吞声。

形势的确尚可，离开酒店时，方木森还补充说："小鹤，陆董和陆家的关系一直不太好，有些话你别往心里去。"

林与鹤说："我知道。"

林与鹤并不在意陆老先生说的那些话，陌生人擅自做出的评判也不会影响自己什么。林与鹤真正担心的一直是陆难。

陆广泽看起来和蔼慈爱，言语之间却对陆难恨之入骨。林与鹤清楚陆难对父母的感情，不知道陆先生会不会受影响。

林与鹤还是忍不住问方木森："这边的事，哥哥好处理吗？"

方木森给出的是和陆难一样的答案："没事的，他们要谈的是商业合同，陆董早就处理妥当了。"

为了安抚林与鹤，方木森还多说了几句不该是他这个身份能给的解释："陆家家主会出面，已经说明了陆家底气不足，毕竟

249

之前他们都是要求陆董上门的。"

现在这样，说明陆家已经无法支使陆难了。

这是个很有积极意义的解释，很能让人安心。林与鹤听了，却又忍不住想，原来陆先生的处境一直这么艰难。

之前林与鹤只是在杂志和线上的报道中看过，那些文字极尽渲染，将陆难上位的经历描绘得十分传奇。但林与鹤现在才真正感受到，原来那些看似夸张的描写，仍然不足以比拟现实的万分之一。

林与鹤还想知道陆难父母的事，想知道陆广泽口中"不体面的下场"究竟是怎么回事，但这个问题去问方特助并不合适，也很不合时宜。虽然方木森一直在安抚林与鹤，但为了顺利送人离开，方木森始终保持着高度的警惕，每个关卡都在与其他人反复确认，林与鹤便没有再打扰他。

他们离开了酒店，前去入境事务处领取安全证明，两地的距离并不算远，但他们在事务处门口还是等了很长一段时间。

方木森说："等会儿拿证明时可能会有些不顺利，你先有个心理准备。但申请和审核走的都是正规流程，事务处一定会执行。等下你直接去拿证明就好，拿到我们就离开。"

林与鹤点头说："好。"

如方木森所说，等林与鹤终于得以进入事务处时，这个过程确实遇到了些坎坷，但最后他还是拿到了证明。

林与鹤没怎么在意那些细节，真正令他记忆深刻的，是在领取单上签字。林与鹤从小练字，即使上了大学，文具电子化，也没有落下过纸笔书写。林与鹤写过的字很多，但在"骨灰代领取人"一栏写下自己的名字，还是第一次。

领完证明后，他们就直接去了机场。林与鹤之前并未察觉，这次有心留意了，发现护送自己的并不止一辆车。

林与鹤不知道，一路上方木森在蓝牙通话中和其他人反复提及的Ⅰ型方案，其实就是"最高级别防护"的意思。

直到一行人抵达机场，林与鹤进入了围着巨幅"泰平金融"广告的专属贵宾候机室后，气氛才稍稍缓和了一些。可是直到飞机快起飞时，林与鹤也没有等到陆难过来，最后在起飞前四十五分钟，几乎是卡着登机牌办理的截止时间，林与鹤接到了陆难的电话。

"哥哥，你还好吗？"林与鹤之前不想打扰对方，所以一直在候机室里安静地等，直到接起电话时，他才察觉到自己声音中的急切，"登机牌的办理快要截止了，你到了吗？"

"我没事。"陆难的声音仍是一贯的冷静，让人不自觉地安下心来，"这边有些变动，一些协议要我本人才能签，我可能会多待一会儿。你先回去，好吗？"

林与鹤沉默了一下，但他迅速调整好语气："好。"接着又补充了一句，语速很快，像是怕占用陆难太多时间，"那你自己注意安全，保重身体。"

陆难那边没有着急挂掉电话，也道："你也是。"男人还叮嘱说，"下了飞机给我发条信息，报个平安。"

林与鹤低低应了一声："嗯。"对陆难，林与鹤依旧是全然信任的。

方木森和林与鹤一起回了燕城，在飞机上，林与鹤侧头朝向窗外，一直都没有动。

方木森以为人睡着了，便找来一条软毯，打算给对方盖上。当他走近时，才发现林与鹤并没有闭上眼睛，而是一直看着窗外。

窗外，天色已暗，厚厚的灰色云层堆积在飞机下方，笼罩着整个G城。

山雨欲来。

抵达燕城时已经入夜，熟悉的城市并未给人带来多少应有的放松感和归属感，仍是一贯的寒风凛冽，尽管没有像 G 城那样下雨，却依旧冷到让人骨缝发疼。

林与鹤被送回了凤栖湾的住处。今天的运动量不算大，连和平时去医院实操的活动量都没法比，但是林与鹤还是生出了一种略显沉重的倦怠感，仿佛神经被拉扯过度，无法用身体的放松来缓解。

飞机刚落地，林与鹤就给陆难发了信息。信息发出去十几分钟后，才收到了陆难的回复：好。

一个字一个标点，很简短。

临睡前，林与鹤又把这条不知看过几次的消息翻出来，重新看了一遍。

他斟酌着想给陆难发一条消息，可还没想好要不要打扰对方，屏幕上静止的画面忽然变了，手机铃声随即响了起来——是陆难。

接起来的一瞬间，林与鹤突然不知道该说什么，愣了半拍，才叫出一声："哥哥。"

夜色沉沉，男人的声音从相隔千里的远方传来："宁宁，休息了吗？"

"还没有。"林与鹤无声地呼了一口气，平复下情绪才问道，"哥哥忙完了吗？"

"快了，不过我可能要过几天才能回去。"陆难说，"抱歉，让你一个人回去，是我照顾不周。"他在林与鹤面前从来没有过高高在上的姿态，道歉也非常坦诚。

林与鹤却觉得没关系，安慰道："没事的，不用这么说，工作要紧。"

陆难放缓了语气，说："是不是快期末了？这些天我不在，你要回宿舍住吗？"

林与鹤想了想，回道："我还是在家里待着吧，哥哥。你注意身体，忙工作也记得早点儿休息。"

像是过了很久，陆难的声音才终于响起："你也是。"

背景音里有人叫陆难的声音传来，林与鹤知道对方忙，没有多打扰，便道："我马上就睡，哥哥晚安。"

"晚安，宁宁。"陆难说，"好梦。"

也许是陆难的"好梦"当真有祝福加持，精神疲惫了许久的林与鹤终于安然入睡。

第二天，林与鹤便销假回到了学校。

医学生的课业依旧无比繁重，加上快到期末，像是开启了"地狱模式"。去参加了林与鹤那天宴会的同学们也没有太多时间来闲聊这件事，大家都忙得晕头转向。

重新回到校园，一切似乎和之前没有什么不同。林与鹤却很清楚，现在已经完全不一样了。日常中悄无声息地多出了一些东西，并不起眼，但在林与鹤毫无察觉的时候，已经变成了生活的一部分。

林与鹤前二十一年一直生活在北方和中原盆地，鲜少关注南方沿海地区的事，直到现在，他才知道南湾区的位置在哪儿。

林与鹤本以为南湾区是一片广场，或者是一片城区，但了解过之后才发现，事情并不像陆难说得那般简单，这个开发项目比林与鹤能想象到的还要大许多倍。

南湾区，地处新型世界级城市群的正中心，面积足足相当于G城的三分之二。这是一个天然的深水良港，也是一个刚刚通过审批的国家级新区。

林与鹤能查到的也只有一些地理信息和寥寥几条简短的新闻，并不能探知那庞大计划的真正面目。这种政策之下的商业新闻并不像娱乐八卦新闻，不可能登刊见报地满大街宣传，何况就连八卦信息，都有可放不可放的选择。南湾区的新闻近来格外地少，不知是处在谋划阶段，暂且无法公开，还是因为形势尚不稳定，难说最后花落谁家。

林与鹤查了许久,也没能查出多少详情。

林与鹤只知道陆难很忙,一直没有回来。两人在线上一直有联络,但因为陆难总在不停地开会、应酬,他们的信息回复时间往往会间隔几个小时,或者更久。连像林与鹤回燕城那天的睡前电话,都鲜少再有。林与鹤也是第一次知道,原来还有比期末的医学生忙得多的人。

两人打电话的机会实在很少,不是陆难在工作,就是林与鹤在上课背书。林与鹤一直都用文字信息和人联络,好不容易接起一次电话,听筒那边的男人语速匆匆,还带着几不可察的倦意。

这通电话持续了不到两分钟,就被下一次会议中断了。

之后,林与鹤就改成了发语音消息。

其实这些消息也没什么重要的,只是一些琐碎的日常小事。期末的生活单调又枯燥,刻意去挑拣都选不出太多有新意的事。林与鹤发的那么多条语音消息,也不过是关于三餐、气温、考试有点儿难、燕城又下了雪这样的日常琐事。

上大学的第一年,好多同学第一次离家生活,因为思念,总会事无巨细地和家长聊,那时林与鹤并未经历过这些。如今已是大四了,大家早已习惯了离开家的日子,反倒是林与鹤,才开始经历这种事。也许是因为期末复习太难,林与鹤总觉得时间过得好慢。

考试周开始前,学校留出了几天复习时间,林与鹤每天上完自习,晚上还是会回凤栖湾睡。第一门考试前的那个晚上,林与鹤带着满脑子的知识点开门进家,一抬眼,突然觉得自己像是被看了太久的切片图晃花了眼,居然看到了陆难。

陆难站在客厅里,身上的西装还没有换下来。他穿着深蓝色的衬衣,黑色的袖箍束出他紧实有力的手臂轮廓,领口严谨平整,领结很正。

陆难开口，说："瘦了。"

林与鹤迅速地思考了对方的话，认真地回答："没有，就是最近在复习，可能被摧残得有点儿憔悴。"

"你回来啦。"林与鹤说，"我之前还在想，你什么时候回来。G城那边降温好厉害，我看新闻说，今年因为冷，花开的时间都比以往推迟了一周。"

林与鹤的声线还挺平稳："不过燕城也挺冷的，我们班上的同学觉得期末太枯燥了，买了一束花放在教室里。结果昨天楼里保洁阿姨清扫时忘记关窗户，窗台上的花被吹了一夜，花瓶都冻裂了……"

林与鹤不知不觉说了很多，因为专心说话，连走路都忘记了，最后还是陆难走了过来。

陆难站在林与鹤的面前，垂眼看人，说："家里暖和。"

林与鹤喉咙微哽，声音忽然就顿住了。

陆难伸手在林与鹤头顶揉了揉，叫他："宁宁。"

他又说："好久不见。"

林与鹤看向他，答："是啊。"

口袋里的手机已经响了很久，林与鹤匆忙去摸手机，低头时，头顶忽然又被人拍了一下。他茫然抬头，男人面无波澜，还主动提醒："电话。"

"哦，好。"被切片图和陆难的突然归来弄得慢了半拍的林与鹤去看手机，这才发现响的并不是来电铃声，而是闹钟，准确说，是倒计时提醒。

这学期足有十一门科目进入了考试周，还都是专业课，十一门考试要在七天之内考完，复习时间相当紧张。林与鹤平日里习惯制订计划表，这次也没有例外。于是，倒计时闹钟及时响了起来，离内科考试仅剩两天，提醒他该复习了。

"是闹钟。"林与鹤解释了一句，随即打开倒计时软件，准

255

备把提醒停掉。

一打开手机软件，界面上就显示出了一长串的倒计时内容，包括了十多科考试的具体时间，以及一条额外的信息：距哥哥回来还有七天。

这条信息出现在内科、外科、耳鼻咽喉头颈等外科字眼之间，着实显眼，连身旁的陆难也看到了。

林与鹤注意到了陆难的视线，解释说："我没有想到你会今天……上次说的是七天后回来。"

陆难盯着那条倒计时内容看了几眼，又把视线转了回来，说："事情处理完，就提前回来了。"

林与鹤的睫毛动了动。

这些天来，林与鹤已经深刻体会到了陆难有多忙，而医学生对"忙"的定义和普通人不一样。究竟要加班加点地忙成什么样子才能提前一周回来，林与鹤还是很难想象，只能从男人眼下残留的青色和眼底消不去的血丝中，窥得一二。

林与鹤其实不太懂为什么陆难宁愿这么累都要提早回来，不过或许是考试将近，思路扩展了很多，林与鹤虽然想不清楚具体的原因，但学会了类比，或许这就和自己把陆难回来的时间存在倒计时里天天数着，是一样的道理。

本就被冲到七零八落的脑袋此刻又被答题耗去了太多内存，等林与鹤强制自己找回正常思路时，一阵突如其来的铃声再次在房间内响起。

铃声离得太近，让人想忽视都没有办法，那响声还伴着振动，直接将还握着手机的林与鹤振醒了三分。

陆难啧了一声，他的嗓音也有些沙哑："电话？还是闹钟？"

林与鹤低头看了一眼手机，铃声还在响着，屏幕上明晃晃地显示着一行字：距外科考试还有四天。还是倒计时提醒。

林与鹤摸了摸鼻尖，自己制订了严格的复习计划，过得充实又紧张，却没想到陆难提早回来，和复习时间正好撞上。

林与鹤说道："我想着白天一直在图书馆，就设置了晚上提醒……抱歉，我现在就把提醒都关掉。"

林与鹤听见陆难很低很慢地呼了一口气，像是要排解什么情绪，他说："期末辛苦了。"

林与鹤摇摇头道："不辛苦。"

自己和哥哥的辛苦程度根本没办法比，林与鹤现在对着那充实紧凑的复习计划，一点儿都不想动。

林与鹤放下了手机，闷闷地说道："我再跟哥哥聊五分钟就去学习。"

林与鹤没抬头，隐约听见陆难笑了一下。

"那我可真开心。"陆难说，"我足足战胜了学习这么久。"

其实陆难的胜利不止五分钟，直到半个多小时之后，林与鹤才回到书房复习。看书之前，林与鹤在对方的监督下，给唇瓣抹了一回药膏。没人看着林与鹤，他的嘴唇又干裂出血了。

林与鹤要去复习，陆难也并不清闲，还有事要处理，换了一身衣服就要出去。临行前，林与鹤去玄关送他。陆难说："在家好好看书，我很快就回来。"

林与鹤点头。

陆难看着林与鹤，缓下了神色，说："这次真的很快。"

林与鹤弯起唇角，应道："好，注意安全。"

第十二章

　　林与鹤是上完自习才从学校回来的,到家时将近十点。陆难同林与鹤一起待了半个多小时才出门,等陆难忙完回来时就更晚了,已经过了零点。

　　家里的灯还亮着,不是那种智能开关感应到主人回来后的自动亮起,而是有人等候时留下的夜灯。陆难一推门进来,就看到了客厅沙发上抱着书揉眼睛的林与鹤。

　　"怎么还没休息?"陆难一边脱下外套,一边问。他之前发过消息,说让林与鹤早睡。这些天林与鹤复习,也是严重睡眠不足,明天又要早起,实在不适合熬夜。

　　林与鹤又揉了揉眼睛,开口的时候都带上了一点儿鼻音:"现在就去。"

　　陆难换好拖鞋,一转身就看见说着现在去的人还站在去卧室的走廊入口,正探头看他。

　　"怎么了?"陆难问。

　　林与鹤冲他笑了笑,露出了唇边漂亮的酒窝,说:"看看你还在不在。"

　　林与鹤说完就抱着书回卧室了,只剩解领带解到一半的陆难顿在原地。暖色的灯光下,陆难捏了捏高挺的鼻梁,不由得失笑。

陆难在G城待了将近一个月,每天忙得脚不沾地,夜以继日。可他在这险恶境遇中忙碌了一个月,心绪不稳的次数竟然都没有今晚的多。

等陆难去卧室看林与鹤时,对方已经躺下了,床边的夜灯还开着,柔和的灯光投射在林与鹤脸上,让他的轮廓显得越发柔软。

白天学习的时间太长,林与鹤困得厉害,陆难走进来时,林与鹤几乎睡了过去,听见脚步声,勉强睁开了眼睛叫人:"哥哥……"

陆难伸手,帮林与鹤掖了掖被角:"睡吧。"

林与鹤清醒了一点儿,坚持问他:"你呢?"

陆难答:"我马上就回去睡。"

林与鹤得到满意的答案,这才安心准备入睡。

陆难想确定林与鹤冷不冷,闭着眼睛的林与鹤很乖,主动告诉他:"手不凉。"

陆难去碰了碰,不算太凉,这才放心。他问:"前些天睡觉的时候冷吗?"

"有一点儿,没事。"林与鹤听声音已经有些犯迷糊,"我喝了牛奶,很快就睡着了。"

床边杂物篓里就有一个空的牛奶盒,陆难仔细观察一番,见林与鹤嘴唇不干,润唇膏也涂过了,便伸手关了灯,室内陷入黑暗。

期末考试一考就是一整周,有几天甚至还要一天考两门甚至三门。再加上林与鹤还有几科第二学位的专业课要考,这一周过得着实非常艰难。

虽然林与鹤的成绩从小到大一直很优异,但每当考试临近时,他还是会有一种紧张感。不管大考小考,甚至是不计入绩点的测试或者政治考试,林与鹤都会比其他同学重视得多,这或许是林与鹤能保持优异成绩的原因之一。只是对他而言,这种紧张同时也意味着压力、焦躁，让本就紧绷的神经更加不堪重负。

提前赶回来的陆难很快就注意到了这件事。

陆难原本定下的回程时间是林与鹤考试结束的那天，他最初和林与鹤说要那天回来时，林与鹤还有些担心地说："那我可能要等考完才能去机场，不知道时间来不来得及。"

陆难说："不用来机场，我会直接去学校。"那时正好能把考完试的林与鹤接回来。

林与鹤感到有些意外，不过他对陆难的话一向没有异议，还说道："那就和期中考试时一样了。"

陆难问："嗯？"

林与鹤说："期中考试结束的那一天，我一走出考场就看见了哥哥。"

陆难放缓了声音："你期末考完出来也能看见我。"

林与鹤失笑道："好。"

笑着笑着，林与鹤心口的暖意就像是盛不下一般，一点一点地溢出来，蔓延全身，已经很久没有人这样陪自己考试、一起期待假期了，上一次，还是很多很多年前。

林与鹤揉了揉眼睛，说："我记得我小时候也是这样，考完就很放松，一结束就想和等着我的人一起去疯玩……"

陆难语气很自然地问："小时候和谁一起？"

林与鹤愣了一下，已经到了嘴边的话突然卡住了，莫名地说不出口。他皱了皱眉，顿了下才道："和我外公……还有同学们。"

明明是再简单不过的答案，却似乎有哪里不对，林与鹤自己想不出来，只能问提起这件事的人："怎么了？"

陆难也只是道："没事，顺口问一句。"

这点儿小插曲很快就被掀过，陆难提前一周回到了燕城，也就不只是等待着分享考完的喜悦，而是完整地陪林与鹤经历了一次考试周。

专业课的考试时间都长，基本上，一上午只能考一科，下午还要继续考。虽然林与鹤坐车回凤栖湾只用十分钟，但这来回二十分钟也有些浪费时间。所以陆难在派人专车接送了两天之后，就改了主意，留林与鹤中午在学校休息，让司机把家里阿姨做好的饭打包送过去。

阿姨的手艺很好，菜式也多，林与鹤根本吃不完，最后，这送餐就送成了四人份，整个404宿舍都跟着一起有了口福。其实大家都已经是大学生了，吃什么东西倒还是其次，关键是考试周的时间全校统一，等赶到食堂时，总是人头攒动，几乎每个窗口都在排长队。

有了陆董每天送来的这顿午餐，四个人在无形中就节省了很多时间。

考试周第四天，四个人一进餐厅，就看见了昨天那个靠墙的位置上摆满的一整桌午餐和在桌旁等着他们过来的司机。

几人和司机打过招呼，等司机离开后，甄凌忍不住感叹："我之前还只是在高中的时候见过专程送饭的，而且还都是家长送，没想到上了大学还能跟着蹭一把这特别待遇。"

"嗯？大学没有？"祝博问，"你之前追经济管理学院那人的时候，不也是承包了人家一个宿舍的早餐吗？"

甄凌突然被噎住，回嘴道："你就非要哪壶不开提哪壶吗？"

看着舍友拌嘴，林与鹤失笑摇头，把刚从公共筷筒里拿来的四双筷子分好，握着自己那双筷子，没有坐下，道："你们在这吃吧，我去一下旁边。"

甄凌闻言抬起了头，问："怎么了？不一起吃吗？"

倒是沈回溪开了口，问："陆董来了？"沈回溪刚刚看见司机和林与鹤说了句什么。

果然，林与鹤点头说："嗯，我去和他吃顿午饭。"

在G城待了将近一个月，陆难在燕城这边堆积了不少工作，

261

这些天一直在忙。

不过泰平的事务都在陆难的掌控之中,已经比之前在 G 城时轻松了许多,所以他才能抽出时间过来找林与鹤吃饭。

期末有不少老师在食堂就餐,因此出现陆难这样的社会人士并不显得突兀,他找的位置相对来说比较偏僻,两人的午餐并未受到打扰。

林与鹤坐下,刚动筷,就听陆难问:"没睡好?"

林与鹤咬着虾球抬眼看他。

陆难说:"你的脸色很差。"

"有吗?"林与鹤摸了摸自己的脸,"可能被考试摧残得太严重了吧。"

林与鹤没怎么在意地说:"没事,考完就好了。"

陆难皱了皱眉,顾及对方在吃饭,最后只问道:"吃完回宿舍休息?"

林与鹤摇了摇头,解释道:"不回宿舍了,和舍友去教室里看一会儿书,下午还有一科要考。"

陆难问:"看书还差这一会儿?"

林与鹤说:"没有,已经复习得差不多了,因为中午睡不着才想着中午早点儿过去的。"

看见陆难不怎么赞同的神色,原本该严肃对待、认真解释的林与鹤忍不住笑了出来。

陆难看着人问:"怎么了?"

林与鹤轻咳一声,摆手示意说:"没事。"

陆难却并没有挪开视线。

林与鹤摸了摸鼻尖,笑意还没能完全掩饰好,又道:"就是我想起刚刚舍友说,没料到大学还有家长来送饭,然后又听见了哥哥的话,觉得他说得挺对的。"

这只是个人想法,所以林与鹤刚刚才没开口,现在说了,也不知道会不会冒犯。

陆难听了，直接说："家长命令你多吃一点儿。"

林与鹤乖乖点头，道："我这些天吃得都挺多的。"

陆难伸手过来，轻轻捏了捏林与鹤的肩膀，道："小骗子，肩膀都瘦到硌手了。"

期末考试当真很是磨人，虽然林与鹤一直说没事，但脸色一直很苍白，甚至一天比一天憔悴。陆难帮不了什么，只能在餐食之类的物质条件上给予最大的支持。尽管这样，日子还是相当难熬，好不容易才到了考试周的倒数第二天。

晚上上完自习回来的林与鹤终于松了口气，明天只剩最后一科，考完就能解放了。林与鹤到家时已经将近十一点，因为他的状态实在很疲惫，陆难没让对方再看书，直接催人去睡。不过林与鹤洗漱完出来，没有直接上床，而是去拿了一盒牛奶。

陆难倒了杯温水，想等对方喝完牛奶再让人漱了口直接睡，但他端着水杯回来时，发现林与鹤正坐在床边揉额角，连手中的牛奶盒都被林与鹤捏扁了一个角。

"怎么了？"陆难问，"不舒服？"

听见声音，林与鹤才抬起头来，他脸色苍白，唇上没有一点儿血色，虽然刚刚涂过润唇膏，看起来却没有好转多少，仍旧干燥得厉害。林与鹤开口："没事，有点儿累，休息一下就好了。"说着，他又喝了一口牛奶，像是想尽快喝完早点儿睡觉，只是吞咽的速度却很缓慢，像是有些艰难。

陆难皱眉，扫了一眼牛奶盒，他想起前几天问林与鹤睡觉时会不会冷，林与鹤说有一点儿，但喝完牛奶就睡了，当时他还不觉得有什么，现在看来，小孩当真把牛奶拿来助眠。

陆难问："喝牛奶能睡得快？"

林与鹤还在缓慢地吞咽着，咬着吸管点了点头说："嗯。"

陆难薄唇微抿，看对方的神色，这牛奶似乎喝得并不愉快。他问："你不喜欢喝牛奶？"

林与鹤没否认，只说："我不太喜欢这个味道。"

陆难皱着眉道："不想喝就别喝了。"

林与鹤却道："没事，马上就喝完了。"

果然，林与鹤两三口喝完了牛奶，将盒子扔掉，漱了漱口，直接躺下了，看起来很是让人省心。

陆难却一直忘不掉林与鹤喝牛奶时的表情，那哪里是在喝牛奶，分明就像在喝药，还是最苦的那种药汤。

陆难总觉得林与鹤对牛奶的反应不太对劲。他又想起自己刚回来的那一晚，那天林与鹤也喝了牛奶。

思忖片刻，陆难最终还是走出卧室，拨打了一个电话。

电话很快被接了起来，那边问："陆先生，有什么事吗？"

"周医生，"陆难问，"你知道喝完牛奶后出现晕眩头疼症状的原因吗？"

"牛奶？"周医生思考了一下，问，"还有其他症状吗？比如过敏、腹泻之类的？"

"没有。"陆难道，他没有在林与鹤身上发现这些，要说其他症状，那也只有一点，"他也不喜欢牛奶的味道。"

他？周医生愣了愣，陆董这么晚专门打电话过来，居然是为了其他人？不过想想也是，陆董不像是会喝牛奶的人。

疑惑归疑惑，周医生还是认真地道："应该是乳糖不耐受。"

陆难沉默片刻，而后道："但几年前并没有这种状况。"

林与鹤小时候也不喜欢喝牛奶，总要以能长个子为由哄着他才勉强同意喝一点儿，喝完也不会不舒服。因此陆难才没有第一时间发现，让林与鹤喝了这么久。

"乳糖不耐受不一定是从小就有的。"周医生解释，"不少人都是长大后突然出现的，这是很正常的现象。"

周医生还道:"乳糖不耐受其实挺普遍的,听症状应该不算太严重,陆先生不放心的话,可以去医院做个检查。"

陆难皱了皱眉,问:"如果身为医生出现了这种症状,他自己能感觉出来吗?"

"当然能啊。"周医生很肯定地说,"这不是什么大毛病,有一点儿医学常识,或者是生病次数比较多的人都能自己察觉出来的。"

陆难眉心皱得更紧了,那为什么林与鹤没有发现?

挂掉电话,陆难回到林与鹤的卧室,室内的大灯已经关了,只剩床头一盏夜灯。他缓步走到床边,借着光线,看向床上熟睡的人。尽管陆难不想承认,但他很清楚,以林与鹤的专业知识,不可能不知道自己的症状。就像是之前唇瓣干裂时,林与鹤知道自己可能会得唇炎,却依旧没有行动。

林与鹤的反应不像是不知情,倒更像是不在乎。

陆难闭了闭眼睛,其实他早该发现的。他之前一直在监督对方涂唇膏,事实上,以林与鹤的记忆力不可能记不住这种事。林与鹤每次涂药,看起来更像是为了让他放心,而不是让自己好受一些。

林与鹤是个医学生,耐心又仔细,分明能体贴地照顾好别人,却总是一次又一次地折腾自己。

暖黄色的光芒柔和地笼罩在熟睡之人身上,陆难沉默地望着林与鹤的睡颜,忍不住想,明明是一个这么乖的小孩,怎么总是让人操心?

考试周的最后一天,燕城难得出了太阳。

最后一门在上午结束,下午就能彻底地放松了。有些急性子的同学提前收拾好了行李,一考完就直接去车站了。对于即将来临的快乐寒假,大家都异常兴奋。

甄凌和祝博都是下午的车，出了考场就直接回去收拾行李了。林与鹤和沈回溪从教学楼里走出来，林与鹤打算去校门口，沈回溪则要先去找朋友。两人同路走了一段，在路过那棵金合欢树时，林与鹤想起期中考试完陆难来学校的事，便随意地朝树下扫了一眼，然后视线就顿住了。

高大的树木已经变得光秃秃的枝杈仿佛与两个月前盛放到极致的璀璨金黄瞬间重叠，树下，陆难正站在那儿，沉默地望着这边。

林与鹤匆匆和沈回溪告别，朝陆难跑过去，几步就跑到了男人面前。冬天的风很凉，吹得人瑟瑟发抖，或许是考场里太闷热，又或许是这几步跑得太快，林与鹤的侧颊泛起了红晕。

陆难伸手帮人拢了拢脖子上的围巾，把小孩裹严实了，才道："恭喜放假。"

林与鹤抿了抿唇，掩不去的笑意盛在酒窝里，说："谢谢。"接着又问，"不是说在校门口见吗？哥哥怎么进来了？"

陆难神色仍是一贯的严肃冷静，却低低地叹了口气，惹得林与鹤一愣，他说："想早点儿分享你放假的喜悦。"

没有理由，无法解释，林与鹤因为陆难的话确实感到了开心。

两人在校门外上车，离开了学校。林与鹤的东西基本搬到凤栖湾去了，也没什么好收拾的，考完试直接就能走。汽车的目的地还没有定，陆难帮人调好空调出风口的方向，问："累不累？想回去休息还是出去逛逛？"

广大学子有一个通病——考试前熬夜时都想着考完后一定要昏天黑地先睡个二十小时，真等考试完后却一个比一个精神，不舍得把来之不易的休息时间拿来睡觉。

林与鹤也是，便说："出去逛逛吧，呼吸一下新鲜空气。"

陆难点头说："好。"

虽说是征求了林与鹤的意见，由林与鹤来决定，但等两人到商场时，林与鹤却发现陆难的准备工作其实早就做好了。

两人到时正好是饭点，他们先去吃饭。林与鹤想吃火锅，年轻人总喜欢吃这个，几天吃不到就想念，一提到聚餐第一反应就是火锅。不过林与鹤最近考试忙碌，肠胃也不算好，加上陆难不吃辣，他们这次就换了个口味，去吃清汤牛肉火锅。

　　临近假期，商场里热闹得厉害，火锅店前排队的人多到连候餐区的椅子都不够用了，要等的号码也一直排到了三位数。见人这么多，林与鹤正想着要不要换一家，已经有人上前，将取号单递给了陆难。

　　这家店是过号作废，号是助理提前来取的，两人来时，正好可以进去。跟着服务生进去时，林与鹤忍不住摸了摸鼻子。老实说，除了和陆难一起出门的时候，林与鹤很少经历这种特别待遇。

　　不过林与鹤相信，陆难肯定经历得更少。想想两人初见面时吃晚餐的那家顶层餐厅，再对比一下现在这人声鼎沸的火锅店，差距着实有些大。但陆难并没有表现出什么不适应的模样，他替林与鹤摆好了餐具，倒上茶水，等点好的菜上来之后，他还替林与鹤涮起了牛肉。

　　这家牛肉火锅店没有肥牛卷，只有鲜切牛肉，一盘一盘的鲜牛肉被端上来，色泽鲜艳肉质紧实，不同部位的牛肉要涮的时间也不一样，但大多涮十几秒就能熟，放在大漏勺里煮好了就要捞出来，不然肉就会老。

　　和上次吃牛油老火锅时不同，这次林与鹤基本没有怎么动手，全程都在吃陆难涮好的东西。因为没了辣椒，陆难的战斗力变强了不少。

　　十几秒就能煮熟的鲜切牛肉又嫩又鲜，肉香味异常浓郁，还有手打的牛肉丸又香又弹牙，吸饱了浓香鲜美的汤汁，咬一口就让人格外满足。为考试复习忙碌了这么久，吃了这顿火锅的林与鹤终于有了一点儿重新活过来的幸福感。

　　这家店的牛肉真的很不错，汤底也鲜，林与鹤一个人就吃掉

267

了两盘匙仁和一盘五花趾。等又吃了半盘牛肉丸之后，林与鹤才终于说动了男人："哥哥，你也吃一点儿吧。"

陆难看了看林与鹤面前堆得冒尖的盘子，在确保对方食物充足之后，才拿起了筷子。

林与鹤稍稍松了口气，心想哥哥一直忙着涮肉，自己也该吃点儿了。

两人顺利地吃完了一顿午餐，他们离开火锅店时，店外还有不少人在排队。林与鹤从满是香气的店里走出来，揉了揉肚子，发出了满足的喟叹声："吃得好饱。"

陆难垂眼看人，不免露出一个笑容。

门口的人不少，有人注意到了两人，不由得兴奋地小声讨论起来。虽然他们是窃窃私语，但林与鹤还是注意到了，想到之前逛街时被人拍照的事，他自觉和人拉开了一点儿距离，不想给陆难添麻烦。陆难却没有一点儿在乎的意思，林与鹤刚退后一点儿，就被陆难拉了一下手臂，避开了一个横冲直撞的路人。

林与鹤没有想到，令人意外的事还在后面。

两人接下来要去看电影，影片是林与鹤考试期间就很想看的那一部。林与鹤之前还想问陆难想不想看，不过消息还没发出去，陆难那边就发来了两张电影票的信息。在两人去顶层影厅的路上，路过奶茶店时，陆难停了下来。

"喝奶茶吗？"陆难问。

林与鹤满脸疑问，自己是不是听错了？

林与鹤朝不远处看了看，那边是一家高端精品茶叶的店面，装潢高档，导购人数比顾客的数量还多，与奶茶店前的长队形成鲜明对比。

相比之下，显然还是这种高端茶叶店更符合陆难的风格。

不怪林与鹤会这么想，实在是因为陆难看起来真的不像是会碰奶茶的人。

陆难顺着他的视线看了一眼，问："你想喝那个？"

林与鹤惊了一下，忙想说不是，就听陆难道："那家不好喝。你想喝茶的话家里有，可以让人沏好送过来，正好能赶上看电影。"对方甚至开始问，"想喝红茶还是绿茶？"

林与鹤不敢让他再说了，连忙说道："不用，不用，我喝奶茶就好了。"

陆难点了点头，然后林与鹤就看见他打开应用软件，在线上点单。直到奶茶点好了，林与鹤还有些恍惚，心想陆难怎么对这些这么熟练？

陆难察觉了对方的疑惑，问："怎么了？"

"没什么。"林与鹤很诚实，"就是没想到哥哥会喝奶茶。"

陆难沉默了一下，问："喝奶茶看电影，学生逛街时不是都这么做吗？"

林与鹤眨了眨眼睛，心里甚至有点儿怀疑对方在这次出门之前专门去查过了诸如"大学生逛街最喜欢做的事"之类的资料。

一想到那个画面，林与鹤就有点儿想笑，但更多的还是对陆难有了新的认知。

奶茶很好喝，电影也很不错，林与鹤看得目不转睛，走出影厅时还在摸着影院送的电影周边，回忆剧情；而跟在人身后的陆难兴致却没有这么高。

陆难有心事归有心事，等林与鹤转过头来问接下来去哪儿时，他还是面色如常地回答："去楼下转转。"

这家商城的整体风格比较时尚，价位也在轻奢档次，比较适合年轻人。林与鹤过来，正好可以看看衣服和鞋之类的。不过两个人刚走出电影院，还没下楼就遇见了一点儿意外。

下一场电影就快开场了，一个五六岁的男孩连蹦带跳地跑过来，边跑还在边回头喊："妈妈！快一点儿！"

他跑得太急,没有注意前面的台阶,被绊了一下,直接面朝下摔过去。

事情发生得太快,一旁的人连惊呼声都没来得及发出。

眼看小男孩就要摔倒在地,千钧一发之际,正好在台阶附近的林与鹤一个箭步冲上前,眼疾手快地捞住了小男孩。小男孩被吓得呆住了,愣了好久都没能发出声音。他的家长这时赶过来,对着林与鹤千恩万谢。

"太感谢您了,谢谢、谢谢!"妈妈伸手把小男孩接过去,抱着他,心有余悸,"宝贝,你怎么跑这么快?跟你说了走路要看路……快说谢谢!"

"没关系。"林与鹤摆摆手,对着小男孩说,"小朋友下次走路小心一点儿。"

一旁的陆难走了过来,将小男孩刚刚摔倒时飞出去的玩具递给了他的家长。

小男孩受了惊,过了那么久还是蒙的,被林与鹤的微笑安抚了一点儿,才怯生生地开口:"谢谢哥哥……"

妈妈把从陆难手里接过来的玩具递给小男孩,小男孩抱紧玩具,又小声对陆难说了一句:"谢谢叔叔。"

林与鹤为这两次道谢的区别愣了一下,随即笑道:"不客气。"

林与鹤悄悄看了一眼陆难,男人神色有些高深莫测,看不出什么情绪来。不过在两个人继续朝楼下走时,林与鹤却听见陆难说:"我们看起来不像同辈的人吗?"

林与鹤忍不住笑了一下,轻咳了一声才止住笑意,正经地说道:"像啊,本来就是。"他主动揽责,"是我长得太幼稚了。"

陆难还是刚刚那种神情,林与鹤用手肘碰了碰他,问道:"怎么了?"

陆难语气有点儿硬:"心情不好。"

林与鹤心想,哥哥这么在意刚刚的称呼吗?

陆难却突然说："你看看你的手指。"

林与鹤看着自己隐隐发黑的指甲怔了怔，见陆难看了过来。想了想，把手揣进陆难买的手套里，问："这样呢？"

陆难确认他戴好了手套，才说："好多了。"

楼下是服装店，林与鹤总觉得自己的衣服够穿，平时也没有逛服装店的习惯。陆难看出来他兴趣不大，便直接和他去了运动品牌专区。

陆难平时也不会逛街，他的时间很宝贵，再者，他还有专门的造型团队，衣着搭配都有专人负责。现在林与鹤正式成了陆家人，陆难便光明正大地包揽了林与鹤的日常穿着，即使不买也不会缺。

这家商城的目标群体是年轻人，因此运动品牌的区域很大，种类也很全。林与鹤对运动专区的兴致明显比之前大了许多，之前和陆难逛商场时还买过滑板，后来还加入了社团做练习，还和沈回溪去看过极限运动的比赛。之后因为临近期末，社团活动停止，加上陆难一直在G城，林与鹤也没什么心思，这才中断了练习。

这家商场也有滑板店，从店门口路过时，林与鹤恰巧收到了沈回溪的消息。沈回溪考完试就拿着滑板和朋友们去玩了，还给林与鹤发来了一段视频，是刚做出的一个360flip（大乱，滑板运动中的专业术语），动作很是潇洒漂亮。

林与鹤因为和陆难一起，本来不打算看手机，但360flip对他的吸引力实在太强了，林与鹤还是忍不住点开了视频。360flip不好做，需要滑板在空中完成三百六十度翻转。沈回溪发来的视频里，背景音里满是惊呼声，林与鹤看完，忍不住惊叹。

林与鹤还处在练习滑板动作里最基础的ollie（豚跳）的新手阶段，所以一点开视频，就没忍住多看了两遍。直到陆难提醒他看路，林与鹤才应声收起了手机。

两人去了一家运动品牌店，店里人很多，门店前甚至在排队。

林与鹤之前一直在攒钱还债，虽然收入不菲，但没怎么买过太贵的名牌鞋，见状不由得有些好奇："买鞋也要排队吗？"

不知何时跟在两人身旁的导购说："这是为明天的抽签来取号的队伍，明早本店会有限量新款发售，需要到场抽签才能获得购买资格。"

林与鹤听得一脸茫然，之前听沈回溪说过在APP上抢限量鞋的事，但没想到线下也这么夸张，还要来排队抽签才能买。

导购员说："陆先生预订的联名限量款球鞋已经到了，两位可以来这边看货。"

因为林与鹤询问了排队的事，导购员还主动地说道："明天那款新鞋还有名额，两位想要的话，现在也可以领号。"

林与鹤这才知道，陆难已经为自己预订了球鞋。林与鹤不想再添麻烦，便婉拒了导购的建议，说："不用，我们看看那双预订的就好。"

事实上，林与鹤还是了解得太少，不然等导购将鞋拿出来时，就该发现这双预订好的鞋其实比明天的限量新鞋还贵得多。

球鞋已经预订过，试穿合适之后就可以拿走。林与鹤虽然对球鞋了解不多，但一眼就喜欢上了这双鞋。导购把它放进鞋盒中包好时，他还忍不住多看了几眼。

无论平时多么冷静，年轻人还是很难抵挡球鞋的魅力。

陆难在一旁看着，问："喜欢？"

林与鹤笑得眉眼弯弯，回道："喜欢，谢谢哥哥。"

陆难伸手，轻轻地拍了拍他的头顶，说："都叫哥哥了，还谢什么。"

两人又在商城中逛了许久，临近傍晚才回到凤栖湾。林与鹤中午吃得饱，现在还不饿。进家时，陆难问林与鹤晚上想吃什么，林与鹤说什么都可以，说完就跑去拆新鞋了。

陆难把人拎回来，嘱咐道："去洗手，把润唇膏涂好，鞋我帮你拆。"

林与鹤有预感,假如自己不听,后果应该挺严重的,所以立即点了头,说:"好。"

等收拾好回来,新鞋已经被摘下吊牌,放在了客厅里。林与鹤又把鞋换上试了试,如果不是考完试身体太疲惫,他今晚就想穿着新鞋出去练滑板了。

沈回溪发来了消息,那群人刚玩完滑板,正准备回去。林与鹤回了一条,又给自己的新鞋拍了张照,发了过去。

那边很快给他回了一串感叹号。

沈回溪:这不是那款联名限量版球鞋吗?你从哪儿买的?

林与鹤回复:三古里商城,哥哥买的。

和林与鹤不一样,沈回溪是资深鞋迷,能让沈回溪这么惊讶的款式着实不多。林与鹤忍不住问:这鞋很贵吗?

沈回溪打了个哈哈,回复:还行,普通水平。

看见那条"哥哥买的"之后,沈回溪就改了照实说的主意。不过就这双鞋,照实话说也很难让人相信,毕竟那是价格曾经一夜暴涨两千,鞋贩子都一鞋难求的一款限量鞋。

沈回溪回复完,又仔细看了眼照片,发现了一点儿不对劲。

沈回溪:这双鞋的扎带呢?

林与鹤:扎带?

沈回溪:就是鞋上那个塑料带子,防盗扣一样的那个东西。

林与鹤想起来,沈回溪也买过类似款式的鞋穿,上面的确一直带着防盗扣。

正巧陆难走了过来,林与鹤抬头问他:"哥哥,这双鞋的防盗扣呢?"

陆难说:"拆鞋的时候被我剪掉了。"

林与鹤刚想说话,就收到了沈回溪的消息:我的天,你别告诉我防盗扣被剪掉了!

沈回溪：你不是看过我穿的那双鞋吗？那双一直带着扣啊！怎么还给剪了？

林与鹤：我没动，哥哥帮我剪了，怎么了？

沈回溪一连发了三串省略号，就算隔着屏幕，林与鹤都感觉到了对方的无奈。

沈回溪：那个防盗扣是这款鞋最显眼的标志，穿这鞋的基本会留着。

见林与鹤一直在看手机，陆难走了过来，刚走近，手机上就跳出了新消息。

沈回溪：我之前见有人说刚买的鞋被他妈妈剪了防盗扣，还当成了笑话听，没想到真的遇见了……

事已至此，沈回溪没再说什么，还安慰起了林与鹤。

沈回溪：陆董他们这个年纪的人，会这么做也正常，剪就剪了吧，没什么大不了的。

林与鹤一仰头，就看见了陆难。

陆难正站在旁边，正好能把屏幕上的信息看得一清二楚。

林与鹤匆忙收起了手机，试图将这件事掩饰过去，但是今天已经被路人叫过"叔叔"的陆难显然不这么想。他俯下身来，声音又低又沉，缓慢地重复了一遍："我这个年纪？"

林与鹤轻咳了一声，视线有些游移，不过开口时还是很严肃："这个年纪很年轻。"

陆难并不买账，他眯了眯眼睛，又说："我觉得，我的能力似乎被质疑了。"

林与鹤坚决否认道："没有没有。"

但是林与鹤的表态还是太晚了，陆难便准备好好给林与鹤上一堂课。

卧室内，陆难还没开口，就注意到林与鹤嘴唇上的某处地方。

"没事的,是破皮之后新长出来的嫩肉,过段时间就好了。"林与鹤顺着他的视线摸了摸嘴唇,轻声说。

陆难垂眼,缓缓重复了一遍:"过段时间?"

林与鹤点头:"嗯。"

陆难问:"你没上药?"

林与鹤抿了抿唇,声音很轻:"上过药……"

陆难抬眼看人,眼神深沉:"药箱里的药膏是满的,最多只用过两次。"

林与鹤这才意识到,陆难是来真的。

"唇膏也是。"陆难说,"我把家里所有唇膏找了出来,你带到学校去的只有一支,就算那支唇膏全部用完,也不够你这一个月的量。"

"宁宁,"男人伸手,握住了林与鹤的肩膀,问,"为什么不涂药?"

林与鹤感觉后背一凉,没能适应这突然转变的气氛,所以对被当面揭开的问题,只能仓促地回应:"没事,不怎么严重……"

陆难没有被搪塞过去,继续道:"你考前就这么说的。你今天在外面一直揉眼睛,下午在影厅时还在按眼角。难怪白天吃东西时什么都不说,因为你嘴里还有溃疡。"

陆难难得说这么长的一段话,更显得他声音低沉,语气冰冷:"这就是你说的'没事'?"

林与鹤彻底怔住了,他没有想到,也不可能想得到,会有人这么关心自己。他张了张嘴,却一个字都没能说出来。

卧室里倏然沉默下来,那放在林与鹤肩上的手掌虽然没有施加什么力度,但让人无法忽略。气氛一时有些僵,而率先打破沉默的人还是陆难。他收敛了自己不自觉便会散发出的攻击性气息,放缓了语气:"两周前,我在G城,收到了家庭网络提醒,有大额流量波动。然后我查看了设置,发现你在直播。"

275

为了防止遭受攻击或信息泄露，陆难使用的私人网络都会有安全设置，林与鹤当时用的是自己的设备连的网，所以陆难当天就收到了提醒。

那时林与鹤正处在期末复习阶段，收到了合伙人发来的信息，让人记得在平台发些动态。他考虑之后，开了一场直播。虽然林与鹤是书法主播，但他也不是只会直播练字，于是那次就直播了一次他的自习过程。

正值期末，复习的学生很多，加上原本林与鹤直播间的粉丝数量就不少，所以即使没有预告，这次的直播也依旧吸引了不少人来观看。

虽然林与鹤没有露脸，但只是凭出镜的那一双手，就足以吸引不少人点击进来观看。再加上林与鹤字迹漂亮，笔记有条理，看着就让人觉得赏心悦目。很快，这次直播的热度排名就被上升到了学习区的前三名。

林与鹤不是职业主播，数据之类的有合伙人去分析，便没怎么分心去关注观看人数。那次直播他甚至连麦克风都没有开，只设置了轻音乐当直播间的背景音，说自习就真的在专心自习。

尽管没什么互动，不过观看人数一多，弹幕依然不少。很多人都在弹幕里跟着一起林与鹤学习，欣赏他的手顺便截图，然后夸主播的字写得好看。还有一些喜欢了林与鹤很久的粉丝知道林与鹤的一些信息，一说主播是燕城大学的，弹幕里又跟着热闹了一波。

不过林与鹤始终都在专心学习，并没有留意这些。

直播时间一长，观众便自发聊了起来，不少人开始互相聊天、提问，虽然知道主播不开麦，但还是聊得火热。

——木木一直在做题，停都没停过，好羡慕，什么时候我也能这么专注。

——羡慕，我只有在玩手机的时候才这么专注。

——我连玩手机都不专心，哈哈哈，我和主播是一个专业的，看见这儿的题，我就开始焦虑地玩手机。

——主播早上六点就开始直播了，这都十一点多了，一直在做题，这也太强了吧。

——六点？我六点起只会困得像条没睡醒的狗。

——跪求木木分享提高效率和保持精力的方法！

——同求方法！

自习直播里会聊的事有限，除了询问主播个人信息的，便是一些学习方法之类老生常谈的问题。毕竟期末到了，在必须读书的时候，大家看什么都觉得有意思，同求学习方法的人数都能加到三位数去。

临近中午时，又有人开始问。

——主播什么时候去吃饭啊？

——木木午睡吗？我一睡就会睡一下午，醒来天都黑了，定好的复习计划一个也做不完。

——我也是……

——羡慕能午睡这么久的，我现在根本睡不着。

在弹幕里发言说能睡一整个下午的不止一个，但失眠的人同样不少。

——压力太大了，还要准备考研，一想到考试就睡不着。

——是啊，而且睡不着也学不下去，脑子一直很沉，根本学不下去。

——我也是，我都考虑要不要去吃褪黑素了……

弹幕渐渐被失眠的话题占领，大家七嘴八舌地讨论起来。

——褪黑素对身体不好吧，不如想点儿别的办法。

——听音乐？数羊？还有什么能助眠的？

——白天困喝咖啡，晚上睡不着就喝牛奶呗。

——喝牛奶有用吗？

——我好像有用！我虽然一喝牛奶第二天就会腹泻，但是喝完就会觉得晕晕的，正好能借此睡着。

——这也行？

——要不我也试试……

弹幕里聊得火热，一直在做题的主播不知何时停下了动作。

轻音乐忽然停了，换成了一个温润清亮的声音："喝牛奶后腹泻头晕是乳糖不耐受的反应，说明不适合喝牛奶，容易不舒服。"林与鹤忽然打开了麦克风，"喝牛奶不舒服的人还是不要用这种方法，可以试试其他不伤身体的方式。"

直播间屏幕迅速被一片"主播声音好好听""木木你终于说话了"的字句占领，林与鹤又简短回答了几个问题，便结束直播去吃午饭了。

这个上午对林与鹤来说只是期末复习时很普通的一个上午，但这场直播被陆难全程录了下来，包括他最后的话。

"乳糖不耐受"这是林与鹤说的原话。但就在昨天，考试结束前的最后一个晚上，累到脸色发白的林与鹤还喝了牛奶。

陆难说："既然你清楚这些症状，为什么还要借牛奶催眠？"

林与鹤的鬓边渗出了一点儿细汗，呼吸有些重，情况不好。陆难看着他，不可能不受到影响。在谈这场话之前，陆难已经有过深思。陆难很清楚，如果不把这些问题摆出来，林与鹤是永远都不会说的。

林与鹤永远都是所有人眼里懂事又省心的"别人家的孩子"。

陆难的耐心一向很充足，但这次无法继续等待。以林与鹤的身体健康为代价，陆难不可能容忍。

陆难闭了闭眼睛，语气很冷静："牛奶或许还有助眠的作用，那你嘴唇上的伤呢？"

男人声音低沉，一字一句："这段时间我不在，你就是这么照顾自己的，是吗？"

林与鹤不想回答,只觉得冷。

屋里暖气很足,身边还有一个热源,林与鹤却还是觉得很冷。林与鹤知道,这种冷是从自己体内生出的,所有的不舒服实际上都来源于自己。问题被遮住了很久,可突然之间被人揭开了,就得自己去面对。

冷意刺骨,林与鹤反而冷静下来了。他做了个吞咽动作,只觉得喉咙干涩生痛,幸好这疼没有影响到他的声音:"这重要吗?难受和不舒服是我自己才能体会到的,也没有影响到……"

林与鹤不太想去看陆难的目光,也不太明白为什么对方要说这么多。

陆难打断了他的话:"重要。"

林与鹤茫然,终于抬起了脸。

陆难低下头来,深沉的眼眸望着人,心平气和地说:"对我来说很重要,你的健康比其他事更重要,宁宁。"

林与鹤张了张嘴,艰难地问:"为什么?"

想通这个问题对林与鹤来说太难,计算过程太复杂,所以陆难直接给了答案。

"因为我是你哥哥。"陆难说,"我们现在相依为命,我希望你健康、开心。"

林与鹤一开始感觉喉咙哽住,之后才意识到耳朵一直在嗡鸣,最后就彻底发不出声音,只能怔怔地听着男人用再正常不过的语气说"相依为命"。

林与鹤很久没能说出话来,也不知道该说什么。

相比之下,陆难的反应比林与鹤的平静许多,他连话都没有再说,只是伸手为林与鹤拉好了被子,然后起身离开了房间。

室内灯光明亮,林与鹤却觉得像是身处黑暗一般,十分寂静。

许久,门口终于传来了动静,林与鹤抬头——他自己都没意识到自己看过去的动作有多么迅速,然后就看见提着药箱的男人走了进来。

药箱里,眼药水、唇膏、西瓜霜、消炎药,有条不紊地摆了一排,陆难依次把东西递给了林与鹤。

许是之前照顾得多了,男人现在的动作也很熟练,神色相当自然,让林与鹤甚至产生了一种之前什么都没有发生过的错觉。

可是林与鹤的心里清楚,一切都是真的。就算没有先前的"争吵",陆难熟练轻缓的照料动作是真的。

抹药的部位涂好了,陆难还拿出了一罐护肤霜,让林与鹤抹在皮肤上,可以减少摩擦,缓解干涩的感觉,能够让林与鹤好受一点儿。护肤霜是山茶花味的,带着淡淡清茶的香气,很好闻,效果也是立竿见影。

室内一直很安静,没有人说话,只有软被摩擦的窸窣声,却比林与鹤刚刚单独在卧室时温暖了许多。

直到一切都处理妥当,陆难才开口:"过些天有医生过来,是主攻心理创伤的,我想安排你和他们团队见见,可以吗?"

林与鹤怔了怔。

"交给专业人士或许更稳妥些,这是我的想法。"陆难问,"你愿意吗?"

问题总要解决,只是他最在意的还是林与鹤的意愿。虽说生病就要找医生,但真的要去和心理医生剖析自我,对很多人来说是很难的。有人觉得没必要,有人觉得没面子。

林与鹤的恍神倒不是因为讳疾忌医,他自己的第二学位就是心理学,而且林妈妈当初也是一位很出色的心理医生。林与鹤只是没想到,陆难会细致到这一步。

林与鹤抿了抿唇,只觉得喉咙还被堵着,连说话都觉得鼻根发酸,但好歹可以开口:"好。"

陆难揉了揉林与鹤的头发,他的动作很轻,像家长安抚要去打针的小朋友。

陆难端来了一杯温水,插着吸管,让林与鹤喝了一点儿。等林与鹤喝完,他便道:"不早了,休息吧。"考试周忙了那么久,林与鹤急需休息。

"有问题可以慢慢解决,不着急。"陆难说,"假期还很长,睡吧。"

林与鹤躺了下来,想起还有件事没有问,可他张了张嘴,不知该如何开口。

倒是陆难又重复了一遍:"慢慢来,不着急。"

卧室大灯被关上,门被带上,只留了床边一盏柔和夜灯。

第十三章

夜灯关了，室内陷入一片黑暗，林与鹤望着看不见的天花板，许久才闭上了眼睛。

"不着急"的状态，于林与鹤而言有些陌生。

林与鹤小时候体弱多病，必须及时就诊，哮喘发作时更是不能贻误片刻。之后长大了，他又开始忙着攒钱，几乎分秒必争，毕竟早一分钟还清那笔"债"就早一分钟结束痛苦的羁绊。后来和陆难签了协议，林与鹤以为也会这样，毕竟陆先生冷峻严厉，大概所有流程都是铁板钉钉，不可延误，结果事实并非如此。

陆难一慢再慢，他一遍遍地告诉林与鹤，没关系，不着急，慢慢来。

这种陌生的感觉，让林与鹤有些不知所措。

期末考试太耗费精力，再加上这段时间一直休息不足，林与鹤最终还是睡了过去。

不过这一觉睡得不长，也根本没有想象中的那么昏天黑地。第二天，林与鹤很早就醒了，手机上显示的时间刚过七点。

林与鹤坐起身来，尽管已经清醒了，可那句"相依为命"伴着昨晚的场景，在脑内循环播放。

林与鹤揉了揉额角，起身下了床。洗漱完，他走出了卧室，还没走到客厅,就听见了外面的说话声——是陆难和方木森,他们在谈工作。

陆难平时工作有六个助理,但只有方木森来过凤栖湾这边,他来也都是为了必需的工作。

林与鹤脚步一顿,不想打扰陆难,还没折返,陆难就说:"宁宁,你醒了?"他已经听见了人出来的声音。

林与鹤走了过去。

"这么早?"陆难问,"还继续睡吗?"

林与鹤摇摇头,不自觉地扯了一下衣服,说:"不了。"

与自己一身白色睡衣不同,客厅里的两人都是西装革履。

陆难刚刚还在和方木森谈文件,林与鹤听不懂,却也知道事情还没忙完。林与鹤一过来,陆难就结束了谈话,让方木森离开。

陆难对林与鹤说:"来吃早餐。"

陆难一同走进餐厅,和林与鹤一起吃饭。早餐是蒸饺和馄饨,最家常的餐点,暖和又鲜美,吃得人胃里很是熨帖。馄饨重汤,清亮的汤汁味道异常鲜美,陆难帮林与鹤添了一勺,问:"中午想吃什么?"

"好不容易考完,放松一下。"陆难说,"想去外面吃吗?"

林与鹤没有抬头,看着汤碗,说:"不了,要去医院见习。"

陆难动作一顿,问:"见习?"

林与鹤抿了抿唇,应道:"嗯。"

陆难又问:"要多久?"

林与鹤轻声说:"一个月,过年那几天轮休。"

一个月,那整个寒假都过去了……周遭瞬间安静了下来,陆难也沉默了片刻,随后问:"今天就要去?"

林与鹤点头回答:"今天去报到,确认之后就开始。"

陆难握着汤勺的手指紧了紧,片刻之后才松开,他的语气还算平缓:"身体吃得消吗?你刚放假,还没怎么休息。"

林与鹤想说没事,但想起昨晚两人的对话,他顿了顿,最终还是改口,说得更为详细:"还好,一天最多十个小时,大四生不用值夜班。"正式的见习还是大四下学期和大五做得比较多。

陆难伸手,盖好汤盅,道:"先吃饭吧。等下我送你过去。"

林与鹤见习的医院离家不远,就在学校附近。报到当天不算太忙,结束工作后,林与鹤换下白大褂就离开了。因为离家不远,林与鹤便打算走回去,他刚出医院大楼,就在早上自己下车的地方看见了熟悉的黑色轿车和车旁站着的男人。

林与鹤感到有些意外,之前他说过会自己回去,没和陆难说自己几点下班。他又走了几步,忽然反应过来,陆难在车外站着,或许是因为怕看不见自己错过了。

林与鹤快步走了过去,叫他:"哥哥!"

陆难早在对方出来的时候就看见了人,目光一直锁定在林与鹤身上。

"你怎么来了?"林与鹤走到人面前,说,"我自己走回去就好,不用这么麻烦……"

"不麻烦。"陆难说,"不放心你就过来了。"

林与鹤捏紧了掌心,瞬间哑然。

最后还是陆难拉开车门,和林与鹤上了车,结束了这沉默。

回到家后,神色平静自然的依然是陆难,他盯着林与鹤涂完了一整套的药膏,确认了伤势之后才打住。

药涂完,陆难就催林与鹤去睡,说对方还没有休息过来。

林与鹤躺在床上的时候,还有些恍惚。明明手机一直在弹邮件提醒,工作忙到没有下班时间的人是陆难,但对方总觉得自己更需要休息。

这一夜,林与鹤依旧睡得不沉,天亮时,他醒得比闹钟还早。早上照旧是被车送去了医院。下午时,林与鹤却提早离开了。出来时，林与鹤正要给陆难发消息，说自己今天会早点儿回去，不用麻烦对方过来了，一走出大楼，他就看见了熟悉的身影。

离原定的下班时间还有一个多小时，陆难已经等在了楼下。今天天气不好，风很凉。他站在车旁，宽肩窄腰，身高腿长，只是站在那里什么都不做，便足以成为一道风景。只是这风景寒意太盛，无人敢正眼多看。

男人一向脊背笔直，冷峻又严肃，即使此刻正在等待，他也没有露出一点儿松懈的模样。

陆难戴了一双黑色的皮革手套，裹着修长的手指，露出了锋利的腕骨线条，配着长款风衣和厚底短靴，气势显得越发凌厉。他的手指间，罕见地夹了一支烟。在男人噙着烟抬眼望过来时，林与鹤不禁愣住了。

陆难看见人的第一反应却是皱起了眉，直接拿下了唇间的烟。林与鹤这才发现，那烟是完整的，没有被点燃。

陆难招了招手，示意人上车，自己却后退几步，朝一旁走去。林与鹤走到车边，看见陆难走到垃圾桶旁，扔掉了还没点燃的烟。

副驾驶的门打开，方木森走了下来，开口叫人："陆董……"他手里还拿着文件，看见林与鹤一惊，"小鹤下班了？"

林与鹤点了点头。

方木森没看见陆难，问："陆董呢？"

林与鹤指了指垃圾桶的方向，说："去扔东西了。"

方木森便把文件收好，准备等陆难过来再看。

林与鹤之前没见过陆难吸烟，不由得有些好奇地问："哥哥抽烟吗？"

方木森的回答让林与鹤有些意外："抽，有些年了，我跟着陆董的时候他就抽烟。"

虽然方木森这么说，但林与鹤从来没在陆难身上闻到过烟味，他正想问，就听见方木森说："不过陆董现在戒了，已经有半年多没有碰过烟了。"

半年，这坚持的时间很长了。因为哮喘，林与鹤对呼吸内科的医学知识了解得最多，也见过很多案例，知道能戒烟成功的人真的不多。

不过这是好事，林与鹤又问："是为了健康吗？"

方木森却道："是因为陆董听说哮喘病人对于气味比较敏感，闻不得烟味。"

林与鹤还没来得及再问，就见扔完垃圾的陆难走了过来。

"怎么还在外面站着？"陆难皱了皱眉，没有走太近，"上车，外面冷。"

林与鹤回神，去了后座。

林与鹤上了车，陆难却没有。他看见陆难摘下手套，从方木森手里接过了一个提包，拿出一件新的风衣，换掉了外套。随后，陆难又用喷雾对着手腕和领口喷了几次，用便携的颗粒装漱口水漱了口。等完成了一系列烦琐的动作后，陆难才拉开车门，坐了上来。

在注意到林与鹤的视线之后，陆难顿了顿，问："有烟味？"

没等林与鹤反应过来，陆难已经伸手打算推门下车，说："你先回家，我走回去。"

林与鹤忙将人拉住，说："不用，没有味道了！"

陆难回头，林与鹤又道："真的没有，我们一起回去吧。"

许是林与鹤的语气笃定，陆难终于不再坚持，汽车开动，朝凤栖湾驶去。

林与鹤刚坐回身，就听见陆难问："今天下班早？"

林与鹤揉了揉鼻尖，说："下午只办了一个取消见习的手续，所以走得早。"

陆难动作一顿，反问："取消见习？"

林与鹤"嗯"了一声，看着自己的手，说："我去找了导师，说寒假要和家里人一起过，便取消了见习。"

陆难心中有些念头，不好确认，沉默片刻，他还是问："是你父亲要过来？"

林与鹤摇了摇头，否认道："他们不来。"

他抿着唇，看起来有一点儿紧张，不过还是坦诚地把话说了出来："我和导师说，要陪陪我哥哥。"想了想，他又解释道，"我们学校的正式见习一般是在大四升大五的暑假开始，大四的寒假一般不做要求。"

寒假见习的报名日期比较早，当时林与鹤是因为不打算回家过年才报了名，准备寒假待在燕城，只是没想到如今有了这些变化。

"这次我师兄师姐都在，导师那边的人手够用。所以我去请假的时候，他就同意……"

林与鹤的话没说完，就被打断了。

陆难看着林与鹤，声音低沉，模样郑重："宁宁，谢谢你，我很高兴。"

经过一整天的慎重考虑，林与鹤决定取消见习，陪陪家里人。结果在家过寒假的第一晚，他就因为太过放松，直接睡到了第二天的中午。

身体与精神的疲惫仿佛都在这长长的一觉中消失，之后林与鹤就开始了真正的寒假生活：每天醒来后看看书、散散步，处理一下合伙人发来的工作。家里的书房很大，林与鹤还把自己之前在学校没地方摆只好收起来的砚台、宣纸和毛毡都带了回来，久违地写起了毛笔字。

宽敞的书房里，林与鹤和陆难各占一侧，他们各自忙碌，交谈不多。

书房的摆设越来越符合林与鹤的使用习惯，不只是书房，整栋房子都如此。这栋原本宽敞到有些空旷的房子，终于被一点点地填进了烟火气。

除了在书房工作,林与鹤也会外出,陆难很在意林与鹤的身体,每天都会叫人到外面走一走,当作锻炼。

除了户型大,凤栖湾的绿地面积也很广,小区内树木葱郁,环境幽静,还有一个设施很全的小型广场。广场地面平整光滑,正好适合林与鹤练滑板。天气好的时候,林与鹤就会跑出去练习,虽然进步不算多快,却玩得很开心,运动似乎真的可以让人心情变好。

单是看陆难的身材,林与鹤便清楚对方的运动神经很好。不过让人意外的是,陆难还懂得不少滑板方面的技巧。林与鹤练习时,对方偶尔给出的几句指点都相当管用。以陆难日常的严肃形象,实在让人很难想象出他玩滑板的模样。

日子逐渐轻松下来,林与鹤的心情也好转了许多。陆难说心理医生准备下个周末过来时,林与鹤直接应下了。不过在心理医生之前,却有人先一步前来。之前一直说要来燕城大学的方子舒到了。

方子舒一直在国外读大学,这次趁着春季假期回来,是要来燕城大学参加一个寒假交换项目。她之前就和林与鹤说过这件事,于是她到燕城之后,第一时间就找了过来。

林与鹤为尽地主之谊,带着她去参观燕大的校园。去之前,林与鹤还专门问了陆难,有没有什么需要注意的地方。毕竟方小姐的父亲是泰平的股东之一,加上之前的婚约传闻,林与鹤怕自己举止不当,会影响到陆难。

"方小姐有什么特殊的喜好和忌讳吗?"林与鹤问,"我之前问过她,她说什么都可以。"

陆难屈指轻敲膝盖,敲了几下,才道:"正常接待就好,不用担心太多。"

林与鹤点头,又问道:"那用餐呢?逛完之后她想在附近吃顿饭，我还没想好吃什么，学校附近的饭馆都不大，方小姐会不会吃不惯？"

陆难双手交叉，道："不会，选家特色餐馆吧。"

"好。"林与鹤记下了，又说，"还有……"

陆难终于忍无可忍，打断他道："宁宁，你对一个外人都这么细致，却没有带我参观过学校。"

林与鹤："……"

之后方子舒来时，林与鹤又问过陆难两次，但也就只有两次，后来就不再问了。

和初见时一样，方子舒依旧温婉文静，很好相处。只不过她的衣着一直偏单薄，林与鹤见了她几次，她一直穿着漂亮的裙装。有次林与鹤甚至还看见方子舒穿了短裙和长筒靴，膝盖以上的部分露在空气中。在气温将近零下十摄氏度的燕城，让人看着都觉得冷。

当时两人正好在逛学校的超市，方子舒接下来还要去上课。离开超市时，林与鹤单独买下一个印有燕大校徽的午睡毯，送给了方子舒。

接过礼物时，方子舒还感到有些意外。

林与鹤道："可以把它盖在腿上，第二教学楼那边教室大，上课可能会有点儿冷。"

"谢谢。"方子舒笑着说完，又道，"我想问个问题。"

林与鹤说："怎么了？"

方子舒问："你是不是觉得我腿上没穿裤子呀？"

林与鹤愣了一下，还是点了点头。

方子舒笑得不行，将大腿上的打底裤扯起一层给人看，说道："我穿了啊，还是加厚款的，特别暖和！"

林与鹤茫然，看向那打底裤的眼神充满了疑问。所谓"光腿神器",果然是某些人无法触及的知识盲区。

笑归笑,方子舒还是很开心地收下了林与鹤送的礼物,向他道谢:"谢谢你的毛毯,我等下到了教室就拆开盖上。"

超市离校门不远,两人走出来的时候,正好遇见来接林与鹤的陆难。一听见方子舒的话,再看她手里抱着的毛毯以及今天这身穿着,陆难虽然没说什么,但接走林与鹤之后,他就立刻给方家打了电话。

林与鹤对此并不知情,只不过几天之后,再见到方子舒时,对方就已经换上了长到脚踝的大羽绒服。羽绒服又厚又大,身材纤细的方子舒裹着它,仿佛裹了一床棉被。

那天正好下了点儿小雪,细碎的雪花中,方子舒不由得仰天喟叹:"某些人啊,真是一个恶魔。"

林与鹤又是一脸茫然。

除了在学校里的几次,林与鹤和方子舒的见面次数其实也不算多,大部分还是在线上交流。

一天上午,林与鹤正在家,方子舒发信息来问:燕大在哪儿能打印东西呀?我有个表昨天忘了打印,今天下午要交。

校内的确有几个打印店,不过现在是寒假,不一定开门,林与鹤便把情况告诉了方子舒。

林与鹤:表填好了吗?不然你发给我,我在校外打好帮你带过去,正好我下午要出门。

他要去给合伙人寄几份合同。

方子舒很快回:填好了,太感谢了!

文档很快发了过来,文件大小作为一个表格来说有些大,但林与鹤也没有在意,毕竟表格里经常会有图,文件大点儿也正常。

林与鹤接收完,抬头问刚走进客厅的陆难:"哥哥,书房打印机开着吗?"

陆难答:"嗯。"

林与鹤说："那我打印点儿资料。"合伙人发来了一些资料和合同，他正好一块儿打印了。

书房的家庭打印机通过蓝牙连接，林与鹤用的平板电脑之前安装过适配软件，这次直接把文档放进去就能打印。点下打印选项之后，林与鹤就把平板电脑放在了桌上，去了一趟厕所。

等林与鹤回客厅时，微信上已经跳出了好几条消息提示，放在靠垫上的手机持续地振动着，新消息还在不停地增加。

林与鹤打开手机，看见方子舒的消息跳了出来。

方子舒：我发错文档了！

中间还夹杂着一长串流泪和道歉的表情。

方子舒：那个文档不是要交的表，新的这个才是！

这也不是什么大事，林与鹤回她：好，那我再把新的打一遍。

方子舒：上个文档已经打了吗？

林与鹤：对。

方子舒：请尽快把它放入碎纸机！

方子舒：答应我，千万尽快！

林与鹤感到有点儿意外，不过还是回了个"好"，一边把记录翻上去，打算看一眼方子舒发来的文档，毕竟合伙人发来的文件林与鹤也还没点开看，这几个文件一起打出来，不太好区分。等林与鹤真正打开那个文档时，发现根本不需要区分。

因为这个文件并不会被错认。

文档是全英文的，花体标题下方，就是一行长长的提醒。忽然林与鹤的目光停留在其中一个词上，皱了皱眉。林与鹤继续向下扫了一页，第一页的内容看似风平浪静，但有两个词却很显眼。林与鹤把文档再往下一拉，还有一张配图……

忽然，林与鹤猛地站了起来，打印完毕的提示早就发到了平板电脑上，打印机就在书房，而陆难可能也在书房。

林与鹤猛然意识到了这个可能，匆忙朝书房跑去，盼望着陆难还没回书房。

书房离客厅不算远,但这短短的几步路,让林与鹤觉得格外漫长。等来到书房门口时,林与鹤甚至觉得手臂有些发酸,开门时都有些费力。不过不知道是不是上天听见了林与鹤的祈祷,门被打开时,书房里居然真的没有人。

林与鹤朝四周扫了一圈,长长地舒了口气,心说幸好。

林与鹤不敢耽搁,匆忙走到打印机旁,想把打印出来的东西拿走,赶紧毁尸灭迹。可看到那些纸张时,林与鹤的耳边忽然嗡的一声响。只见那些打印好的纸张,居然已经分门别类地被无痕钉订好了,而摆在最上面的文件,赫然就是方子舒发来的那个文档,那大大的英文十分显眼。

这时,门口传来了一点儿声响,林与鹤回头,就见陆难正端着水杯,抱臂靠在门框上看着他。

见林与鹤看过来,陆难扫了一眼对方手中的文件,微一扬眉:"你平时喜欢看这种?"

"不是。"林与鹤的唇瓣有些发干,摇头努力解释,"是朋友发给了我一个文档,想让我帮忙打印,结果发错了内容,才打印成了这个。"

"朋友?"陆难走了过来。

"嗯。"林与鹤下意识地把正面朝上的文件往怀里藏了藏。

陆难走到人面前,问道:"耿芝?"耿芝是林与鹤的合伙人,这次一起打印的合同就是耿芝发过来的。

林与鹤犹豫了一下,摇了摇头,说:"不是,是方小姐。"

林与鹤不是有意要出卖方子舒,不过这种事想来不可能瞒得住陆难,而且方子舒身份特殊,他不好隐瞒,最后还是说了。

"哦。"陆难端着水杯,脸上看不出什么波动。

林与鹤有些无措地继续解释:"方小姐下午有个表要交,我帮她打印了一下……"说着,陆难拿着的水杯已经被送到了林与鹤的面前。

陆难抬了抬下巴,示意道:"喝一点儿。"

林与鹤的唇的确有些干,于是顺着陆难的意思喝了一口。

等人喝完,陆难才道:"什么时候交表?"

林与鹤说:"我打算下午一点去学校把表给她,顺便去寄个合同快递。"

陆难点点头,道:"我送你去。"

男人没有再多说什么,下午出门时,他也只是送完人就去公司了,林与鹤见状悄悄地松了一口气。

没过几天就到了周末,陆难找的心理医生到了燕城,林与鹤如约去见了他。这位心理医生之前一直在国外工作,这次见面不是在心理诊所,而是在一个研究所的办公室中。

一见到那位心理医生,林与鹤就吃了一惊。

那位医生戴一副细边方框眼镜,温文儒雅,彬彬有礼。他已经快五十岁了,脸上却完全看不出真实年纪。

林与鹤意外地问道:"谢叔叔?"

他没想到对方居然是自己小时候认识的叔叔,林妈妈的同事——谢明深。虽然两人已经十多年没有见过,不过谢明深的外表没怎么变,所以林与鹤一眼就将人认了出来。

谢明深笑着,他的眼角带一点儿笑纹,露出只有到了这年龄才有的平和可亲,说:"宁宁,好久不见,你都长这么大了。之前看信息时还以为是重名,没想到真的是你。"

看样子,谢明深也是刚知道这件事。

林与鹤的妈妈是一位心理医生,七岁时,林与鹤和妈妈离开乡下回城读书,认识了和妈妈同一家诊所的谢叔叔。两年后,林妈妈去世,林与鹤被常年在全国各地出差工作的林父接走后就和这个叔叔断了联系。

后来林与鹤学习心理学，在看文献时也见到过谢明深的名字，对方已经成了国外知名大学的客座教授，学术成果颇为丰硕，俨然成了这个领域的佼佼者。林与鹤当真没有想到，自己居然还会再遇见对方。

两人聊了几句近况，才回到正题，陆难暂时被请了出去，只剩谢明深单独与林与鹤交谈。

林与鹤也学过心理学，但一方面医者不能自医，另一方面林与鹤学的都还只是课本上的理论知识，没有办法与专业的心理医生相比。所以这次就诊，全程都是谢明深在主导。

林与鹤小时候认识谢叔叔时，对方就已经是很出色的心理医生。这么多年过去，谢明深的境界更深，他只是坐在那里，就能让人自然而然地给予信任，想要将自己的心事倾诉给他听。

两人的交谈并没有目的，气氛也很轻松，比起治疗，倒更像在聊天。

大约一个小时之后，这次交谈就结束了，约好了下次的时间，谢明深把林与鹤送了出来，说："这边有个项目，我最近一直会在燕城，时间很宽裕，我们慢慢来。"

本来做心理咨询就是一个长期的过程，不可能一蹴而就，林与鹤点头，谢过对方。等他们走出办公室，谢明深又和陆难聊了聊，然后陆难才和林与鹤离开。

两个人走下楼，陆难问："感觉还好吗？"

林与鹤说："还好。"

正值化雪期，气温有些低，天空白茫茫一片，看不见蓝。林与鹤揉了揉鼻子，室外有风，鼻尖被冻得有些冷。

他其实觉得有一点儿不舒服。

谢明深是一个很厉害的心理医生，专业水准毋庸置疑。林与鹤修心理学，对他除了有因幼年结识而产生的熟悉，还有一种专业上的向往和敬重。不过或许是因为林与鹤学过相关知识，才会忍不住去想那一个小时的交谈对话，思考其中的问话技巧。

尽管交谈很轻松，林与鹤依然生出了一种被探究的感觉。

林与鹤很清楚，其实这并不是医生的问题，而是自己的问题。经过这次交谈，林与鹤才发现自己的确有抗拒敞开内心的情况。早在林与鹤自己都没有意识到的时候，陆难就发现了这一点，还帮人寻求了最专业的解决方式。

林与鹤并起双掌，揉了揉脸，长长吐了一口气。

慢慢来吧。

林与鹤去做心理咨询的频率不算太高，基本是间隔两天以上，一方面因为谢明深还有工作要忙，另一方面也是因为每次谈话对林与鹤来说都是一场消耗，中间需要休息缓和，并不适合太过频繁。在做完三次咨询之后，林与鹤又收到了方子舒的消息。

方子舒说，陆难差人问她那个文档的事了。

那次错发之后，方子舒和林与鹤解释了文档的事，说那是自己的兴趣方向之一，是找到的一些文学资料，虽然尺度有些大，但确实是她的参考文献。

林与鹤其实没什么想法，对那些都不怎么在意，他担心的是陆难的想法。

那种感觉就像是做了坏事被家长抓住一样，林与鹤自小乖巧懂事，在自己父母那里都没经历过这种事情，没想到居然会在陆难这里体验到。

林与鹤只能拿这件事已经过去了来安慰自己，也努力地想尽快忘掉这种窘迫无措的感觉。可林与鹤没有想到，陆难居然还追究过这个文档。

方子舒说："陆董的助理找了我，问我你收到后有没有看了文件内容后的反应，我说没有。"

林与鹤不知道，其实陆难从来没和方子舒直接联系过，之前有联系都是通过方父，但这次因为文档内容特殊，不好知会家长，才由助理前去。

方子舒有些愧疚，毕竟是由她的失误引起的。她担心林与鹤会被误会，所以尽管这个话题似乎不太适合被讨论，方子舒还是决定和林与鹤说一下。

"那个文档里面的内容其实是分成两个类别的。"她轻咳一声，说，"一类是文字作品，就像那个文档，它停留在纸面上，最多也就是被传阅，不会有太大的影响。"

"另一种是有人会真的去做这些事，并以此为乐。这也是真实存在的。"方子舒说得有点儿艰难，她最担心的是林与鹤被误会成这一种。

"我和陆董的助理解释过了。"方子舒抓抓头发，"不过我怕陆董误会……"

陆难这样的人，看起来不像是会看小说的样子，可能直接误会成后一种也说不定。

方子舒说得不算很直接，不过林与鹤听懂了。

方子舒怀着歉意道："不然我再和他的助理解释一下……"

"不用了。"林与鹤捏了捏眉心，"我和他说吧。陆先生最近工作比较忙，说不定就把这事忘了。"

方子舒说着好，可心里却觉得，陆难把这件事情忘记的可能性不大。

两人又简单说了几句，电话便挂断了。林与鹤捏住手机，顿时觉得自己一个头两个大。林与鹤的心情并不像自己和方子舒说话时的语气那么平静，他觉得自己应该就这件事去和陆难解释一下，保证自己绝对不会做出有损陆家或者泰平声誉的事情。

更让林与鹤不安的，还有去做心理咨询的事。

第二天的咨询结束，林与鹤走出谢明深的办公室，在他学生的指引下去吃茶点,在离开之前,他又看见谢明深和陆难在交谈。

这几次都是这样,每当咨询结束,谢明深都会去和陆难聊。林与鹤知道不能多想,或许两人谈的是其他事情,但这实在是太像医生和家属瞒着病人在交谈病情。

当晚回去之后,林与鹤经过了仔细考虑,终于在睡觉前叫住了陆难。

"哥哥,"林与鹤抿着唇,"我想和你谈谈。"

陆难正要把林与鹤喝完了的雪梨汤碗拿走,闻言,问道:"怎么了?"

林与鹤不适合喝牛奶,但偏爱雪梨。冬季天干,他的喉咙和气管都有些敏感,睡前喝点雪梨汤,正好能润一润。雪梨清甜,林与鹤喝完后已经漱过了口,唇齿间还留有一点儿甜意,但林与鹤此刻完全无暇顾及。

"是之前那个打错的文档的事。"林与鹤浅浅地吸了一口气,"那只是个误会。"

他虽然已经考虑过很久,但真正解释时还是觉得很难,他斟酌地道:"我没有相关的兴趣,也不会做那些,更没有要将表格里的文字现实化的打算。"

林与鹤的话说完,室内就听不见其他动静了。过了一会儿,叮的一声轻响,陆难将碗放在一旁的桌上,迈步走了过来,他走到床边,坐了下来。

"方子舒找你了?"他一开口就猜中了原因。

林与鹤"嗯"了一声。

陆难说道:"我的确去做了一些调查,如果打扰了你,我向你道歉。"

林与鹤怔了怔,摇头说道:"没关系的,我只是想解释一下我没有……"

"嗯,我知道了。"陆难望着林与鹤继续道,"宁宁,我会

297

去调查，不是因为怕你真的会做那些。"

陆难再次放低语调："我只是想了解你。是意外的话就当个插曲吧。

"真的想了解的话，我陪你一起做功课。

"有我在，至少不会让你受影响。"

原来会有人能为自己的事情考虑到这种地步。

林与鹤感觉眼眶有些发热，堆积的情绪翻涌着，用再缜密的言语都无法描绘完整。

陆难伸出手来，拍了拍林与鹤的头。那动作很轻，却像补足了热量，暖洋洋的，让人愿意开口，想要表达。

"我不会受影响的。"林与鹤轻声说。

陆难又拍了拍他，像奖励，也像是小孩太乖了，只好以此表达自己的偏爱。

"我知道。"陆难说，"你做得很好。"

他又坐得离林与鹤更近了些，继续道："心理咨询也是。医生说进展很好，别给自己太大压力，我们的时间还有很多。"

林与鹤点了点头。他一直体寒怕冷，常年手脚冰凉，现在却发现情况似乎没有那么糟糕，一个拥抱就能让人感受到温暖。低落的心情也一样，能被人察觉到，关心一句就足以缓和。

有些人从不索取，得到一点点都觉得太多。

林与鹤学了很久的心理学，还是第一次真切地体验到，原来简单的几句话和几个动作真的会有这么大的作用。

林与鹤情绪好转了许多，正想说"谢谢"，陆难低声说："想了解是很正常的事，小孩嘛，好奇心都重。"

林与鹤怔了怔，慢了半拍才反应过来，不禁有点无语。

温暖的夜晚总会让人睡得很好，休息得好了，精神也能跟着放松一点儿。再去做心理咨询时，林与鹤的心态就平缓了一些。

虽然这个过程还是会损耗精力,让人觉得疲惫。

一个小时聊完,林与鹤的感觉和刚结束一场小考的感觉差不多。许是看出了林与鹤的状态不好,结束后谢明深没有再和陆难聊,反而带着林与鹤去了会客厅。

会客厅的布置比办公室的更令人舒适一些,还有人端来了丰盛的茶点,可以任意享用。

其实不管装潢如何,能离开那个办公室,林与鹤就会觉得轻松一点儿。

"来,随便吃。"谢明深热情地招呼着林与鹤,他从书架上拿下了一本薄薄的书册,走过来,坐在了林与鹤的身边,"这是我前两天收拾东西时翻出来的,正巧你在,就想着拿来和你一起看看。"

谢明深将册子翻开,林与鹤发现那是一本相册,里面的照片都有塑封,被保存得很好,但仍旧能看得出来,这些照片已经有些年头了。

谢明深看着照片,他的声音中带着怀念:"一晃都过去这么多年了。"

林与鹤一眼就看见了照片上他的妈妈,张了张嘴,却没能发出声音。

照片上,妈妈容貌依旧,她微笑着望着镜头,眉眼间带着温柔的笑意。微风拂过她如云的微鬈长发,就连太阳也像是偏爱美人一般,为她镀上了最耀眼的金色。那些照片被保存得太好,以至于让人觉得画中之人重新站在了眼前一样。

"云瑶可是我们那儿远近闻名的大美人,走在路上都会有人主动上来,问她想不想去做明星。"谢明深说,"当年还有好多人想追她。我记得诊所旁边有家花店,那家店每天都会收到给诊所送花的订单,后来云瑶就去找了老板,让他再有花就直接送到街角的幼儿园。"

"她刚来诊所的时候是冬天,那时候她每天都接送你上下学,但还是有人不相信她已经有了这么大的孩子。"谢明深笑了笑,"后来天气暖和了,你偶尔不戴口罩,他们看见了你的长相,才不得不死心。"

林与鹤和妈妈长得实在是太像了,大眼睛、浅酒窝、发色偏浅、唇红齿白,像个偷跑下人间的小天使,脸蛋软得让谁看见都忍不住想亲一口。

谢明深说:"长大了你也还是很像她,即便这么多年没见,我还是一眼就把你认了出来。"

林与鹤浅浅地笑了一下,唇抿得有些紧。

相册又翻过几页,照片中还出现了小时候的林与鹤。小孩正坐在窗边大桌子旁,翻着一本很大的课本。

林与鹤从小一直很乖,即使是七八岁这个其他孩子皮到上房揭瓦的年纪,他依然安安静静地坐在桌前,认认真真地写作业。

谢明深说:"我记得那时你经常会在云瑶的办公室里写作业,大家都夸你,不用家长看着就能把作业写完,字还写得那么漂亮,把诊所里那群有孩子的叔叔阿姨羡慕得不行。"

林与鹤唇角弯了弯,无意识地捏着手指,客气地说:"辛苦叔叔、阿姨们照顾我。"

"哪里说得上辛苦。"谢明深的语气很和缓,"你又乖又懂事,每周不去的那几天,大家还会想你。"

"当时大家还准备了玩具,怕你在诊所太无聊,不过你一直在写作业看书,也没怎么玩过。"谢明深回忆着从前,"我记得那时候你什么都不要,有份点心就能乖乖坐好久。有个客人送了两盒手工糕点过来,因为太甜,大家只分了一盒就没再动。结果第二天,冰箱里剩下的糕点不见了,有人好奇去哪了。你说你问过妈妈可以吃,就自己吃掉了。"

当时,小林与鹤那副怯生生的以为自己犯了错的模样,可把大家都心疼坏了，忙哄着他说没关系，随便吃。之后诊所里就每天都会准备些甜食点心，留着给林与鹤。

"那时候你是真的很喜欢甜食。"谢明深看了看林与鹤面前的茶点，问，"现在不太喜欢了吗？我看这些甜点你都没怎么动。"

林与鹤收紧了手指，停了一下才开口："嗯，长大后口味就变了吧。"

"这样吗？"谢明深说，"我记得你小时候还会随身带着糖果，云瑶说越甜你越喜欢，喝粥都要加糖。大家都说没见过这么喜欢吃甜的小孩，我还以为你现在也会喜欢，所以特意准备了这些。"

林与鹤抿了抿唇，说："谢谢您。"

"不用不用。"谢明深摆手，神色像是有些可惜，"现在真的不吃甜的了吗？"

"嗯。"林与鹤十指交叉，指尖无意识地掐着手掌，说，"不吃了，怕蛀牙。"

"蛀牙？"谢明深问，"你牙疼过吗？我看你的医疗记录，好像没看到过在牙科就诊的资料。"

谢明深又说："我记得你那时候吃糖吃得多，诊所里大家也担心对你的牙齿不好。云瑶还说让你小心蛀牙，你很骄傲地说不会，你每天都有好好刷牙。"

林与鹤沉默下来了。

"是之后疼过吗？"谢明深问，"怎么现在担心起蛀牙了呢？"

"没有。"林与鹤声音发干，额角有些抽痛，像是说话都会耗费许多力气，"是妈妈……妈妈离开前和我说，要小心蛀牙。"

照片上的妈妈面容温婉，眼波温柔，林与鹤已经很久没回忆过这样的妈妈了，以至于今天看见照片时都觉得有些陌生。

他记忆更深刻的是插着呼吸管躺在病床上，瘦得连骨节都凸出来的妈妈。那时的妈妈面色灰败，目光还是温柔的，冰凉干瘦的手掌握着林与鹤的手，声音断断续续，身体已经虚弱到开口说话都无法连贯。

"照顾好自己，别挑食，吃完糖要记得刷牙，当心蛀牙，有事找爸爸。

"妈妈要休息一会儿，乖宁宁，你要……好好长大……"

林与鹤认真地记住了每一个字。

幸福的孩子会等到成年之后，等到遇见需要独自承担的事情才开始成长，有些孩子的成长却是在一夜之间完成的。

林与鹤在那个漫长的夜晚一夜长大，清晨的太阳和每个普通的清早一样照常升起，妈妈却没能等到医生所说的"撑过这一天应该会好转"。

留给林与鹤最后的回忆仅剩下那一晚，在没有了妈妈的日子里反复怀念。从那之后，他的生活就再没有了甜。

从研究所回家的路上，林与鹤比之前来的每一次都更疲惫一些。他闭着眼，靠在后座的椅背上。车辆行驶得很平稳，他却有些发晕，紧绷的神经已经倦怠到了极点，却还停不下来，一遍又一遍地回想着刚刚的对话。

林与鹤其实能察觉到一点儿端倪，自己学过心理学，能理解谢明深为什么要这么执着地追问，对吃糖这么一点儿小事，非要打破砂锅问到底。心理医生不能放过任何一点细节，最不起眼的一点儿改变可能就是巨大创伤的缩影。林与鹤还是给出了回答，尽管这种回答让人有些不舒服，甚至是越来越不舒服。

林与鹤觉得应该怪自己太不专业，学了那么多理论，从小又在妈妈的心理诊所里接触治疗实例，知道不能讳疾忌医，心里却还是会生出抗拒。明明这么喜欢心理学，却连自己都无法说服。

寒风不停地刮着，车内开着暖气，并不冷，但这暖风让林与鹤觉得呼吸不太顺畅，头也开始抽痛起来，像晕车一样，从心口犯起恶心，连身上的力气好像也被抽走了，因此他很久都没有动。

林与鹤的坐姿一直很乖，即使现在很不舒服，也坐得很正，没有歪斜。忽然，他感到肩颈处传来一点儿轻缓的力道——陆难正轻轻地给林与鹤做按摩。

陆难的工作很忙，尽管不用去公司，该处理的事务却一点儿不少。在接送林与鹤的路上，他一直在处理文件。现下他刻意放轻了动作，以为林与鹤睡着了，想让人睡得更舒服一些。

林与鹤想说自己没有睡着，但是太累了，却连开口的力气都没有。清淡的乌木香气渐渐盖过了车内空调的味道，他的呼吸顺畅了一些，缓慢地平复着情绪，依旧没有动。

男人也没有动，连纸张翻动的声音都消失了。

车内安静了许久，直到有人忽然开口："宁宁。"陆难嗓音低缓，轻声问，"你想妈妈了吗？"

只是简单的一句话，却让林与鹤感觉眼眶发胀，鼻尖酸涩，艰难建立起的防线被轻易打破。他的心口忽然生出一阵痛楚，疼得止不住开始打哆嗦，觉得又疼又难过。

人在难过时总会这样，原本自己已经将痛苦压住了，可以勉强撑过去，反倒是在被人关心的时候，情绪会突然决堤。

林与鹤单薄清瘦的肩膀微微颤抖着，呼吸声沉闷又急促，没有说话。

陆难没有再追问，他伸手将掌心轻轻地覆住了林与鹤的头顶，一下一下地抚摸着林与鹤的后脑勺。

风寒天冷，行驶的汽车中，陆难的手在林与鹤头顶，为他撑起了一片洒下阳光的天。

回到家时已经是傍晚，林与鹤的情绪依旧不好，被陆难盯着吃了些东西，洗漱之后很早就去休息了。

陆难进卧室时，床上的小孩呼吸轻浅，已经睡着了。

陆难替他掖好被角，无声地说了一句："好梦。"

可是这一晚实在太过漫长，入夜后不久，寂静还是被急促沉重的呼吸声打破。

林与鹤忽然惊醒，满身冷汗，黑暗中依旧苍白的修长手指，在光滑的真丝织物上攥出了明显的褶痕。

林与鹤的呼吸一变，坐在一边工作的陆难连忙叫他："宁宁？"

林与鹤没有回答，陆难打开了床边灯光柔和的夜灯。他拿过床头的保温杯，将人扶着坐起来，给人喂了点儿水。林与鹤水喝得不多，陆难等他喝完就放下了杯子。

"做噩梦了？"陆难低声问着，"想和我说说吗？"

林与鹤的身体还在发抖，喉咙里发出了一点儿含混的压抑的声响，并不成句。他双手紧紧攥住了身上的被子，像握住仅剩的稻草一样不肯放。

陆难没再开口，只是坐在不远处用手轻轻拍着被子，像在哄睡婴孩。

两人没有交谈，只剩下轻柔的拍被声，这不急不缓的节奏，慢慢将人安抚下来。

第二天清晨，林与鹤醒得较早，便看见了坐在不远处靠着休息的男人。

昨晚的记忆已经模糊了大半，但到底还剩下了些许，林与鹤带着歉意开口："抱歉，昨天让哥哥担心了。"

男人之前好像一直不怎么喜欢林与鹤的客气，对这种"抱歉""辛苦"的话也一直会回答"不会"。但是这一次他并没有这么说，而是低头看了看林与鹤那苍白的面色，沉默了一下，忽然说："你现在应该怎么做？"

林与鹤愣了一下，想了想，老老实实地说："对不起。"

陆难看起来好像还是不怎么满意，林与鹤茫然地看着他，有些无措。

陆难盯了人一会儿,到底还是没能强硬到最后。他没再说什么,正准备去给人倒水,忽然感觉衣角被扯住了。

陆难垂眸就见到小孩苍白的指尖,对方此时仰起头小心地看着他,认真沙哑的轻声听起来有些可怜,让人禁不住心软:"我会好起来的,不会再让哥哥担心了。"

番外

医学生就连暑假也算不上清闲,林与鹤除了要忙保研面试和夏令营的事,还要兼顾医院的见习。一忙碌起来,林与鹤就越发佩服陆难,哥哥一直这么忙,居然还能抽出那么多时间陪自己玩。

除了线下,林与鹤在线上的事情也还在继续,虽然学业忙碌,不过"木鹤"这个账号之前的更新频率一直不高,粉丝们也早就习惯了。

这天晚上,林与鹤正思考着新视频的内容,视频账号上忽然收到了一条消息。

桃子:鹤鹤!你下周六晚上有空吗?

桃子是一位广播剧策划,几年前第一次来找林与鹤约稿时,他们还是个业余的小社团,名为"天籁",现在已经发展成了一家正规的公司,开始做商业配音和广播剧了。桃子是天籁的负责人,她和林与鹤的合作也一直没中断过。

木鹤:暂时没有安排,怎么了?

桃子:太好了,下周六我们要举行五周年纪念的线上直播,你还记得吧?就是你四年前参加过的那个!现在我们正在拟嘉宾名单,你可以来参加吗?

林与鹤其实没怎么参与过线上的活动，一直很注意个人隐私。不过天籁的情况不太一样，这个社团刚创立时就开始和林与鹤约稿，双方合作时间这么久，比起甲乙方，更像是朋友。林与鹤和天籁的成员们也算熟悉，再加上桃子保证到时直播可以不露脸只用语音，林与鹤就先答应下来了。

　　四年前的那场直播，林与鹤还记得。那是高考完的暑假，当时还没有流行的短视频和专业直播APP，直播还是在一个语音交流平台上进行的。那时林与鹤已经给天籁写了一年的剧名题字，所以当社团提出在语音交流平台上一起玩一会儿时他便答应了，反正高考后林与鹤就从家里搬了出去，行动自由了很多。

　　不过林与鹤之前没有参与过类似的活动，对软件的操作有些生疏，只把自己的ID（账号）发给了桃子，没有改用户名，以至于管理员把嘉宾们拉进发言列表里时，林与鹤一开口，公屏就被各种弹幕占领了。

　　——这个声音这么好听的人是谁？

　　——这个声线！太好听了吧！

　　——是不是新来的CV（声优）？天籁招新啦？

　　直到桃子出来解释，大家才得知这个声音好听的年轻人居然是社团的题字人——木鹤。此时木鹤已经小有名气，天籁几部大火的剧用的都是木鹤的题字，加上其字体漂亮风格独特，木鹤也积累了一些粉丝。但谁都没想到，这人居然连声音都这么好听。

　　公屏上因为木鹤的短短几句话热闹了好一阵子，连桃子都忍不住点开了聊天的窗口。

　　桃子：啊啊啊！原来你声音这么好听！我为什么没有早点儿劝你开麦克风！

　　桃子：鹤鹤，你有没有兴趣来给我们的广播剧配两句话？这么一会儿我连角色都想出好几个了！

　　桃子尽管被林与鹤以"暂时没打算"为理由拒绝了，但热情依然没有消减,之后的环节里她还时不时提到林与鹤,让人可以多说两句。

五周年纪念会远比林与鹤预想中热闹得多,房间的最高同时在线人数近三万,这在当时已经是相当火爆的数据。社团特意准备了很多活动,一场聚会持续了将近四个小时,还让人意犹未尽。林与鹤被点到名参加了几个环节,起初因为他是第一次开麦,大家还带着些客气,没多久就玩得太开心了,说话也越发放得开。

临到结束时,林与鹤还抽中了一个特殊提问,要回答一个现场粉丝提出的问题。粉丝也不负众望,在一众疯狂的刷屏中选出现频率最高的那个问题:"鹤鹤,你的择偶标准是什么啊?"

这种福利环节的气氛一般都很轻松,不会真的强迫嘉宾说一些不想回答的问题。

身为主持的桃子跟着起哄了一下,准备补充说私人问题可以跳过。只是她还没开口,木鹤淡淡的嗓音响起:"我不打算择偶。"

直播房里静了一会儿,连公屏都静止了,像是所有人都被这个回答惊住了。桃子也愣了一下,然后想起来打圆场:"啊,鹤鹤是不婚主义者?"

木鹤像是笑了一下,声音带着温和的笑意,只是说话时的平静和笃定,让所有人都明白,这人并不是在开玩笑:"不,准确来说,是我不打算谈恋爱。

"我觉得我给不了别人足够的、长久的回应,所以还是不耽误别人比较好。"

几年之后,桃子还清晰地记得在那个热闹的夜晚,那个年轻人安静地剖析自我。

答应了天籁的线上邀请之后,林与鹤还专门抽时间去了解了一下天籁的现状。不过这是周年聚会,以聊天和游戏环节为主,需要林与鹤准备的东西并不多。放假没几天,趁着见习没有正式开始，林与鹤抽时间和同学们出去玩了几次。

404寝室四人一起去了家新开的密室逃脱店，可惜四人没选好主题，对着布景逼真的恐怖医院只想吐槽和挑刺，最后四人达成共识，这家店的恐怖程度还比不上学校里那间因为设备老化总做不出成果的实验室。聚完之后甄凌和祝博先收拾行李回家了，打算等过两天见习开始再回来。林与鹤则跟沈回溪一路，和方子舒一起去看了方程式赛车比赛。

和陆英舜一样，方子舒的交流学期也结束了，不过她的本校开学晚，便没有急着出国，一直留在燕城。最近燕城有一场大型的一级方程式赛车世界锦标赛，关注者众多，一票难求。林与鹤去的是决赛现场，他也是去了才知道，之前自己忙保研流程时，沈回溪和方子舒已经一起来看过预选赛了。

之前就听说沈回溪和方子舒近来关系不错，两家也经常走动，似是有意交好。不过沈回溪和方子舒的相处和之前并没有什么区别，两个人的确一起看了不少比赛，只是沈回溪是对极限运动感兴趣，至于方子舒……

看着认真到几乎目不转睛地盯着赛道，甚至还拿平板电脑记录赛况的方子舒，沈回溪和林与鹤两个人都感到有些意外。

沈回溪饶有兴味地道："看不出来啊，我以为鹤鹤算例外了，没想到你这么文静的女孩子也会对赛车这么感兴趣。"

"那当然，"方子舒点头，手里还不忘记下数据，"赛车可是最极致的浪漫！"

看着她兴奋得神采飞扬，林与鹤面上没表现出什么，内心却觉得有点儿不对劲。林与鹤想起之前看过方子舒的那些参考资料，总感觉对方似乎另有目的。

不过在林与鹤撞见有追求者送跑车给方子舒之后，这个念头就发生了改变。

方子舒最近没少和两人一起去看比赛，方小姐喜欢赛车的事已经不是秘密,来人打好了算盘,却没想到新车一亮出来,收获的并不是方小姐惊喜而感动的投怀送抱。方子舒挑眉打量了跑车两秒,然后就在追求者暗自得意的目光中面无表情地开口,把这辆车从性能到配置批评了一遍。

她还最后总结道:"只有被导购忽悠了的、什么都不懂的外行才会买这种车。"

来人脸色青白交加,只能走了。

林与鹤这回是当真有些惊讶了,问她:"子舒,你这么喜欢赛车?"看方子舒这专业程度,应该真的是对赛车有兴趣。这让林与鹤想起来,陆难的妈妈也是一位方程式赛车手。

林与鹤正想和方子舒多聊几句,对方却道:"我吗?我其实还好。"方子舒的眼睛亮晶晶的,"其实我更喜欢看两个人飙车。"

林与鹤:"……"

只有林与鹤在,方子舒便很痛快地坦白了自己的目的:"我下本想写的题材就是赛车,正好有F1锦标赛,当然要好好取材啦。"

虽然方子舒见过不少跑车,也找私教问过赛车的事,但那些到底是纸上谈兵,不可能比得上真正的比赛。方子舒整天和沈回溪一起去现场,就是为了深入了解,在真实的场景下激发灵感。

方子舒说:"写东西也不能胡来嘛,我现在资料都整理了两大本了。"

林与鹤不由得钦佩,没想到写个小说还需要准备这么多专业的知识,写作果然不容易。

之前方子舒来找林与鹤问过医生的日常细节,当时她写的一本小说在国外出版,销量很好,火了之后就卖了影视版权,会被拍成电影。方子舒签合同时特意标注过由作者参与改编,所以她也负责了一些编剧的工作,在设计主角的职业细节时就去询问过林与鹤。

林与鹤也是这时候才知道原来方子舒的小说这么出名,原本以为对方只是在小众圈子里当兴趣随便玩一玩。

方子舒把要拍电影的小说给林与鹤看，正是之前林与鹤不小心看到过的那本。林与鹤看了简介，是围绕一个长相俊美的医生展开的一系列故事。

林与鹤只看了一眼简介，就把小说收了起来，没再仔细看。

那已经是一两个月之前的事了，之后到了暑假。有天，林与鹤发新视频时，发现自己的账号下面忽然多出了许多外语留言。虽说林与鹤之前也有一些海外粉丝，但数量并没有这么多，而且最奇怪的是，那些人喊的似乎是别人的名字，语气还激动得不行。

林与鹤以为他们认错了，就在评论区一条点赞数颇高的留言下面解释了一下，结果被人用生疏得一看就是机器翻译的中文回复说：没有没有，就是夸您的手好看。

平日里，林与鹤并不会花太多空闲时间去看评论，以为是个小误会，就没把这事放在心上。

结果接下来的一段时间里，"木鹤"的视频评论区的外语留言数目持续猛涨。接到耿芝的电话，林与鹤才了解了情况。

"小鸟，最近你的粉丝数有一波增长小高峰啊。"耿芝说，"你注意到了没有？大部分是海外来的粉丝。"

"嗯，我看到了一些留言，"林与鹤也有些茫然，"但我没有在外网开账号啊。"

"我查了查，好像是有人转载了你的视频。"耿芝说，"好像说是和一个什么国外的小说很符合，就被传开了。"

电话那边传来了按动鼠标的轻微声响，似乎是耿芝翻了下资料，接着说："叫 *Irresistible Attraction*（不可抗拒的诱惑），你听说过吗？"

林与鹤："……"他不仅听过，还看过简介。

和耿芝聊完，林与鹤就立刻给方子舒发了消息，对面回复得很快，一五一十地坦白。

方子舒：没错，是我在外网上转发了你的视频。

方子舒发的那个是有林与鹤的手出镜的歌词短视频，她不仅标注了视频原作者，还附加了一句"是我理想中的医生的手"。这个视频被转发出去就火了，点赞和转发数都破了五万，在外网上也小小地火了一把。不只是小说读者纷纷感叹怎么这么贴合原作角色，还有很多路人被林与鹤的一双手吸引，惊叹这么美的手居然真实存在。

视频在几周前发出去时，就帮林与鹤吸引过一些粉丝。随后，小说即将被影视化的消息传开，他又在外网上火了一轮，然后就陆续有账号开始搬运"木鹤"账号下的其他视频。

在影视化的消息传开之后，有关 Irresistible Attraction 的内容也有了更高的讨论度。

书中有个情节是医生在写病历，而"木鹤"正好有一个日常抄写病历的小视频，当时还是耿芝在医院住院时拍下的，便随手发在了微博小号上。结果这个视频被外网的账号一块儿搬运了过去，在外网快被传疯了。

国外用户活跃的平台和国内不一样，能从外网被吸引去首发平台关注"木鹤"的粉丝只是很少一部分，但就算是这一小部分，也让"木鹤"本就有一定基础的粉丝数又猛增了许多，不难想象外网上喜欢"木鹤"的粉丝量有多么庞大了。

这些粉丝和他们所做的衍生作品相当于是在给电影预热，算是意外收获，对此，版权方自然喜闻乐见。

不过这到底还是预料之外的火爆，方子舒和林与鹤说起这件事时表达了歉意，希望对方别介意，她当时转发短视频时并没有想到会火成现在这个样子。

林与鹤自己倒没觉得有什么，粉丝增长对自己来说算是一件好事。唯一担心的就是怕会影响到陆难，因为他的日常视频中也有陆难。当时，陆难的身份已经被公开，现下在这一波热度的影响下,不免会有人把关注点放到陆难身上,想去探究陆难此人。

虽然这次的热度主要在国外,但泰平毕竟是一个上市集团,因此林与鹤的团队还是酌情做了一些处理。

林与鹤团队的负责人耿芝在处理的时候一度感到无奈,问道:"为什么陆董只是出现那么一会儿,都能吸引这么多关注?"

只是这还不是全部,没过几天,这本小说要拍电影的消息传开了,被微博上几个专门转载外网新鲜事的营销号整理之后发了出来,转眼就引发了热议。

国内用户本身就有不少知道这本小说的,对根据它改编的电影也感兴趣,而那些由国外大佬剪辑的视频被转载回国内,又在国内平台上火了一波。

耿芝感到更无奈了。

这些事也瞒不住陆难,但发展到这种程度是林与鹤完全没有想到的。

林与鹤正犹豫该怎么和他说这件事时,耿芝听了,直接说道:"他知道。"

林与鹤蒙了一下,反问:"啊?"

"这件事的来龙去脉,陆难都知道。"耿芝解释,"小森还从我这儿要走了一份小说原稿。"

林与鹤彻底蒙了。耿芝的话非但没有安慰到他,反而让人更加忐忑,回家之后没多久,他的异样就被陆难看了出来。

"怎么了?"陆难在平板电脑里的电子文件上签好名,抬眼看向林与鹤。

林与鹤本来不打算现在说,毕竟能拖一刻是一刻,只是林与鹤的演技在陆难面前从来不够看。

"哥……"林与鹤只好坦白:"就是,方小姐那本小说……"

陆难问他:"就这?"

林与鹤下意识道："啊？"

　　"我看过了。"陆难说，"剧情感觉还好。你不用这么大惊小怪的……"

　　被陆难好好上了一课的林与鹤，此后都绝口不再提有关这本小说的事了。